千古诗心一趣通

王充闾 著

人民文学出版社

图书在版编目(CIP)数据

千古诗心一趣通 / 王充闾著. —北京：人民文学出版社，2020
ISBN 978-7-02-016653-4

Ⅰ.①千… Ⅱ.①王… Ⅲ.①散文集—中国—当代 Ⅳ.①I267

中国版本图书馆 CIP 数据核字(2020)第 187534 号

责任编辑　李　磊
装帧设计　李思安
责任印制　王重艺

出版发行　人民文学出版社
社　　址　北京市朝内大街 166 号
邮政编码　100705
网　　址　http://www.rw-cn.com

印　　刷　三河市鑫金马印装有限公司
经　　销　全国新华书店等

字　　数　327 千字
开　　本　680 毫米×960 毫米　1/16
印　　张　29　插页 4
版　　次　2020 年 12 月北京第 1 版
印　　次　2020 年 12 月第 1 次印刷

书　　号　978-7-02-016653-4
定　　价　65.00 元

如有印装质量问题，请与本社图书销售中心调换。电话：010-65233595

目 录

上编　先秦至唐

伊人宛在水中央……………………………… 003
　　　诗经·国风　蒹葭
逸人罔极……………………………………… 010
　　　诗经·小雅　青蝇
长相思………………………………………… 015
　　　汉代古诗　涉江采芙蓉
英雄中的诗人………………………………… 018
　　　曹操　龟虽寿
出污泥而不染………………………………… 021
　　　吴隐之　酌贪泉诗
此心自在悠然………………………………… 024
　　　陶潜　饮酒（其五）
自荐诗可以这样写…………………………… 031
　　　吴均　赠王桂阳
孤雁伤怀……………………………………… 034

萧纲　夜望单飞雁

行者常至 ……………………………… 037
　　李世民　破阵乐

故垒悲歌 ……………………………… 039
　　陈子昂　登幽州台歌

离而不伤 ……………………………… 042
　　王昌龄　送柴侍御

神与物游 ……………………………… 044
　　王维　终南别业

生寄死归 ……………………………… 048
　　李白　拟古十二首（其九）

流俗多误 ……………………………… 051
　　李白　古风五十九首（其五十）

"刺天下不识人者" ……………………… 054
　　高适　咏史

戏看真人弄假人 ……………………… 057
　　梁锽　咏木老人（一作傀儡吟）

诗圣的悲哀 …………………………… 059
　　杜甫　南征

慈母颂 ………………………………… 064
　　孟郊　游子吟

爱才尤贵无名时 ……………………… 068
　　杨巨源　城东早春

祛魅 …………………………………… 072

韩愈　题木居士二首(选一)

距离产生美感 …………………………… 075
　　韩愈　早春呈水部张十八员外二首(其一)

双关谐语的妙谛 ………………………… 077
　　刘禹锡　竹枝词(二首选一)

镜子上面有文章 ………………………… 079
　　刘禹锡　昏镜词

辨伪 ……………………………………… 082
　　白居易　放言(五首之一)

决疑 ……………………………………… 085
　　白居易　放言(五首之三)

眼界 ……………………………………… 089
　　白居易　禽虫十二章(之七)

美色的悖论 ……………………………… 091
　　白居易　王昭君二首(其二)

瞬息浮生 ………………………………… 093
　　白居易　对酒五首(之二)

遗世独立 ………………………………… 095
　　柳宗元　江雪

见证时间 ………………………………… 098
　　徐凝　古树

心性触事而明 …………………………… 100
　　灵云志勤　开悟诗

莫负韶光 ………………………………… 103

　　　　无名氏　金缕衣
种蒺藜者得刺························105
　　　　贾岛　题兴化园亭
千古悼亡绝唱························107
　　　　元稹　离思五首（选一）
动人春色不须多······················110
　　　　陈标　蜀葵
悔································112
　　　　李商隐　嫦娥
还需"制度伯乐"······················115
　　　　胡曾　虞坂
"素知"的辩证法······················118
　　　　周昙　毛遂
从"一目罗"说开去····················121
　　　　周昙　再吟
禅悟人生····························124
　　　　契此　插秧歌

中编　宋金元代

与邻为善····························129
　　　　杨玢　批子弟理旧居状
换位思考····························131
　　　　杨亿　咏傀儡
正气歌······························133

包拯　书端州郡斋壁

自由颂 …………………………………… 135
　　　欧阳修　画眉鸟

风月情怀 ………………………………… 137
　　　邵雍　清夜吟

瞬息千秋 ………………………………… 140
　　　司马光　瞑目

寿有差等 ………………………………… 143
　　　吕南公　勿愿寿

史影苍茫 ………………………………… 145
　　　王安石　读史

一言为宝 ………………………………… 148
　　　王安石　诸葛武侯

为醉生梦死者写照 ……………………… 151
　　　王安石　鱼儿

杂着泪痕的谐谑 ………………………… 153
　　　刘攽　自古

来时路 …………………………………… 156
　　　守端　蝇子透窗偈

莫失本我 ………………………………… 158
　　　张舜民　百舌

雪泥鸿爪 ………………………………… 160
　　　苏轼　和子由渑池怀旧

一饱足矣 ………………………………… 163

苏轼　撷菜

自己构成自己 ……………………………… 165
　　　苏轼　野人庐

式微,式微,胡不归? …………………… 167
　　　苏轼　山村五绝(之五)

原来不过如此 …………………………… 170
　　　苏轼　观潮

事在人为一解 …………………………… 173
　　　方惟深　滟滪堆

他乡怕见月华明 ………………………… 175
　　　张耒　自上元后闲作五首(选一)

好怀不易开 ……………………………… 177
　　　陈师道　绝句四首(之四)

从早安排 ………………………………… 179
　　　陈师道　放歌行二首(选一)

逢遇 ……………………………………… 181
　　　陈师道　和邢惇夫诗(二首之一)

遗貌取神 ………………………………… 184
　　　陈与义　水墨梅(五首选一)

古树寄情 ………………………………… 187
　　　龚茂良　咏老木

善读"无字之书" ………………………… 189
　　　陆游　冬夜读书示子聿(八首选一)

为海棠鸣不平 …………………………… 191

　　　　陆游　海棠二首(选一)

成功原非偶然 ………………………………… 193
　　　　陆游　能仁院前有石像丈余,盖作大像时样也

凿破鸿蒙 …………………………………… 195
　　　　陆游　读《易》

诗堪警世 …………………………………… 197
　　　　范成大　蛮

祸莫大于不知足 …………………………… 199
　　　　范成大　偶事

生死观的诗性表达 ………………………… 201
　　　　范成大　重九日行营寿藏之地

山行的辩证法 ……………………………… 205
　　　　杨万里　过松源晨炊漆公店六首(其五)

为聚敛者画像 ……………………………… 207
　　　　杨万里　观蚁(二首选一)

织妇之苦 …………………………………… 209
　　　　杨万里　促织

这里就是罗陀斯 …………………………… 211
　　　　杨万里　宿灵鹫禅寺

江湖味　故乡情 …………………………… 213
　　　　姜夔　湖上寓居杂咏(十四首之一)

青山依旧在 ………………………………… 215
　　　　朱熹　水口行舟

补益新知 …………………………………… 217

目录 ｜ 007

　　　　朱熹　观书有感二首(其一)
寸阴是竞……………………………………………219
　　　　朱熹　偶成
寻源之悟……………………………………………221
　　　　朱熹　偶题三首(之三)
涵泳工夫……………………………………………224
　　　　陆九渊　读书
甘瓜苦蒂　物无全美………………………………226
　　　　戴复古　寄兴
诗文最忌随人后……………………………………228
　　　　戴复古　论诗十绝(选一)
上竿难………………………………………………230
　　　　曹豳　咏缘竿伎
好花看到半开时……………………………………232
　　　　刘克庄　再和熊主簿梅花十绝(选一)
官场中的"恐高症"…………………………………234
　　　　李宗勉　登六和塔
珍重未圆时…………………………………………236
　　　　林一龙　十四夜观月
人生境界……………………………………………238
　　　　罗与之　看叶
陶然忘机……………………………………………240
　　　　黄庚　池荷
戒虚…………………………………………………242

　　　　无名氏　题壁

一失足成千古恨 ………………………… 244

　　　　无名氏　油污衣

膏火自煎 …………………………………… 246

　　　　秦略　麝香

世乱莫还乡 ………………………………… 249

　　　　王若虚　还家五首（其一、其五）

见得真　道得出 …………………………… 252

　　　　元好问　论诗三十首（选一）

冷眼观世 …………………………………… 255

　　　　元好问　杂著九首（之八）

双重哀悯 …………………………………… 258

　　　　聂碧窗　哀被虏妇

残缺之美 …………………………………… 260

　　　　刘立雪　月岩

公道自在人心 ……………………………… 262

　　　　佚名　贾鲁治河

下编　明清及近代

有用与无用 ………………………………… 267

　　　　刘基　春蚕

鹦鹉能言的下场 …………………………… 269

　　　　方孝孺　鹦鹉

纸上桃源 …………………………………… 271

目录　｜　009

沈周　桃源图

虚舟无心 …………………………………… 274
　　湛若水　朴水渔舟

自尊无畏 …………………………………… 276
　　王守仁　泛海

直话曲说 …………………………………… 278
　　徐渭　仙人掏耳图

悲剧人生 …………………………………… 280
　　徐渭　题墨葡萄（五首选一）

看景不如听景 ……………………………… 283
　　徐渭　桃叶渡

村居野趣 …………………………………… 286
　　王世贞　暮秋村居即事

咫尺天涯 …………………………………… 288
　　徐𤏸　送友人之白下

妙在疏 ……………………………………… 290
　　金人瑞　与儿子

行己有耻 …………………………………… 292
　　吴伟业　怀古兼吊侯朝宗

尽信书不如无书 …………………………… 295
　　李渔　读史志愤

船工智语 …………………………………… 298
　　高珩　闻舟师相语

斗士丰姿 …………………………………… 300

王夫之　绝句(六首选一)

西施心结……………………………………… 302
　　　毛先舒　吴宫词

神闲就是神仙………………………………… 304
　　　汪琬　月下演东坡语(二首选一)

早知如此　何必当初 ………………………… 306
　　　宋荦　落花

泣血悲歌……………………………………… 308
　　　陆次云　题荆山石壁

为千古文人吐气……………………………… 310
　　　陆次云　疑冢

故交不忘……………………………………… 312
　　　洪升　钓台(四首选一)

无谓的拼争…………………………………… 314
　　　查慎行　蚁斗

盛极而衰……………………………………… 316
　　　查慎行　二月朔日碧桃盛开

两个不眠人…………………………………… 318
　　　庞鸣　吴宫词

眼前语是奇绝语……………………………… 320
　　　徐兰　出关

惶恐滩头说惶恐……………………………… 322
　　　赵执信　惶恐滩口号

世间没有双全法……………………………… 324

仓央嘉措　情歌

不独人亡物亦亡…………………………………326
　　　厉鹗　湖楼题壁

白发无公道………………………………………328
　　　翁志琦　白发

求人不如求己……………………………………330
　　　郑燮　篱竹

别开生面的竹颂…………………………………332
　　　郑燮　题画竹

旷达自信…………………………………………334
　　　翁格　暮春

彩云易散…………………………………………336
　　　赵艳雪　悼金夫人

记得当年…………………………………………339
　　　刘芳　咏落叶

良工不示人以璞…………………………………341
　　　袁枚　遣兴（二十四首之五）

重在解用…………………………………………343
　　　袁枚　遣兴（二十四首之七）

全在一个"养"字…………………………………346
　　　袁枚　养马图

瞎忙　空忙　苦忙………………………………348
　　　袁枚　箸

神韵当先…………………………………………350

　　　　袁枚　品画
各有各的活法…………………………… 352
　　　　袁枚　咏苔二首
过来事怕从头想………………………… 354
　　　　袁枚　重登永庆寺塔
"冷应酬"………………………………… 357
　　　　袁枚　遣兴
珍惜当下………………………………… 360
　　　　孙啸壑　夜吟
良人岂料作凉人………………………… 363
　　　　吴镇　韩城行
开到十分花事了………………………… 366
　　　　蒋士铨　题王石谷画册（其一）
妙在模糊………………………………… 369
　　　　蒋士铨　题王石谷画册（其二）
人生难得一知己………………………… 372
　　　　蒋士铨　寄随园先生
切忌人云亦云…………………………… 375
　　　　赵翼　论诗（五首之三）
宵小能量大……………………………… 377
　　　　赵翼　一蚊
"第一个历史活动"……………………… 379
　　　　赵翼　江边鸥鹭
重视"自致角色"………………………… 381

赵翼　草花略灌，辄欣欣向荣，乃知贱种尤易滋长也

异化劳动的成果……………………………… 383
　　　赵翼　闲阅史事六首(选一)

诗人谈老…………………………………… 385
　　　赵翼　出遇

原来樵子是仙人…………………………… 388
　　　赵翼　题《春山仙弈图》(七绝二首)

暗中难防…………………………………… 390
　　　汪启淑　咏蚊

一往情深…………………………………… 392
　　　宋湘　题兰(二首选一)

夤缘云路上　总有下山时 ……………… 394
　　　钱泳　游山诗

造化欺人…………………………………… 396
　　　郭麐　南唐杂咏

社会新变的期待…………………………… 398
　　　张维屏　新雷

献身不惜作尘泥…………………………… 401
　　　龚自珍　己亥杂诗(三一五首之五)

智者以盈满为戒…………………………… 403
　　　龚自珍　己亥杂诗(三一五首之二七二)

富贵暂如花………………………………… 405
　　　祁寯藻　立春后一日长椿寺牡丹盛开

花魂梦……………………………………… 407

　　　　魏源　赣江舟中棹歌(七首选一)
闻鸡遐想 …………………………… 409
　　　　魏源　晓窗
穷而后工 …………………………… 411
　　　　郑珍　书樾峰诗稿后
功成之患 …………………………… 415
　　　　曾国藩　沅甫弟四十一初度
错在失掉自我 ……………………… 418
　　　　金和　西施咏
警惕"逆淘汰"倾向 ………………… 420
　　　　金和　杂诗
舵手之歌 …………………………… 422
　　　　俞樾　舵
空谈误国 …………………………… 424
　　　　李龙石　论古人(十四首选一)
千金与一饭 ………………………… 427
　　　　李龙石　春夜咏怀(四首之二)
但求神似 …………………………… 430
　　　　文廷式　临池
目注苍生 …………………………… 432
　　　　丘逢甲　春日杂诗(二首选一)
论史者戒 …………………………… 434
　　　　丘逢甲　有书时事者为赘其卷端(四首选一)
不负初心 …………………………… 436

秋瑾　梅(十首选一)
美的发现 …………………………………… 438
　　　郭六芳　舟还长沙
无情泪送有情人 ………………………… 440
　　　苏曼殊　本事诗(十首选一)
金碑银碑不如老百姓口碑 …………… 442
　　　邹鲁　题武侯祠

后记 ………………………………………… 446

上编 先秦至唐

伊人宛在水中央

诗经·国风[①]

蒹 葭

蒹葭苍苍,白露为霜。
所谓伊人,在水一方。
溯洄从之,道阻且长。
溯游从之,宛在水中央。

蒹葭萋萋,白露未晞。
所谓伊人,在水之湄。
溯洄从之,道阻且跻。
溯游从之,宛在水中坻。

蒹葭采采,白露未已。

[①] 《诗经》是我国最早的一部诗歌总集,选辑了西周初到春秋末五百多年的诗歌,共三百零五篇;分为《风》《雅》《颂》。《风》多为民间歌谣,本诗选自《秦风》。

所谓伊人,在水之涘。

溯洄从之,道阻且右。

溯游从之,宛在水中沚。

诗中当红主角乃是"伊人",即意中所指之人;而"宛在"二字,尤饶韵致,点明伊人的在场,渲染出诗意盎然的凄清景象、痴迷心象、模糊意象,营造一种若隐若现、若即若离、若有若无的朦胧意境。

同人生一样,诗文也有境与遇之分。《蒹葭》写的是境,而不是遇。"心之所游履攀援者,故称为境。"(佛学经典语)这里所说的境,或曰意境,指的是诗人意念中的景象与情境。境生于象,又超乎象;而意则是情与理的统一。在《蒹葭》之类抒情性作品中,二者相辅相成,形成一种情与景汇、意与象通、情景交融、相互感应,活跃着生命律动的韵味无穷的诗意空间。

《蒹葭》写的是实人实景,却又朦胧缥缈、扑朔迷离,既合乎自然,又邻于理想,可说是造境与写境、理想与实际、浪漫主义与现实主义完美结合的范本。"意境空旷,寄托元淡。秦川咫尺,宛然有三山云气,竹影仙风。故此诗在《国风》为第一篇缥缈文字,宜以恍惚迷离读之。"(晚清陈继揆语)

说到缥缈,首先会想到本诗的主旨。历来对此,歧见纷呈,莫衷一是,就连宋代的大学问家朱熹都说:"不知其何所指也。"今人多主"追慕意中人"之说;但过去有的说是为"朋友相念而作",有的说是访贤不遇诗,有人解读为假托思美怀人、寄寓理想之不能实现,有的说是隐士"明志之作",旧说还有:"《蒹葭》刺襄公也,未能用周礼,将无以固其国焉……"

诗中的主人公,飘忽的行踪、痴迷的心境、离奇的幻觉,忽而"溯洄",忽而"溯游",往复辗转,闪烁不定,同样令人生发出虚幻莫测的感觉。而那个只在意念中、始终不露面的"伊人",更是恍兮惚兮,除了"在水一方",其他任何情况,诸如性别、年龄、身份、地位、外貌、心理、情感、癖好等等,统统略去。彼何人斯?是美女?是靓男?是恋人?是挚友?是贤臣?是君子?是隐士?是遗民?谁也弄不清楚。

诚然,伊人宛在水中央,既不邈远,也不神秘,不像《庄子》笔下的"肌肤若冰雪,绰约如处子,不食五谷,吸风饮露"的"神人",高踞于渺茫、虚幻的"藐姑射之山"。绝妙之处在于,诗人"着手成春",经过一番随意的"点化",这现实中的普通人物、常见情景,便升华为艺术中的一种意象、一个范式、一重境界。无形无影、无迹无踪的"伊人",成为世间万千客体形象的一个理想的化身;而"在水一方",则幻化为一处意蕴丰盈的供人想象、耐人咀嚼、引人遐思的艺术空间,只要一提起、一想到它,便会感到无限温馨而神驰意往。

这种言近旨远、超乎象外、能指大于所指的艺术现象,充分地体现了《蒹葭》的又一至美特征——与朦胧之美紧相关联的含蓄之美。

一般认为,含蓄应该包括如下意蕴:含而不露,耐人寻味,予人以思考的余地;蕴蓄深厚,却不露形迹,所谓"不着一字,尽得风流";以简驭繁,以少少许胜多多许。如果使之具象化,不妨借用《沧浪诗话》中的"语忌直、意忌浅、脉忌露、味忌短"概之。对照《蒹葭》一诗,应该说是般般俱在,丝丝入扣——

诗中并未描写主人公思慕意中人的心理活动,也没有调遣"求之不得,寤寐思服。悠哉悠哉,辗转反侧"之类的用语,只写他"溯洄"、"溯游"的行动,略过了直接的意向表达,但是,那种如痴如醉的苦苦追求情态,却隐约跳荡于字里行间。

依赖于含蓄的功力,使"伊人"及"在水一方"两种意象,引人思慕无穷,永怀遐想。清代画家戴熙有"画令人惊,不若令人喜;令人喜,不若令人思"之说,道理在于,惊、喜都是感情外溢,有时而尽的,而思则是此意绵绵,可望持久。

"伊人"的归宿,更是含蓄蕴藉,有余不尽,只以"宛在"二字了之——实际是"了犹未了",留下一串可以玩味于无穷的悬念,付诸余生梦想。黑格尔在《美学》一书中指出:"艺术的显现通过它本身而指引到它本身之外。"这从更深的层次上来考究,就上升为哲理性了。

钱锺书先生在《管锥编》中最先指出,《蒹葭》所体现的是一种可望而不可即的"企慕之情境"。它"以'在水一方'寓慕悦之情,示向往之境";亦即海涅所创造的"取象于隔深渊而睹奇卉,闻远香,爱不能即"的浪漫主义的美学情境。

就此,当代学者陈子谦在《钱学论》中做了阐释:"企慕情境,就是这一样心境:它表现所渴望所追求的对象在远方,在对岸,可以眼望心至,却不可以手触身接,是永远可以向往,但不能到达的境界";"在我国,最早揭示这一境界的是《诗经·蒹葭》","'在水一方',即是一种茫茫苍苍的飘缈之感,寻寻觅觅的向往之情……'从之'而不能得之,望之而不能近之,若隐若现,若即若离,犹如水中观月,镜里看花,可望不可求"。

《蒹葭》中的企慕情境,含蕴着这样一些心理特征——

其一,诗中所呈现的是向而不能往、望而不能即的企盼与羡慕之情的结念落想;外化为行动,就是一个"望"字。抬头张望,举目眺望,深情瞩望,衷心想望,都体现着一种寄托与期待;如果不能实现,则会感到失望,情怀怅惘。正如唐代李峤《楚望赋》中所言:"故夫望之为体也,使人惨凄伊郁,惆怅不平,兴发思虑,惊荡心灵。其始也,惘若有求而不致也,怅乎若有待而不至也。"

其二,明明近在眼前,却因河水阻隔而形成了远在天边之感的距离怅惘。瑞士心理学家布洛有"心理距离"一说:"美感的产生缘于保持一定的距离"。一旦距离拉开,悬想之境遂生。《蒹葭》一诗正是由于主体与客体之间保持着难以逾越,却又适度的空间距离与心理距离,从而产生了最佳的审美效果。

其三,愈是不能实现,便愈是向往,对方形象在自己的心里便愈是美好,因而产生加倍的期盼。正所谓:"物之更好者辄在不可到处,可睹也,远不可致也";"跑了的鱼,是大的";"吃不到的葡萄,会想象它格外地甜"。还有,东坡居士的诗句:"脚力尽时山更好,莫将有限趁无穷";清代陈启源所言:"夫说(悦)之必求之,然惟可见而不可求,则慕说(悦)益至"。这些,都可视为对于企慕情境的恰切解释。

作为一种心灵体验或者人生经验,与这种企慕情境相切合的,是有待而不至、有期而不来的等待心境。宋人陈师道诗云:"书当快意读易尽,客有可人期不来。世事相违每如此,好怀百岁几回开?"可人之客,期而不来,其伫望之殷、怀思之切,可以想见。而世路无常,人生多故,离多聚少,遇合难期,主观与客观、期望和现实之间呈现背反,又是多发与常见的。

这种期待之未能实现和愿望的无法达成所带来的忧思苦绪,无疑都带有悲剧意识。若是遭逢了诗仙李白,就会悲吟:"美人如花隔云端,上有青冥之长天,下有渌水之波澜。天长路远魂飞苦,梦魂不到关山难。长相思,摧心肝!"当代学者石鹏飞认为,不完满的人生或许才是最具哲学意蕴的人生。人生一旦梦想成真,既看得见,又摸得着,那文明还有什么前进可言呢?最好的人生状态应该是让你想得到,让你看得见,却让你摸不着。于是,你必须有一种向上蹦一蹦或者向前跑一跑的意识,哪怕最终都得不到,而过程却早已彰显了人生的意义和价值。所以,《蒹葭》那寻寻觅觅之中若隐若现的目标,才是人类不断向前的动力,才有可能让我们像屈原那样发出"天问",才有可能立下"路漫漫其修远兮,吾将上下而求索"的宏图远志。

是的,《蒹葭》中的望而不见,恰是表现为一种动力,一种张力。李峤《楚望赋》中还有下面两句:"故望之感人深矣,而人之激情至矣"。这个"感人深矣"、"激情至矣",正是动力与张力的具体体现。从《蒹葭》的深邃寓意中,我们可以悟解到,人生对于美的追求与探索,往往是可望而不可即的;而人们正是在这一绵绵无尽的追索过程中,饱享着绵绵无尽的心灵愉悦与精神满足。

看得出来,《蒹葭》中的等待心境所展现的,是一种充满期待与渴求的积极情愫。虽然最终仍是望而未即,但总还贯穿着一种温馨的向往、愉悦的怀思——"虽不能至,心向往之","中心藏之,无日忘之"。并不像西方后现代主义的荒诞戏剧《等待戈多》那样,喻示人生乃是一场无尽无望的等待,所表达的也并非世界荒诞、人生痛苦的存在主义思想和空虚绝望的精神状态。

《蒹葭》中所企慕、追求、等待的是一种美好的愿景。诗中悬置着一种意象,供普天下人执着地追寻。我们不妨把"伊人"看作是一种美好事物的象征,比如,深埋心底的一番刻骨铭心的爱恋之情,一直苦苦追求却无法实现的美好愿望,一场甜蜜无比却瞬息消逝的梦境,一方终生企慕但遥不可及的彼岸,一段代表着价值和意义的完美的过程,甚至是一座灯塔,一束星光,一种信仰,一个理想。正是从这个意义上,我们说:《蒹葭》是一首美妙动人的哲理诗。

谗人罔极

诗经·小雅

青 蝇

营营青蝇,止于樊。
岂弟君子,无信谗言!

营营青蝇,止于棘。
谗人罔极,交乱四国。

营营青蝇,止于榛。
谗人罔极,构我二人。

幼时思想单纯,读惯了《诗经》的《关雎》《蒹葭》这些甜美、温情的诗篇,乍一接触《青蝇》,听说是讲谗人构陷、造作事端的,脑子里立刻迸出一个问号:在风俗淳厚、人心质朴的上古时代,怎么还会发生这种情况呢?老师听了一笑,说:周公恐惧流言、屈原因谗致死,哪个不在古代?我想一想,也是。

接下来,老师就讲:这是《小雅》中一首著名的讽喻诗,也是谴责诗。诗分三章,全用比体,诗人以脏秽不堪、令人厌恶的苍蝇取喻起兴,痛斥谗人的恶行。指出谗人失去做人处事的基本准则,肆意挑起祸端、制造混乱,使四方各国迄无宁日;因而劝谏统治者切勿听任谗人谤毁构陷,以致深受其害。

"营营",摹声词,状写苍蝇四处飞舞的声音。"诗人以青蝇喻谗言,取其飞声之众可以乱听,犹今谓聚蚊成雷也。"(欧阳修《诗本义》)"樊"为篱笆,"棘"、"榛",丛生的矮棵灌木,皆苍蝇低飞栖止之处所。"岂弟(通'恺悌')君子",意为和易近人的正人君子,这里应包括操纵权柄之人("君子"原有此义)。"谗人罔极",意为进谗者立身处世没有一定准则,失去了做人的基本底线。"构我二人","构"为陷害,"二人"何指,涉及诗的本事,历来说法不一。清代学者魏源认为,本篇乃刺周幽王听信谗言而"废后放(流放)子"之作。诗中"二人",系指周幽王与母后;"交乱四国",分别为戎、缯、申、吕四个邻国。(《诗古微》)

在古代文人骚客的笔下,苍蝇一直是令人憎恶的丑恶物象,而且总是被借喻为谗佞不齿之徒。明人谢肇淛写过一篇斥骂苍蝇的精悍、犀利的讽刺小品。他说,京城一带苍蝇多,齐、晋一带蝎子多,三吴一带蚊子多,闽、广一带毒蛇多。蛇、蝎、蚊子都是害人的东西,但是,苍蝇更为卑劣可恶。它虽然没有毒牙利喙,可是,搅闹起人来格外厉害。它能变香为臭,变白为黑,驱之倏忽又至,死了还会滋生,简直到了无处可避、无物可除的地步。最后作者说:"比之谗人,不亦宜乎!"

宋人张咏也写过一篇《骂青蝇文》，说：青蝇之所以这样坏，我怀疑是奸人之魂，佞人之魄，郁结不散，托蝇寄迹成形的。欧阳修的《憎苍蝇赋》，尤为生动、形象，入木三分，揭皮见骨："引类呼朋，摇头鼓翼，聚散倏忽，往来络绎"；"逐气寻香，无处不到；顷刻而集，谁相告报？其在物也极微，其为害也至要"，"宜乎以尔刺谗人之乱国，诚可嫉而可憎"。

谗人乱国，可嫉可憎，这是问题的核心所在。

无数史实证明，谗言是非常厉害的。唐代诗人陆龟蒙有一首《感事》诗，讲述到谗言能够杀人灭族，毒害极大："将军被鲛函，只惧金矢镞；岂知谗利箭，一中成赤族。"锐利的金属箭头可以射穿鲨鱼皮制作的铠甲；但谗言这支毒箭还要厉害百倍，一经射中，就会阖家遭斩，赤族灭门。这决不是危言耸听，而是史有明证的。

《史记·魏其武安侯列传》记载：武安侯田蚡与魏其侯窦婴在汉武帝面前互相攻讦，各不相让。最后，田蚡胜利了，因为他使用了"流言杀人"的利器，说了一番耸人听闻的话："天下幸而安乐无事，我得以成为朝廷股肱之臣，平生所爱好的不过音乐、狗马、田宅而已；不像魏其侯、灌夫那样，日夜招聚豪杰壮士相互议论，不是仰观天象，便是俯首划策，窥伺于太后与皇上之间，希冀天下变乱，从而成就他们的谋国宏图。"言外之意是，我这个人胸无大志，平生所追求的无非是声色狗马；而他们则是野心勃勃，眼睛时刻盯着皇帝的御座。你这做皇帝的可要权衡利害，多多当心啊！"岂知谗利箭，一中成赤族"。结果，汉武帝听信了田蚡的谗言，将与魏其侯窦婴深相结纳的将军灌夫及其家属全部正法，窦婴本人也在渭城被处决了。而田蚡却因为"举奸"有功，安安稳稳地做着他的丞相。

鉴于谗言可以杀身灭族,祸国亡家,宋人罗大经写过一首《听谗诗》,以高度概括的语言,将听信谗言导致君臣猜忌、骨肉析离、兄弟残杀、夫妻离异的危害尽数列出,不啻一篇讨谗的檄文:"谗言谨莫听,听之祸殃结。君听臣遭诛,父听子当诀,夫妻听之离,兄弟听之别,朋友听之疏,骨肉听之绝。堂堂八尺躯,莫听三寸舌。舌上有龙泉,杀人不见血!"也正是为此吧,所以,明人吕坤慨乎其言:"言语之恶,莫大于造诬。"

那么,怎么应对呢?限于当时的社会条件、体制机制,缺乏应有的法律、法规,就只能徒唤奈何了。宋代诗人曾几有一首《蚊蝇扰甚戏作》的七言古诗:"黑衣小儿雨打窗,斑衣小儿雷殷床。良宵永昼作底用?只与二子更飞扬。……挥之使去定无策,葛帐十幅眠空堂。朝喧暮哄姑听汝,坐待九月飞严霜。"蚊蝇作祟,驱除无策,只好寄厚望于九秋的严霜了。

清代进士甘汝来也写了一首《杂诗》:"青蝇何营营,呼群污我衣。我衣新且洁,蠢尔无是非。驱之薨薨起,穴隙更乘机。蹙蹙靡所避,终日掩荆扉。叹息尔微物,终安所凭依。西风动地来,秋霜下严威。看尔翩翩者,能再几时飞。"同样是期待着"风霜助阵",布下严威。

今天不同了,法治社会有明确的法律、法规,肆意造谣诬陷、谗毁无辜者,一律绳之以法。作为个人,对付谗言也有许多有效办法。首先,要头脑清醒,掌握规律,辨识伪装,认清真相。谗人得势,往往由于其擅长遮掩罪恶本质,而予人以忠诚、顺从的假象。如果只看其貌似忠厚、谦恭的外表,而忽略探求本质,就很容易上当受骗。而对于诤言与谗言的区分,同样也应透过现象,认清实质。早在两千多年前，荀子就有过十分透辟的忠告：结党营私之徒相互吹捧，君子不能听取；陷害好人的坏话，君子不能相信；嫉妒、压抑人才的人，君子不能亲近；凡流言蜚语、无根之谈，不是经过公开途径而传播的，君子一定要慎重对待。

其次，对于造谣生事、倾陷他人的恶行，不能听之任之。必须追索谣源，一抓到底，对构成诽谤罪、诬陷罪的，要依据法律严加查处，不予宽贷。使人们认识到，凡蓄意谗毁、中伤他人者，绝不会有好下场，从而知所戒惧。

再次，"是非来入耳，不听自然无。"作为被谗毁者本人，对那些"流言、流说、流事、流谋、流誉、流诉"（《荀子·致士》），应以一副不屑一顾的气概，完全不去理会它。用鲁迅先生的话说，就是连眼珠子都不转过去。或者像东坡居士所吟咏的："莫听穿林打叶声，何妨吟啸且徐行。竹杖芒鞋轻胜马，谁怕？一蓑烟雨任平生。"

长相思

汉代古诗

涉江采芙蓉

涉江采芙蓉,兰泽多芳草。
采之欲遗谁,所思在远道。
还顾望旧乡,长路漫浩浩。
同心而离居,忧伤以终老。

初读本诗,感到文辞通畅、意蕴单纯,似乎无须做更多的研解;实际上,并非如此。单是意旨,历代评论家就说法不一。清初学者李因笃概之以"思友怀乡,寄情兰芷"。而后的王尧衢,认为"此慨同心人之不得相聚也。同心,即知音者之类"。当代著名学者朱东润说:"这是写游子思念故乡和亲人的诗。"马茂元认同此说,指出:此乃游子思乡之作,只是在表现游子的苦闷、忧伤时,采用了"思妇调"的虚拟方式。而著名美学家朱光潜则认为:"这是一首惜别的情诗。"

难怪古人说"诗无达诂"。面对这些知名的专家学者的歧见纷

呈,确实有一点无所适从了。斟酌再三,求同存异,我觉得,有三点可以认定:

一、这是文人作品,而非诗中人物自述。

二、手法是虚拟思妇口吻。之所以是思妇,乃由于游子在外,或行旅,或出征,或求仕,或谋生,应是远在边疆或者京洛;而欲采撷江上芙蓉、兰泽香草以遗远人者,必是留在江南故乡的女子。那么,"还顾望旧乡"又怎么解释呢?这是思妇悬想游子对于家室的离思、忆念。

三、诗句中所明确表达的是对于所钟爱的同心人的思念。至于这是诗人的写实,抑或同时寄托着思友怀乡、渴念知音的深情厚意,以至对美好人生与理想的憧憬,则不必、也难以具体认定,只能因人而异。

准此,本诗就可以解读为——

夏秋之际,荷花盛开。年轻的女子弄舟江上,采摘芙蓉,欣赏着泽畔的兰蕙芳草。这时,一位女子怅然注视着手中的芙蓉,瞬间,芙蓉化作了"夫容"(当代学者徐中舒《古诗十九首考》:"芙、夫声同,蓉、容声同。芙蓉者,夫之容也"),于是,怀想到远行的丈夫。她多么想望把这最美的一朵送给同心人哪!可是,很快就怅然了——"所思在远道"啊!这时,心灵产生了感应,眼前出现了错觉,她仿佛看到"远道"的丈夫正"还顾望旧乡",同样是"长路漫浩浩"啊。这里,采用了清人张玉谷所说的"从对面曲揣彼意,言亦必望乡而叹长途"的悬想方式,从而加重了感伤、失望的成分。于是,妻子、丈夫,还有诗人,就同声喊出一句:"同心而离居,忧伤以终老。"——相爱的人,终此一生,也难以相聚相守,世间难道还有比这更令人伤情的吗?

在这两句诗的下面,诗评家王尧衢加上了这样一句话:"夫同心人不可得,既已可伤;幸得之而复离居,是以忧思伤心,于焉终老,莫可如何而已矣。"其实,这也恰是本诗的哲思理趣所在。世间同心知己本来就难以遇合,幸而得之,却又离居千里万里,以致终老忧思、失望,确是无可奈何达于极点。诗中在脉脉情深的后面,隐伏着对于理想追求不能实现、美好事物瞬息成空的叹惋,流露出可思而不可见、可望而不可即的无奈与悲凉。

鲁迅先生有言:"悲剧是将人生有价值的东西毁灭给人看。"而任何悲剧的产生都有它的社会根源。诗中曲折而含蓄地揭露与批判了不合理的社会现实。"诗是精粹的语言,暗示是它的生命。"(朱光潜语)本诗正体现了这一点。

赏读全诗,看得出它所受到的《诗经》《楚辞》的影响。诗中化用了《楚辞》中"折芳馨兮遗所思"、"路漫漫其修远兮"、"将以遗兮离居"等诗句;而且,"从对面曲揣彼意"的表现方式,也与《诗经》中的《卷耳》《陟岵》等篇暗合。

正是在《国风》《楚辞》的滋育、影响之下,产生了获"五言之冠冕"盛誉的《古诗十九首》。这是东汉末年文人五言诗的选辑,并非一人作品。内容反映了作者与生活其间的社会、自然环境广泛而深刻的情感联系,以及人生最基本、最普遍的一些思想情绪;体现了对个体生命存在、生存价值的关注,再现了文人在社会思想转型期向往的追求与幻灭,心灵的觉醒与痛苦,具有天然浑成的艺术风格,在中国古代诗歌史上享誉甚高。本诗为《古诗十九首》的第六首。

英雄中的诗人

龟虽寿

曹　操[①]

神龟虽寿,犹有竟时;
腾蛇乘雾,终为土灰。
老骥伏枥,志在千里;
烈士暮年,壮心不已。
盈缩之期,不但在天;
养怡之福,可以永年。
幸甚至哉!歌以咏志。

本诗为《步出夏门行》的第四首,大约是建安十二年曹操北征乌桓胜利回师途中所作。为作者诗歌中脍炙人口的名篇。诗人通过形象化的手法,表现出哲理与诗情,具有一种真挚而浓烈的感染力和强

[①] 曹操(155—220),字孟德。三国魏著名政治家、军事家和文学家。后进位丞相,封魏王。死后追尊为魏武帝。为"建安文学"代表性作家之一。

大的震撼力。全诗跌宕起伏,又机理缜密,闪耀出哲理的智慧之光,迸发出奋进之情,振响着乐观声调。作为哲理诗,即物而论理,立象以寄意,尽管通篇都在说理,但仍觉意兴盎然,毫无枯燥、晦涩之感。

诗分三层,前四句说生死。这里引用了两个著名典故:《庄子·秋水篇》:"吾闻楚有神龟,死已三千岁矣。"《韩非子·难势篇》:"飞龙乘云,腾蛇游雾,云罢雾霁,而龙蛇与同矣!"诗人借助长寿动物灵龟和传说能够腾云驾雾的腾蛇也终有一死、骨化成尘的事实,阐明人既有生必有死、不可能长生不老的道理,揭示生死相互转化的辩证法。

中间四句谈老迈。通过老骥与烈士(胸怀壮志、踔厉风发之勇者)两种形象,表达即便到了暮年,也要胸怀壮志,老有所为,绝不衰颓气馁的积极人生态度,显现出豪杰本色,壮士情怀。鲁迅先生有言:"曹操是一个很有本事的人,至少是一个英雄,我虽不是曹操一党,但无论如何,总是非常佩服他。"就此,我们完全有理由说,他是一个名实相副的英雄中的诗人、诗人中的英雄。

后四句讲养生。这是从前两层意蕴衍生出来的——既然生死、老迈都是不可避免的,既然倡导老当益壮、志在千里,那么,就有一个如何过好老年这一关的问题。诗人认为,人的寿命长短("盈缩"),不仅仅决定于客观自然("天"),也和主观努力有直接关系,因此,应该注意调养,怡情悦性。这样,就可以延长寿算,提高生命质量。

收尾两句,是配乐演奏时附加的,与正文内容无关。

当代学者宋晓霞指出:"汉末以后一百多年间,死亡使人们普遍感到困惑、苦闷和畏惧。在诗歌里,从《古诗十九首》的'人生寄一世,奄忽若飘尘'到陶渊明的'人生无根蒂,飘如陌上尘',表达了相同的感慨。延年不死或及时行乐，是当时一般人的遐想与追求。曹操这首诗则表现了一种更为积极的人生境界。"联系到这一社会背景，更能看出它的价值所在。

具体地说，其价值就是：在生老病死这些人生重大课题上，坚持顺应自然，不信天命，充满了朴素唯物主义思想和辩证观念；体现了中华优秀传统文化中"天行健，君子以自强不息"的奋发进取精神；强调了发挥主观能动性和秉持乐观向上的积极人生态度。

清人陈祚明指出："名言激昂，千秋使人慷慨。孟德能于《三百篇》外，独辟四言声调，故是绝唱。"（《采菽堂古诗选》）这里说的是，曹操继承"诗三百"《风》《雅》的优良传统，使四言诗在经过一段沉寂之后，重新焕发光彩，并对以后嵇康、陶渊明等的四言诗写作产生了积极影响。专就诗歌的格调来说，气魄雄浑，苍凉豪迈，激昂慷慨，更是体现了以刚健为主导的审美取向。

出污泥而不染

酌贪泉诗

吴隐之[①]

古人云此水,一歃怀千金。
试使夷齐饮,终当不易心。

据《晋书·吴隐之传》记载,"广州包带山海,珍异所出,一箧之宝,可资数世。然地多瘴疫,人情惮焉。"当时,派到广州去当刺史的皆多贪赃黩货,官府衙门贿赂公行,贪渎成风。东晋安帝时,朝廷欲革除岭南弊政,便派吴隐之出任广州刺史。"未至州二十里,地名石门,有水曰'贪泉',饮者怀无厌之欲。隐之既至,语其亲人曰:'不见可欲,使心不乱。越岭丧清,吾知之矣。'"意思是,不见到可以引起贪欲的东西,就可以保持心地宁静。而这里,奇珍异宝无数,只要弄走一箧,就可以享用几辈子。因此,从京城到广州来,一过岭就会丧

[①] 吴隐之(?—415),曾任中书侍郎,为官清廉,《晋书》奉为良吏。

失廉洁的操守。于是,酌泉饮之,并即兴赋诗云云。

吴隐之的四句话和一首诗,内涵十分丰富,富有哲思理蕴,其中至少论及了三种关系:

一是环境与风气的关系。"越岭丧清",到此即贪。古人有"染于苍则苍,染于黄则黄"(墨子语),"蓬生麻中,不扶而直;白沙在涅,与之俱黑"(荀子语)的说法,表明环境的重要。

二是欲望与操守的关系。老子有言:"不见可欲,使民心不乱";"我无欲,而民自朴"。欲望原本是人的自然本能,它是一把双刃剑,应该加以分析,完全否定是不对的。这里说的不是要消除自然的本能,而是主张控制、消解贪欲的滋生与扩张。

三是主观与客观的关系。吴隐之不同意那种"喝了贪泉水,人人都得贪"的论调。"一歃",以口微吸也,极言其少;千金,极言钱财之多。两两相照,没有必然联系,关键在人,要看谁来喝。他说,我们不妨尝试一下,使令连天下与王位都不想要的伯夷、叔齐兄弟来饮,我相信,他们终究不会改变自己的初心与高尚情操的。

明人钱子义《贪泉》诗中,同样提出了质疑:"千金一歃岂其然?独酌无伤处默(吴隐之)贤。闻道黄金入眉坞,未应在处有贪泉?"诗中说,如果贪婪无度是由于饮了贪泉所致,那么,汉末的董卓疯狂聚敛财富(在长安以西渭河北岸修筑了眉坞城),难道他也是喝了贪泉的水不成?"独酌无伤处默贤",说的是,贪与廉取决于人的资禀与精神境界的高下,同客观上是否饮用了贪泉并不相关。实践也证明了,吴隐之本人就曾喝过,他仍然廉洁自持,大节不亏。

吴隐之本传记载,他平时不沾酒肉,吃的只是蔬菜、干鱼;穿的仍是过去那些旧衣服。他还下令将前任官员使用过的豪华丝帐、帷幕,以及各种贵重饰物,统统撤除,一并收归国库。由于他整饬纲纪,以身作则,广州仕风大为改观。皇帝下诏嘉奖、赞扬他:"处可欲之地,而能不改其操,飨惟错之富,而家人不易其服。革奢务啬,南域改观"。作为一位"出污泥而不染"的著名清官,名标青史。

此心自在悠然

饮酒(其五)

陶 潜[①]

结庐在人境,而无车马喧。
问君何能尔?心远地自偏。
采菊东篱下,悠然见南山。
山气日夕佳,飞鸟相与还。
此中有真意,欲辨已忘言。

陶渊明的诗,我喜欢得要命,很久以来,就想写一篇关于这位超级诗人的随笔。可是,当我读到朱光潜先生《诗论》中第十三章《陶渊明》之后,就再也没有勇气动笔了,那种心理状态,正是:"眼前有景道不得,崔颢题诗在上头。"

[①] 陶潜(365—427),字渊明,世称靖节先生。东晋伟大诗人。曾任江州祭酒、彭泽县令等职,因不满官场污浊,弃官归隐。陶诗思想、艺术成就甚高,风格平淡自然,韵味隽永。

朱先生的文章写得实在漂亮,它使我领悟到:状写诗人、文学家,应该富有鲜活生命的质感,"鸢飞鱼跃"、灵心迸发的天趣,"素以为绚兮"的隽美。从这个意义上,我倒觉得运用陈寅恪先生"以诗证史"的方法,从诗中找到生命的轨迹,多沾一点诗的灵气,可能是个有效的途径。于是,我就找出了陶渊明的诗集,从头到尾翻检一过,最后选中了组诗《饮酒》中的第五首。

诗人在这里展示了向往归复自然,追求悠然自在、不同流俗的完满的生命形态的内心世界,刻画了运用魏晋玄学"得意忘象"之说,领悟"真意"的思维过程,富含哲思理趣。我想通过解剖这首最能反映其思想、胸襟、情趣,也最为脍炙人口的五言代表作,以收取"鼎尝一脔"之效。

《晋书》本传中,将陶渊明归入"隐逸"一类。当是考虑到,他做官的时间很短,中间还丁忧(遭逢父母的丧事)两年,实际不过四年。前后二十余年,一直在家乡种地,过着"半耕半读"的悠然自在的生活。诗人归隐后,对社会时事颇多感慨,遂托酒寄言,直抒胸臆。《饮酒》组诗序云:"余闲居寡欢,兼比(加上近来)夜已长,偶有名酒,无夕不饮","既醉之后,辄题数句自娱"。这首五言诗就是这么写出来的。

全诗十句,可做三层解读:

前四句为一层,诗人状写其摆脱尘俗烦扰后的感受,表现了鄙弃官场、不与统治者同流合污的思想感情。宋代名儒朱熹说:"晋宋人物,虽曰尚清高,然个个要官职,这边一面清谈,那边一面招权纳货。陶渊明真个能不要,此所以高于晋宋人物。"诗人愤世嫉俗,心志高洁,但他并没有逃避现实,与世隔绝,而是"结庐在人境",过着同普通人一样的生活。不同之处在于,能够做到无车马之喧嚣,保持沉寂虚静。

那么,请问这是怎么做到的呢?答曰:不过是寄情高旷,"心远地自偏"罢了。这里固然也有生活层面上的因素,对这熙熙攘攘的社会现实,特别是争名逐利的官场,采取疏远、隔绝的态度,自然门庭冷落、车马绝迹;但诗人的着眼点还是精神层面上的,内心对于人为物役、心为形役的社会生活轨道的脱离,对世俗价值观的否定,放弃权力、地位、财富、荣誉的世俗追求。境静源于心静,源于一种心灵之隐,也就是诗人所标举的"心远"。这个"远",既是指空间距离,也是指时间距离,"凝心天海之外,用思元气之前"。心若能"远",即使身居闹市,亦不会为车马之喧哗、人事之纷扰所牵役,从而实现人的生命与自然的统一和谐。这番道理,如果直接写出来,诗就变成论文了,诗人却是把哲理寄寓在形象之中,如盐在水,不着痕迹;平淡自然,浑然一体。难怪一向以"造语峻峭"著称的王安石,也慨然赞叹:"自有诗人以来,无此四句!"

中间四句为第二层,诗人状写其从田园生活与自然景色中所获得的诗性体悟,实际上是"心远地自偏"这种超然物外的精神境界的形象化表现与自然延伸。有了超迈常俗的精神境界,才会悠闲地在篱下采菊,抬头见山,一俯一仰,怡然自得。"悠然"二字用得很妙,说明诗人所见所感,非有意寻求,而是不期而遇。东坡居士有言:"渊明诗初看若散缓,熟看有奇句";"采菊之次,偶然见山,初不用意,而境与意会,故可喜也"。在这里,诗人、秋菊、南山、飞鸟,各得其乐,又融为一体,充满了天然自得之趣。情境合一,物我合一,人与自然合一,诗人好像完全融化在自然之中了,生命在那一刻达到了物我两忘的超然境界。

说到境界,我想到一位中学老师在讲解冯友兰先生《人生的境界》时的一段话。他举例说,有些坊间俗本把陶渊明的"悠然见南山"印成"悠然望南山",失去了诗人的原意。"望"是有意识的,而"见"是无意识的,自然地映入眼帘。用一个"望"字,人与自然之间成了欣赏与被欣赏的关系,人仿佛在自然之外,自然成了人观照的对象;而用一个"见"字,人与自然不是欣赏与被欣赏的关系,人在自然之中,与自然一体,我见南山悠然,料南山见我亦如此。与自然一体,也就与天地一体,与宇宙一体,是天地境界或者近于天地境界。一个"见"字,写出了人与自然,乃至与宇宙之间的一种和谐。联系到陶渊明的另外两句诗:"久在樊笼里,复得返自然",这种"返",觉解程度是很高的,是那些真正的无觉解或者很少觉解的乡民所无法达到的。而这个"樊笼",可能是指功利境界以至道德境界,陶潜已经越过了这个境界。

这位老师从遣词造句、细节刻画方面,对于陶诗作了细致的解析,看了很受启发。

就本诗的意蕴来说,尤见精微、深邃。当代学者王先霈指出:"陶渊明直接描写的是面对秋景的愉悦,而其实是表达自己对于'道'的体悟,用诗的方式说出自己某一次体道的过程和心得。他所说的'心远',相当于《淮南子》讲的'气志虚静'、'五藏定宁',相当于《老子》说的'守静笃',是'体'的心理上的前提。至于采菊、见南山、见飞鸟,那并不是观察,而是感应,从大自然的动和静中产生心灵感应。"

最后两句为第三层,是全诗的总结,讲诗人从中悟出的自然与人生的真谛。而这"真意"究竟是什么,是对大自然的返璞归真?是万物各得其所的自然法则?是对远古理想社会的追慕与向往?是人生的真正价值和怡然自得的生活意趣?诗人并不挑明,留给读者去思考,在他,则"欲辨已忘言"了。实际的意思是说,这一种真谛乃是生命的活泼泼的感受,逻辑的语言不足以体现它的微妙处与整体性。这样,又把读者的思路引回到形象、意象上。寄兴深长,托意高远,蕴理隽永,耐人咀嚼。

《晋书》本传中记载,他"畜素琴一张,弦徽不具,每朋酒之会,则抚而和之,曰:'但识琴中趣,何劳弦上声!'"陶潜深受老庄思想影响,赞同"有生于无"、"大音希声"、"无声之中,独闻和焉"的哲学观念,认为"言不尽意",应该"得意而忘言"。《庄子·齐物论》中说:"有成与亏,故昭氏之鼓琴也;无成与亏,故昭氏之不鼓琴也。"昭氏名文,善于鼓琴。这段话按冯友兰先生的解释,是说:"无论多么大的管弦乐队,总不能一下子就把所有的声音全奏出来,总有些声音被遗漏了。就奏出来的声音说,这是有所成;就被遗漏的声音说,这是有所亏。所以,一鼓琴就有成有亏,不鼓琴就无成无亏。作乐是要实现声音,可是,因为要实现声音,所以有些声音被遗漏了,不实现声音,声音倒是能全。"说到这里,冯先生还举出陶渊明屋里挂着无弦琴作为例证。

"心远"与"真意",为全诗的眼目、灵魂与意旨所在,堪称全诗精神、意境、情调、理蕴的点睛之笔。清初诗评家吴淇在《六朝选诗定论》中指出:"'心远'为一篇之骨,'真意'为一篇之髓。"确是不刊之论。

现代著名诗人梁宗岱说过,哲学诗最难成功,这是"因为智慧的节奏,不容易捉住,一不留神便流为干燥无味的教训诗了。所以成功的哲学诗人不独在中国难得,即在西洋也极少见。"他认为,陶渊明也许是中国唯一十全成功的哲学诗人。

苏东坡认为:"渊明作诗不多,然其诗质而实绮,癯而实腴,自曹、刘、鲍、谢、李、杜诸人,皆莫及也。"

或问:又是饮酒,又是赏菊,又是鼓琴,那么,这位超群绝伦的大诗人是不是也读书呢?当然。他早就说了:"少年罕人事,游好在六经","得知千载上,正赖古人书"。他读的书很多,只不过方法有点特别:"好读书,不求甚解,每有会意,便欣然忘食",迹近于兴趣主义。

关于他的思想,朱先生在《陶渊明》一文中,做过精彩的分析:他"是一个绝顶聪明的人,却不是一个拘守系统的思想家或宗教信徒。他读各家的书,和各种人物接触,在于无形中受他们的影响,像蜂儿采花酿蜜,把所吸收来的不同的东西融会成他的整个心灵"。不过,朱先生说,"假如说他有意要做哪一家,我相信他的儒家的倾向比较大"。对此,我却有点不同见解,倒是觉得他的同宗先贤晦庵先生(朱熹)所说的"靖节(陶渊明)见趣多是老子","旨出于老庄",或者陈寅恪先生所言"渊明之为人,实外儒而内道,舍释迦则宗天师也",可能更切合实际。

由此,又引出了一个新的话题。靖节先生从早年就疾病缠身,又兼嗜酒成性,长期身体衰弱,直到六十三岁死去(现代有著名学者考证,享年为五十一二岁)。或问:既然他绝顶聪明,怎么就不知道珍惜自己的健康,那么拼命地喝酒呢?言下不无憾怨之意。看来,他并没怎么把生命与身后声名放在心上,他说:"人生似幻化,终当归空无","千秋万岁后,谁知荣与辱"。他所秉持的生死观是:"有生必有死,早终非命促。昨暮同为人,今旦在鬼录。魂气散何之,枯形寄空木。"他说:"死去何所道,托体同山阿。"死了就是死了,没有什么好说的;身体朽腐之后,与土地山陵化成一体,回归自然就是了。这种"一死生、齐彭殇"的观念,如果认祖归宗的话,与其说是"儒家的倾向",毋宁说是《庄子》中话语的形象注解:"生也死之徒,死也生之始,孰知其纪!人之生者,气之聚也。聚则为生,散则为死。若死生之徒,吾又何患!"

他还有这样几句诗:"纵浪大化中,不喜亦不惧。应尽便须尽,无复独多虑。"说的是人归化于自然,无须在天国中求得永恒,但求能够自我超越与解脱,过着"情随万化遗"、委运任化、随遇而安的生活——此生自在悠然,此心自在悠然。

自荐诗可以这样写

赠王桂阳

吴 均[①]

松生数寸时,遂为草所没。
未见笼云心,谁知负霜骨。
弱干可摧残,纤茎易陵忽。
何当数千尺,为君覆明月。

古人自荐,讲究身份。既有求于人,又不能露出自卑、自贱的寒乞相。因而,这类诗文不易着笔,但如果处置得好,往往十分出色。

既为自荐,当然要讲自己的特长,但如果说得露骨、说得过分了,予人以夸饰、吹嘘的印象,反而不好。吴均在这方面做得很得体,不亢不卑,恰到好处。就其社会意义来说,它反映出一种人生际遇,一种社会常见现象,可说是那些怀瑾握瑜的下层寒士在等级社会沉重

[①] 吴均(469—520),南朝梁著名文学家。家世寒贱,好学有俊才,诗文自成一家,号为"吴均体"。

压迫下的痛苦呻吟,也是慨乎其言的不平之鸣。

诗中不取正面自我标榜形式,通篇全用比体,托物志感。前四句说,小松初生不过数寸,遂为荒草淹没,冲霄之志无从展现,凌寒傲骨、坚贞品质更是无人知晓。借喻诗人沉沦下僚,不被器重,鸿图远志无从施展的窘况。五、六两句深入一步,状写小松目前遭摧残、受凌忽的困境,说明它亟待保护、扶持,含蓄委婉地透露出请能施加援手的求助意向。七、八两句说:一当幼松改善成长条件,即能顺利地长成参天大树。"为君"句,一箭双雕,用笔超妙,既申抒其笼云覆月、建立奇功伟业的抱负,又隐含不会忘记知遇之恩的深意。

诗题中之"王桂阳",即桂阳郡太守王嵘。古时友朋交往特别是对待上级,不能直呼其名,有官职的往往以其职衔称呼,如三国时的刘备曾为豫州牧,为此,人称"刘豫州";唐代韩朝宗任荆州长史,李白上书便以"韩荆州"称之。

鉴于"吴均体"的轰动效应,说不定二百三十年后,李白在写《与韩荆州书》时曾经受到它的启发和影响。李白与吴均所要表达的是同样的意愿,自荐处,词调雄豪,不失本色。原本是干谒之作,却丝毫不现寒酸求乞的卑词媚态,而是充满了对自己才能的自信,读来颇有气盛言宜之感。一诗一文,异曲同工,各臻其妙。

其实,也不只是六朝时的吴均、唐代的李白,这类"潜人才"(特指人才尚未被发现与承认状态)遭受压抑、难以出头的现象,在按门阀取士、凭年资选官、靠恩荫供职的封建时代,可说是"司空见惯浑闲事"了。国内外人才学专家应用一个哲学概念,指出人才从"潜"到"显"的过程,亟须破除所谓"马太效应"。美国社会学家罗伯特·默顿借用《圣经·马太福音》中"凡有的,还要加给他,叫他有余;没有的,连他所有的也要夺过来"这句话,来概括这样一种社会现象:对已有相当声誉的名家给予的荣誉越来越多,而对那些尚未出名的"潜人才",则百般刁难,轻易不肯承认。郑板桥曾刻过一方朱文印章,印文是"二十年前旧板桥"。原来,他年轻时虽然在诗、书、画方面已有很深的造诣,但是,因为没有名气和地位,作品无人问津。二十年后,中了进士,声名大振,时人竞相索求,门庭若市。他在感慨之余,刻了这方印章来讥讽世情,针砭时弊。

这种情况,在今天也还存在。人才在尚未崭露头角之时,是最需要支持、鼓励、拔擢与帮助的,可是,却常常无人注意;而一当取得了某些成果,在社会上出了名,又会来个一百八十度的大转弯,采访、照相、编辞典、下聘书,包括一些庸俗的捧场和商业性的借光炫耀,弄得应接不暇,无法摆脱,产生了所谓的"名人之累"。这使人想起《聊斋志异》中那个胡四娘。最初,这个弱女子受尽了家人、亲友的冷遇和奚落;可是,一朝发迹,便声名鹊起,简直闹得沸反盈天:"申贺者,捉坐者,寒暄者,喧杂满屋。耳有听,听四娘;目有视,视四娘;口有道,道四娘也。"

当然,这绝不是说,对声名显赫的人才不该宣扬与关心。在这方面,还有大量工作要做。本文只是想提醒一下,爱才尤贵无名时。与其热衷于在人才荣显之后揄扬备至,优礼有加,干些"锦上添花"的事,何不"雪里送炭",于幼芽掀石破土之际,伸出援手,多给一些实际的帮助呢!

孤雁伤怀

夜望单飞雁

萧　纲①

天霜河白夜星稀,一雁声嘶何处归?
早知半路应相失,不如从来本独飞。

孤雁,在中国诗歌史上,是一个常见的意象。庾信羁身异乡,忆念故国,以《秋夜望单飞雁》寄怀:"失群寒雁声可怜,夜半单飞在月边。无奈人心复有忆,今暝将渠俱不眠。"杜甫在安史之乱后,流离颠沛,思念亲人,渴望骨肉团圆,亦有"孤雁不饮啄,飞鸣声念群。谁怜一片影,相失万重云"之句。而在他们之前的萧纲,选择孤雁作为寄意伤怀的意象,却是在写过了银河高耿,月明星稀,一声凄厉的雁叫划破了夜空的宁静之后,引申出富有哲思理蕴的内涵:"早知半路应相失,不如从来本独飞"——如果早知道半途中你会离我而去,留

---

① 萧纲(503—551),文学家,南朝梁武帝萧衍第三子,继父位为简文帝。

下我孤苦无依,形影相吊,那还不如我们从来就不认识,未曾结成伴侣,一直是单处独飞了。可谓结想奇特,生面别开,另辟新境。

这里有往日雁阵齐飞、伉俪情深的美好追忆,有失群后形单影只、伶仃孤苦、侘傺悒郁的伤心与绝望,更有对于命运的无可奈何的哀叹。表面上看,是诗人对于失群丧偶的孤雁的悲悯,实际上,乃是借助孤雁的悲鸣,表达对于现实人生中命途多舛、聚散无常、生离死别的感伤,揭橥一种人生的悖论——人们明明知道有合必有分,有聚必有散,明明知道离散后必然是无尽的痛苦与悲哀,明明知道最终的结局总是如此("应相失",体现了这种必然性),却还是不遗余力地去营造爱巢、结伴求偶、追求圆满。

作为咏物寄情诗,本诗突出的一点,是选取恰当合理的意象。在飞禽中,大雁是被认为最忠诚的。清人黄钧宰在《金壶七墨》中记述:"禽类中雁最义,生有定偶,丧其一,终不复匹。"选取这样一种意象,来寄托情感、意念,确实恰当得体。然后,"寄意于象""使情成休",为情感找到一个客观对应物,借以抒怀、叙事、寄寓哲理。

再者,视角新颖独特,艺术表现力强。当代学者卢晓华指出,人们常把生离死别的丧偶者比做孤雁,这里却倒过来以人的感情来比况禽鸟,想象奇特,大有庄周深知游鱼之乐的味道。诗人成功地把雁情、人情交融为一,形象生动、鲜明,情调凄楚、哀婉,很有动人的力量。

萧纲虽为封建帝王,但文学界对他并不感到生疏。"会心处不必在远,翳然林水,便有濠濮间想也,觉鸟兽禽鱼,自来亲人"(见《世说新语》)之说,人们耳熟能详;对其"立身之道与文章异。立身先须谨重,文章且须放荡"的文学主张,也时常引用。《梁书》本传中,说他"雅好题诗,自称有'诗癖'",但人们对他的作为流派的"宫体诗"并不感兴趣,倒是很欣赏他的这类紧贴生活实际、抒写人生感悟、反映生命体验的短诗。他还写过一首《春江曲》:"客行只念路,相争渡京口。谁知堤上人,拭泪空摇手?"行者心注前路,争着赶穿渡口;而送行人却"瞻望弗及,伫立以泣"(《诗经·邶风·燕燕》),体察入微,至为真切感人。显现平常心之可贵,而真正的艺术境界,恰恰就在这里。

行者常至

破阵乐

李世民①

秋风四面足尘沙,塞外征人暂别家。
千里不辞行路远,时光早晚到天涯。

　　如果掩盖住作者名字,人们大概不会想到,它竟出自一位大有作为的帝王之手。因为一般的印象,这类帝王为诗,往往都是雄浑奇崛,雷霆万钧,大气磅礴,俯视古今;而此诗却简易清通,平实自然,写的是普通的军旅生活,说的是平常道理,完全看不到所谓"帝王气象"。应该说,这恰恰是这首诗的绝妙之处。

　　本诗以理蕴见长,贯穿一种昂扬奋发的主调。可是,却又不是开板就唱出大道理;而是从常见景物上领起。本来,塞外秋老风寒,尘沙扑面,征人离乡背井,艰苦跋涉,极容易产生感伤的意绪和畏难的

---

① 李世民(598—649),即唐太宗。杰出的政治家、军事家,具有远大的政治目光。文学艺术修养较深,现存诗近百首。破阵乐,唐法部大曲名,太宗贞观七年制。

心理;而诗人却生面别开,翻出新意,以一个"暂"字,缓解行人的离愁别绪。接下来,便从实际生活出发,阐释一番鼓振人心且易于理解、人们尽皆信服的道理——即便是前路迢遥,千里万里,远在海角天涯,只要目标明确,肯于迈开大步,坚定不移地走下去,时光或早或晚,总会到达目的地的。

与此诗有相似的理蕴,清代诗人袁枚写过一首七绝:"重理残书喜不支,一言拟告世人知:莫嫌海角天涯远,但肯摇鞭有到时。"诗人说他远行归来,心情愉快得有点支持不住了,一边整理残书,一边想到有些亲身感悟,要对人们说一说。他想说什么呢?无非是:海角天涯再远,只要肯摇鞭上路,总有到达之时。

春秋时齐国的著名政治家晏婴,当听到大臣梁丘据说:"吾至死不及夫子矣!"当即郑重其事地答道:"婴闻之,为者常成,行者常至。婴非有异于人也。常为而不置,常行而不休者,故难及也?"(事见《晏子春秋》)"为者常成,行者常至",这是颠扑不破、百试百验的真理。

清人黄叔灿《唐诗笺注》,对于此诗有"征戍之苦,深宫远念"之评语。说太宗关心士卒是对的,但止于"深宫远念"则不确。因为贞观年间,太宗曾率师亲征辽东,身历塞外尘沙风寒。此诗所记,自是他的实际感受与切身体验。宋人洪迈编选《唐人万首绝句》时,收入了这首七绝,并标明为李世民所作。到了明代,赵宦光对此书进行整理、考订,删除其中"讹舛总杂"者近一百二十首,此诗仍然保留,作者也没有变化。可是,到了清人编辑《全唐诗》时,却不知何故,将其列到张祜名下,想来当是误植。后来编辑《全唐诗续补遗》,便根据《乐府诗选》,改作李世民诗。

故垒悲歌

登幽州台歌

陈子昂①

前不见古人,后不见来者。
念天地之悠悠,独怆然而涕下。

武则天当政时,诗人曾在建安郡王武攸宜幕中参谋军事,屡次上策进言,"深切著明,情辞慷慨",却均不被采纳。正在失意无聊之际,这位外戚分派他随军北征契丹。这样,便有机会凭吊了坐落在今北京市的古燕都遗迹,登临了幽州台(亦称蓟北楼)。

诗人登楼远望,独立苍茫,不禁感慨生哀,遂以抑郁悲愤的情怀,脱口吟出这样一首不属于任何固定体式的诗歌,抒发其生不逢辰、怀才不遇、郁郁不得志的感伤意绪。

诗的前两句,贯穿了过去、现在与未来,在时间的长河中追求着

---

① 陈子昂(661—702),唐光宪年间进士,官至右拾遗。直言敢谏,不怕触忤权贵。后辞官还乡,遭人诬陷,死于狱中。著名诗人和文学家,为诗风骨峥嵘,苍劲有力。

历史、未来的纵深感;第三句在绵绵无际的时间地基上,架构了一座通向邈远空间的意象的桥梁,从而把动态的前后赓续的时间和静态的四下延伸的空间连接在一起。诗人在艺术构思时,把苍茫、辽阔的身外时空世界和深邃、邈远的内心时空世界,在更高的艺术层面上协调起来,对宇宙、人生、自然、历史,短暂与永恒、有限与无限、有常与无常、存在与虚无,进行探索与叩问。这样,诗人就把自己对现实时空的深切体验,转化为对心理时空的奇妙想象,从而创造出诗歌中的艺术时空来,在今古茫茫、天地悠悠的慨叹中,从心灵深处迸发出凄怆、悲壮的痛苦呐喊。

就诗人的情怀来讲,无论其为感慨生哀,还是痛苦呐喊,它的核心所在,不外乎四个字,那就是生不逢时。须知,诗人登临的处所——幽州台,原乃战国时以礼贤下士、求贤若渴著称于史册的燕昭王所建,它的附近还有一些燕国招贤的古迹,这都自然会唤起诗人对往古的忆念。诗人在写作本诗的同时,还另有七首《蓟丘览古》,其中第二首《燕昭王》、第七首《郭隗》分别为:"南登碣石坂,遥望黄金台。丘陵尽乔木,昭王安在哉。霸图怅已矣,驱马复归来。""逢时独为贵,历代非无才。隗君亦何幸,遂起黄金台!"它们都准确而鲜明地揭橥了诗人的心迹——眼前所见,唯有供人凭吊的往古遗踪,而那些明君贤士则早已骨朽成尘,化作虚无。这样,前后两个"不见",伴着一个当下的"念""独",自然就触景伤怀,"怆然而涕下"了。

当代学者陈子谦指出,此诗将心境升华到宇宙生命意识,人生长勤之哀,天地无穷之叹,往者不可及的茫然,来者不可追的怨望,登上此台,便齐集心头。一种旷古茫茫、无始无终的时空心理,万物悠悠、我身靡托的忧患意识,构成了意象和意念浑成的、涵容天地的"农山心境"——此为钱锺书先生命名,所据乃《说苑》与《孔子家语》:孔子和弟子登上农山,喟然长叹,"登高望远,使人心悲。"

历代学人对于本诗有很高的评价。明末清初的黄周星在《唐诗快》中写道:"胸中自有万古,眼底更无一人,古今诗人多矣,从未有道及此者。此二十二字,真可以泣鬼。"尔后,沈德潜也说:"余于登高时,每有今古茫茫之感,古人先已言之。"

当然,我们也注意到了,子昂此诗是上承楚骚的。屈原在《远游》中沉痛悲吟:"惟天地之无穷兮,哀人生之长勤。往者余弗及兮,来者吾不闻","意荒忽而流荡兮,心愁凄而增悲"。看得出来,千古骚人,命运相通,而他们的心音,更是同频共振的。

离而不伤

送柴侍御

王昌龄①

流水通波接武冈,送君不觉有离伤。
青山一路同云雨,明月何曾是两乡。

送别,一向是令人感伤的事情,特别是在交通不便、山川阻隔的古代,因而有"一出都门,便成万里"的说法。为此,南朝梁文学家江淹在《别赋》中一开头就说:"黯然销魂者,唯别而已矣!"接下来便指出分别的痛苦,"使人意夺神骇,心折骨惊"。翻开唐人诗集,诸如"谁谓波澜才一水,已觉山川是两乡"(王勃)、"荆南渭北难相见,莫惜衫襟着酒痕"(岑参)、"雪晴云散北风寒,楚水吴山道路难"(贾至)之类凄怆、苦楚的诗句,随处可见。

可是,在王昌龄的笔下,却写得十分开朗、旷达。从诗的内容看,

---

① 王昌龄(698—756?),杰出诗人,有"七绝圣手"之誉。唐开元年间进士,数任微官,屡遭迫害,多次被贬。

大约是他贬为龙标尉时的作品。其间,友人柴侍御从龙标前往武冈(均在今湖南省),诗人为他送别而作。诗人说,悠悠的沅江流水,把这里同客人要去的武冈连在了一起;一路上,青山相连,自然是同云同雨;明月普照,分不出此乡彼乡。所以,也就不觉得有什么令人感伤的了。全诗一扫送别中习惯性的惨惨戚戚的悲凉意绪,意态从容,韵味醇厚,格调高昂,读了使人心情振奋。

诗人通过丰富的想象与联想,创造出种种新的意象,以情造景,化远为近,使现实中的情景事物产生了变形。一个"接"字,给人一种两地比邻相近之感;一个"同"字,便化二为一,意念中两乡成为一乡。这样,人虽分飞两地,心却相聚一起,造成一种别而未离、离而未远、不觉离伤的心理效应。语意新颖,出人意料,然亦在情理之中,因为它蕴涵的正是人分两地、情同一心的深情厚谊。既体现了生活辩证法,更是一服"道是无情却有情"的安慰剂。

当代学者赵其钧,对此有更深入的分析。他说:其实,"诗人未必没有离伤,但是为了宽慰友人,也只有将它强压心底,不让它去触发、去感染对方。更可能是对方已经表现出离伤之情,才使得工于用意、善于言情的诗人,不得不用那些离而不远、别而未分、既乐观开朗又深情婉转的语言,以减轻对方的离愁。这不是更体贴、更感人的友情吗?"

神与物游

终南别业

王　维①

中岁颇好道，晚家南山陲。
兴来每独往，胜事空自知。
行到水穷处，坐看云起时。
偶然值林叟，谈笑无还期。

玄宗开元二十九年三月，王维完成"知南选"任务，从岭南返回长安，不久即辞官隐居于长安南郊的终南山，宣扬佛教禅理，过着亦仕亦隐的生活。本诗即作于这期间。别业，今称别墅。终南别业，亦称辋川别业。

全诗通篇都是叙述，首尾相衔，一气贯注。按说，一首山水田园

---

① 王维（701—761），字摩诘。唐开元年间进士，状元及第。官至尚书右丞，故世称王右丞。精通诗书、画、音乐等，尤以诗名传世，擅长五言，名咏山水田园，有"诗佛"之称。

诗,总应就此间的山川景物做些具体描写,而此诗却把重点放在表现诗人隐居中悠闲自得的心境,抒写其对于自得其乐的闲适情境的向往。其实,关于山中幽静、清丽的景致,他在与挚友裴迪的信中已经讲了:"北涉玄灞,清月映郭;夜登华子冈,辋水沦涟,与月上下;寒山远火,明灭林外;深巷寒犬,吠声如豹;村墟夜舂,复与疏钟相间。此时独坐,僮仆静默,多思曩昔携手赋诗,步仄径、临清流也。"裴迪曾任蜀州刺史和尚书郎,此时应在长安城中。而本诗题目,一作《入山寄城中故人》,即使不是专门寄给裴迪,起码也应包括他在内。

一开始,诗人就说,自己中年前后即厌倦尘俗,信奉佛理。从王维的名、字合而为"维摩诘",可知其早已情注佛禅,只不过尔后历经颠折,饱谙仕途艰险,就更加坚定了退隐之心,也更加关注佛禅之道,着意于探寻人生的真谛、宇宙的本源、普遍精神的本体。至于"晚家南山陲"的"晚"字,也应灵活解读:既可作晚年解,也可作晚近、晚些时候理解。如果属于后者,那应是直写现实生活状况。如果指的是前者,此时诗人刚届四十一岁,这里当是相对于"中岁"而言,中岁好道,退休后晚年便要归隐南山,意在点明诗人隐居奉佛的人生归宿与思想皈依;也可以理解为,此时虽然仓促入山,但是并没作长住打算。事实也正是这样,在此间未及一年,他便又出山,入朝从政。至于长期归隐辋川,那是以后的事了。

诗人接着说,兴致一来,我就独往山中信步闲游,安享自得之乐;遇到赏心乐事("胜事"),便独自欣赏,自我陶醉,不求人知,只求个人心领神会而已。

尔后,展开说"胜事自知"。诗人沿着小溪溯洄上行,不知不觉间,就走到了源头("水穷处"),他既没有转身回返,也并不另觅新途,而是索性就地坐下来,静看山中的云起云飞。此刻的诗人正和缥缈的白云一样,心情极度放松,自在悠然,已经超脱于身边的物质世界,心灵了无挂碍地沉浸在缥缈的玄思之中。"水穷""云起"两句诗,历来受到诗家的激烈称赏。宋僧慧洪曰:"不直言其闲逸,而意中见其闲逸,谓之遗意句法。"清人沈德潜许之以"行所无事,一片化机"。近代学者俞陛云《诗境浅说》中解析:"行至水穷,若已到尽头,而又看云起,见妙境之无穷。可悟处世事变之无穷,求学之义理亦无穷。此二句有一片化机之妙。"

结尾紧承上面神与物游、物我两忘之情境,说是偶然遇到了山林中的老者,便与他开怀谈笑,由于话语投机,竟然忘记了回家的时间。同样反映了诗人的去留无意,随缘自适。

清代巢父《唐诗从绳》中评说:"此全篇直叙格。五、六句法径直。此种句法不假造作,以浑成雅健为贵。通首言:中岁虽参究此事,不免茫无着落,至晚年方知有安身立命之处。得此把柄,则行止洒落,冷暖自知,水穷云起,尽是禅机,林叟闲淡,无非妙谛矣。以人我相忘作结,有悠悠自得之意。"

当代学者、研究王维专家王志清教授,把此诗作法同诗人的出游、诗人的心态结合起来加以赏评,颇有见地。他说,此诗亦古亦律,信手拈来,起承转合如行云流水,形迹无拘;也像其出游一样,没有时间概念,想谈多久就谈多久;也没有空间意识,能走到哪里就走到哪里。只有过程,没有结果,也不问结果,水穷何碍?云起何干?因为"胜事自知",悟得世事变化无穷之理,方有此不可言传的"化机"。诗人的心态,极其自由,也绝对自在,处事不执著,不刻意,不迷狂,无为而无不为,天如何人亦如何,顺天知命,从容不迫,随缘适意,不求

人知,而心会其趣。这一切,正是本诗的成功所在。(《王维诗传》)

　　本诗充溢着禅机理趣,句句入禅,却"不用禅语,时得禅理"(沈德潜语)。其妙处,即在于通过具体的日常生活予以体现,使人在不知不觉间神游其禅境,体悟其意蕴。这既反映了禅宗思想的一个重要特征——禅乃生活方式与人生态度;从中也可以看出唐宋理趣诗的差别。而作为古代山水田园诗中的代表作,它更充分展现了号称"诗佛"的王维诗作的虚静空灵、飘逸高蹈、物我浑然、色相俱泯的美学趣味。

生寄死归

拟古十二首(其九)

李　白①

生者为过客,死者为归人。
天地一逆旅,同悲万古尘。
月兔空捣药,扶桑已成薪。
白骨寂无言,青松岂知春。
前后更叹息,浮荣何足珍。

《拟古》组诗,为诗人晚年作品。从暗喻安禄山起兵作乱和唐明皇赴蜀的"胡风结飞霜""六龙颓西荒",以及"惟昔鹰将犬,今为侯与王。得水成蛟龙,争池夺凤凰"(《其六》)等诗句,可以推知全诗大约写于安史之乱后至长流夜郎、中道遇赦放还期间。而就其所述题材及风格看,十二首未必为一次完成,当是偶有所感即信笔写出。

---

① 李白(701—762),伟大的浪漫主义诗人,诗作飘逸奔放,瑰丽雄奇,素有"诗仙"之盛誉。

本诗为第九首。想象丰富,意境深邃,哲理性强,为其突出特色。其时,诗人已进入晚境,回首前尘,百感交集,中心如捣。诗中将他从"赐金放还"到"去国愁夜郎,投身窜荒谷"等一系列的挫折、失意、困顿中的生命体验,直接上升为心性感悟和模糊把握的理性思维方式。如同古罗马的哲人爱比克泰德所说的:当我们开始意识到自身的痛苦与孤独时,哲学就产生了。后来的德国哲学家雅斯贝尔斯也说过:"除了惊异与怀疑,对死亡、痛苦、罪恶这个世界的不确定性等终极境况的意识,是哲学最深邃的根源。"

就意蕴看,本诗可分为三个部分:开头四句,是说人世间,生寄死归,生死一如;人生苦短,万古同声悲叹。诗中说,天地有如一座旅馆("逆旅"之说,始见《左传》,意为迎止宾客之处),世人居住其中,活着的都是匆匆来去的过往行人,死去的便是返回老家了。庄子有言:"生者死之徒(继承者),死也生之始,孰知其纪(极)!人之生,气之聚也;聚则为生,散则为死。若死生为徒,吾又何患!"就是说,人生乃是生生死死的连环套;生命只是偶然的有限的历程,生是死前的一段过程,活着时宛如住在旅馆,死去就是回归永恒的家园;生与死不过是一种生命形态的变化;生死是同一的,同归于"道"这个本体。《列子》中有"古者谓死人为归人。夫言死人为归人,则生人为行人矣"之说。苏轼《临江仙》词:"人生如逆旅,我亦是行人",本此。解读谪仙这四句诗,还令人想起鲁迅先生哲理散文《过客》中悲剧性的人生体验:人的存在失去了根本性的意义,人无非是苍茫天地间一位"状态困顿",没有前路的匆匆"过客"。

中间四句,涉及的范围尤广,可说是"上穷碧落下黄泉"。在所谓"仙界",月宫里的嫦娥,虽然获得长生,却过着孤独寂寞的生活,只有白兔为她捣药,了无欢乐、幸福可言;"扶桑之木,其高万仞"(《楚辞章句》),如今也变成枯槁的柴薪了。至于"冥府"中那些"恒河沙数"的累累白骨,早已寂无声息;而地上郁郁葱葱的苍松,却又了无知觉,根本感受不到阳春的温暖。

最后两句,慨今伤昔,感喟无限,以"浮荣何足珍"这一警策之语,怆然作结。联系到组诗中"日月终销毁,天地同枯槁"(《其八》)、"石火无留光,还如世上人"(《其三》)、"万族皆凋枯,遂无少可乐"(《其七》)之句,可知诗人已经彻底看穿了人生短促、世事无常、浮云富贵、瞬息繁华这些"造化的把戏"(鲁迅语)。

诗人运用其天马行空般的超常想象力,以奇突诡异、想落天外的意象,状写其深刻的生命感悟,极富形上意味与艺术魅力。

流俗多误

古风五十九首(其五十)

李　白

宋国梧台东,野人得燕石。
夸作天下珍,却哂赵王璧。
赵璧无缁磷,燕石非贞真。
流俗多错误,岂知玉与珉。

古籍《阙子》(现已佚失)记载,宋国有个愚人,在梧台(位于今山东淄博市临淄区梧台镇)东面得到一块有彩纹的燕石,便视为稀世珍宝,急忙拿回家里,用红黄色的丝绢包起来,足足裹了十层。这样,他还不放心,又用十个华美的匣子一个套一个装起来。从周王朝来的客人听说了,登门拜访,想看一看这件"宝物",主人为了表示虔诚和郑重,斋戒七日,熏香沐浴之后,戴上大礼帽,穿上玄黑色的长袍,最后才一个个掀开匣子,一层层揭去丝绢,亮出"宝物"。客人一看,忍不住从喉咙间发出笑声,说:"这是一块燕地的石头,和碎瓦片一样,不值一文钱。"主人顿时勃然大怒,认为这是"商贾之言",蓄意贬低,别有用心。从此以后,他对这件"宝贝"视之愈珍,藏之愈固。

李白在这首古风中,专门嘲咏了这件事。诗的前四句是叙事,后四句为议论,主旨是讥笑世人有眼无珠,不识贤俊,而庸才反得用世、并且非笑贤才的不合理现象。他在另一首诗中也讲:"我有结绿珍,久藏浊水泥。时人弃此物,乃与燕珉齐。"玉珉不分,流俗多误,可谓切中时弊。清人方东树评此诗时,直接指出:"言世俗不知美恶。"

诗中"赵王璧",即和氏璧。"无缁磷",引自《论语》:"磨而不磷,涅而不缁",意为白玉染而不黑,磨而不损,保持坚贞不移的本色。"珉",似玉而非,《说文》解为石之美者。

在封建社会中,由于看重流品、资格的门阀制度,卖官鬻爵的赀纳制度,以及世袭制、封荫制的推行,由于封建统治者多是按照自己的利益和意愿去任用人才,再加上负责铨选人才的人,或识宝无才,缺乏鉴赏能力,或忮忌刻削,吹毛索瘢,致使庸才用世,奸佞当道,而杰出人才却备受冷落,遭到压制、排斥。这样一来,屈原所愤慨抨击的"世溷浊而不清,蝉翼为重,千钧为轻;黄钟毁弃,瓦釜雷鸣;谗人高张,贤士无名"(《楚辞·卜居》)的可悲局面,便不可避免地反复出现了。

正是针对这种极端不合理的现象,杜甫写了一首形象鲜明、爱憎分明的《恶树》诗,抒发他对恶木(象征奸人与庸才)深恶痛绝的心情:"独绕虚斋径,常持小斧柯。幽阴成颇杂,恶木剪还多。枸杞固吾有,鸡栖奈汝何。方知不材者,生长漫婆娑。"这里包括三层意思:一是表明除恶务尽、害马必除的决心。手持斧柯,遍绕丛林,见着恶木就加以剪伐。二是深深慨叹恶木伙聚,庸劣成群,剪不胜剪,无法实现其扶正祛邪的愿望。三是从枸杞、鸡栖(皂荚树)蔓延成长的现象,悟出了贤才很难成长而恶木易于滋生的道理。同本诗的主旨相同,杜甫还曾在另一首诗中写道:"新松恨不高千尺,恶竹应须斩万竿!"借以抒写他对贤才之孤标特立难以扶植,而奸佞之聚夥成群难于驱除的愤慨心情。

"刺天下不识人者"

咏　史

高　适①

尚有绨袍赠,应怜范叔寒。
不知天下士,犹作布衣看。

　　史载,战国时,魏国派须贾、范雎(即范叔,范雎字叔)出使齐国,齐王重范雎之才,赐给他银子,而他并没有收取。回国后,须贾诬告范雎暗通齐国,使他惨遭毒打,受到百般污辱。范雎遂逃往秦国避难,改名张禄,游说秦昭襄王,拜为丞相,使秦国称霸天下。魏国慑于其威势,使须贾出使秦国,范雎穿着破旧衣服前往面见。须贾见而怜之,曰:"范叔尚在乎?何一寒(这里的'寒'兼有寒冷、贫寒、潦倒之意)至此哉?"遂取出自己的一件质地粗厚、平滑而有光泽的绨袍相赠。待到须贾得知秦国丞相张禄原来就是范雎时,大惊失色,伏地谢罪。范雎说:"汝罪当死,之所以得免

---

① 高适(702—765),唐代著名边塞诗人。其诗粗犷豪放,遒劲有力,抑扬顿挫,婉转流畅。

者,以绨袍恋恋,有故人之意。"遂放还。

诗的前两句,叙述的就是这件事。说明须贾虽有恶行,险置范雎于死地,但他过后,对故人尚有同情、怜悯之心,这还是可取的。也正是这样的恻隐之心,挽救了他一条性命。

诗的后两句,把话题引向深入,借咏叹须贾虽有怜悯故人之意,却毫无知人之明的故实,抒发了世间识贤无人、英俊怀才不遇的感慨。诗人说,范雎这样治理天下的奇才,却不见重于世,还把他当成普通人看待,实在令人感伤、惋惜。

葛晓音教授指出,那些对布衣尚有怜悯之心的人固然应当感激,但布衣所需要的不是绨袍之类的恩惠和怜悯,而是对自己抱负和才能的理解与支持。可惜天下之士,只能以平常的布衣相待,当面错过了多少英雄贤才!但这层言外之意,诗中并未明白说出,而是通过"尚有"、"应怜"、"不知"、"犹作"这几层语气的转折,对史实稍作剪裁、处理,使寄托在客观叙事中自然流露出来。

诗中的"天下士"与"布衣",似乎并不相互照应,因为不见得"布衣"之中就没有"天下士"。单是从故事情节看,倒是"天下宰"(秦国已经称霸天下)与"布衣"相对衬。可是,诗人却偏要这么说,明显地看出他是有感而发,意有专注,所谓"借他人的酒杯,浇自己的块垒"。晚明唐汝询《唐诗解》中有言:"达夫(高适字)晚贵,疑当时必有轻之者,故借古人以发之。"清人王尧衢也说:"'犹'字是刺须贾之不识人,亦所以刺天下不识人者。"

本诗在艺术手法上,也极有特点。一是,题曰咏史,实是咏怀,显然是借古讽今;二是,诗史结合,古今杂糅,叙议兼备,借题发挥;三是,识才、用才的重大主题,以"绨袍赠"这一细事出之,颇见匠心;四是,用意隐然,含蓄蕴藉,在叙述史实的过程中,诗人的深意自现。这些,也是所有优秀的咏史诗所共同具备的。

戏看真人弄假人

咏木老人(一作傀儡吟)

梁 锽①

刻木牵丝作老翁,鸡皮鹤发与真同。
须臾弄罢寂无事,还似人生一梦中。

木偶戏在我国有悠久的历史,一般认为,"源于汉,兴于唐",从隋代开始,已有用木老人表演故事的记载。这种木老人,亦即木偶,又称傀儡。木偶刻出后,由人牵丝而活动;表演时,演员在幕后一边操纵木偶,一边演唱,并配以音乐。根据木偶形体和操纵技术的不同,有布袋木偶、提线木偶、杖头木偶、铁线木偶等称谓。

本诗为咏物诗,同时又是绝妙的讽喻诗。诗的前两句,叙述木偶制作得宛如真人,形貌、动作,都与真人没有差异;后两句,由叙事转入议论,发抒观看木偶表演之后所产生的感慨。诗人通过咏叹受人

---

① 梁锽,唐玄宗天宝初年,曾官执戟;又曾从军掌书记,因与主帅不相得,拂衣而归。工诗。

操纵、摆布、牵制的木老人的表演,讽刺那类缺乏自主意识、俯仰由人、一言一动都须仰承他人鼻息的傀儡式人物。

唐明皇酷爱戏剧,被梨园行奉为祖师爷。安史之乱后,肃宗即位,他因受太监离间,退居西内,郁郁寡欢,便经常吟诵《咏木老人》一诗以自伤、自遣。其实,何止唐明皇,就连秦始皇也不例外,"自以为一世之雄,海内莫为予毒也,而不知赵高弄之如木偶也"。(清代侯方域《宦官论》)

本诗具有鲜明的哲思理蕴,体现在四个关键词上:一是"真",与假相对,说是"与真同",实际上,从木老人形态、装扮到宛转作态的表演,没有一样不是假的。二是"弄",在这里是动词,用得至为恰切,作弄、玩弄、摆弄、耍弄,惟妙惟肖地刻画出木偶受人操纵、摆布的情态。三是"须臾",四是"一梦",二者结合起来,揭示木老人逢场作戏的实质。

作为戏剧艺术的一支,木偶戏同样具有现场性、假定性、表演性、集中性等普遍特征,倏忽间,方寸地,可以表演无限时空;幕启幕落,能够囊括无穷世事。除此之外,它还有其特殊的属性。演员表演须以木偶为媒介,这样,舞台角色身上的人性与媒介的物性便构成了有趣的矛盾统一体。也就是说,木偶戏表演者(演员)是双重的,真正当众演出的是木偶——由人雕绘、刻制成的戏剧角色,而操纵、控制的人则在幕后。有一副对联惟妙惟肖地状写出这一特性:"有口无口,且将肉口传木口;是人非人,聊借真人弄假人。"木偶戏"以物象人"的表演特性,决定了木偶舞台上需要遮蔽操纵者,以突出木偶形象。这也恰是世间后台弄权者与前台傀儡的典型特征。

诗圣的悲哀

南　征

杜　甫[①]

春岸桃花水,云帆枫树林。
偷生长避地,适远更沾襟。
老病南征日,君恩北望心。
百年歌自苦,未见有知音。

晚年的诗圣杜甫,孤凄无依,"漂泊西南天地间",过着"天边老人归未得,日暮东临大江哭",去留两难,备受煎熬的惨淡生活。十年间,先是流寓川渝大地,后因思归心切,扁舟出峡,转徙荆楚,浪迹湖湘。但由于时局动乱,生计艰难,北归无望,生命的最后两年,不得不以多病屠弱之躯,辗转于衡、岳之间,或为孤舟摇荡,或为鞍马劳顿,辛苦备尝,终日不堪其苦,最后病死在潭州驶向岳阳的一艘小船

[①] 杜甫(712—770),字子美。我国诗歌优良传统的杰出的继承者、发扬者,有"诗圣"之誉;其诗富有人民性和现实主义精神,被公认为"诗史"。

里。说来也是够凄惨的。

唐代宗大历四年(769年)春节一过,杜甫就开始了自岳阳经潭州(长沙)前往衡阳的行程,前一段走的是水路,趁着桃花汛发,从巴陵县启航,再经洞庭湖、青草湖,驶入湘江。船上,诗人写了这首五言律诗《南征》。

首联交代起帆时节和沿途所见,以春色撩人的美妙景色作衬托,反衬南行的凄苦生涯与悲凉心境。颔联表现诗人"晚岁迫偷生",颠沛流离,居无定所的艰辛境况。"避地"谓迁徙以谋生避祸。颈联讲他即使在抱病南行之日,也没有冷却报效朝廷的热忱。"君恩"句,是指他在成都时,经严武表荐,代宗曾诏授检校工部员外郎一事。尾联"卒章显其志",为一篇之警策。一生悲剧尽在这十字上,凄怆、悲苦之情跃然纸上,令人不忍卒读。

"百年歌自苦,未见有知音"两句,可说是诗人对自己一生作为、当时心境及悲剧命运的总结,更是长期郁积胸中,无以自释,至死都此恨难平的痛苦悲鸣。这里饱含着血泪、浸满了酸辛、充盈着凄苦、渗透着不平,意蕴极为深厚,却以淡淡的十个字出之。

"百年"者,一生也。"歌",吟咏,意为写作诗文。"苦"字,刻苦、劳苦、勤奋之意。杜甫之所以能够"笔落惊风雨,诗成泣鬼神",被后代奉为"诗圣",固然有其天纵之才,聪明早慧,"七龄思即壮,开口咏凤凰","往昔十四五,出游翰墨场"(《壮游》);但他又是古代诗人中刻苦磨练、镂肺雕肝、笔补造化的出色典范。正如他自己所说的"为人性僻耽佳句,语不惊人死不休","读书破万卷,下笔如有神"。连诗仙李白都说他:"借问别来太瘦生,总为从前作诗苦"(《戏赠杜甫》)。

漂泊西南期间，他曾写作《解闷》组诗，其中有一首是自叙其作诗甘苦的："陶冶性灵存底物，新诗改罢自长吟。孰知二谢将能事，颇学阴何苦用心。"诗中提到了他曾师法的南朝四位著名诗人。全诗大意是：依靠什么来陶冶性情呢？就是在成诗之后，诵读长吟，反复修改、锤炼字句，从而达到理想的效果。既做到谙熟（古与"孰"通）、精读谢灵运和谢朓的绝妙诗篇，尽量得其能事；又认真学习阴铿和何逊刻苦用心、不懈钻研的精神。浦起龙在《读杜心解》中注释："自言攻苦如此。"翁方纲在《石洲诗话》中也说："欲以大、小谢之性灵而兼学阴、何之苦诣也。"在这两位清代评论家之前，东坡居士早就指出："老杜言'新诗改罢自长吟'，乃知此老用心最苦，后人不复见其刻剧（指雕辞琢句），但称其浑厚耳。"

正是由于"耽佳句""苦用心"，因而杜甫之诗被后世诗人无上推崇。现以宋人为例：王安石编唐宋四家诗，杜诗被列在首位，许之以"悲欢穷泰，发敛抑扬，疾徐纵横，无施不可，故其诗有平淡简易者，有绮丽精确者，有严重威武若三军之帅者，有奋迅驰骤若泛驾之马者，有淡泊闲静若山谷隐士者，有风流蕴藉若贵介公子者。盖其诗绪密而思深，观者苟不能臻其阃奥（深邃的内室，比喻学问、事理的精微深奥所在），未易识其妙处，夫岂浅近者所能窥哉？此甫所以光掩前人，而后来无继也"。在苏轼看来："古今诗人众矣，而子美独为首者"。秦观也说："子美者，穷高妙之格，极豪逸之气，包冲淡之趣，兼峻洁之姿，备藻丽之态，而诸家之所作不及焉。"

岂料，就是这样一位超凡拔俗的"诗圣"，在他的生前，却并未获得应有的重视。诗人歌自歌，苦自苦，竟然没有见到知音之人！

在唐代，唐诗即有选本，其中对后世影响最大的要算是《河岳英灵集》与《中兴间气集》了。它们分别选入二十四家的二百三十首诗和二十六家的一百三十二首诗,其共同之点,就是都没有选入杜诗。前者编选人为进士殷璠,据学者考证,时在玄宗天宝十二载(753年),当时杜甫已四十二岁;后者编选人为高仲武,时在代宗大历十四年(779年),其时杜甫已辞世九年。如果说,《河岳英灵集》成书较早,漏掉杜甫,还说得过去的话,那么,《中兴间气集》所选诗作正值肃宗朝至代宗大历年间,其时杜甫诗歌创作处于辉煌夺目阶段,仍未入选,可就难以理解了。唯一的缘由,应是杜甫在世之日甚至去世一段时间内,其诗歌价值并未引起时人的足够重视。

这里还有一件小事,就在《河岳英灵集》编成的前一年秋天,杜甫曾与高适、岑参、储光羲、薛据同登长安慈恩寺塔,五人皆有诗作。其中,同为著籍河南、小杜甫三岁的岑参,诗的标题为《与高适、薛据登慈恩寺浮图》。高适与作者岑参都是著名边塞诗人,题目中专门点出,亦属常情;可是,点出薛据(弟兄几人都是进士),却不及杜甫,这就有些奇怪了。那么,要论这次登塔诗作的质量呢?清人杨伦有言:杜甫之诗"视同时诸作,其气魄力量,自足压倒群贤,雄视千古"(《杜诗镜铨》)。

这种情况,到了中唐后期发生了改变。此前,是李白诗名高于杜甫;从元稹、白居易开始,颠倒了过来,他们首倡扬杜抑李之说。宪宗元和八年(813年),元稹在《唐故工部员外杜君墓系铭并序》说:"诗人已来,未有如杜子美者","盖所谓上薄风骚,下该沈宋,言夺苏李,气吞曹刘。掩颜谢之孤高,杂徐庾之流丽,尽得古今之体势,而兼人人之所独专矣"。意思是,至于杜甫,大概可以称得上上可逼近《诗经》《楚辞》,下可包括沈佺期、宋之问,古朴近于苏武、李陵,气概超过曹氏父子和刘桢。盖过颜延之、谢灵运的孤高不群,糅合徐陵、庾信诗风的流美清丽。他完全掌握了古人诗歌的风格气势,并且兼备了当今各家的特长。白居易在《与元九书》中也说:"李(白)之作,才矣、奇矣,索其风雅比兴,十无一焉。杜诗最多,可传者千余首,尽工尽善,又过于李。"与此同时或稍后,韩愈寄诗张籍,指出:"李杜文章在,光焰万丈长。不知群儿愚,那用故谤伤。蚍蜉撼大树,可笑不自量!伊我生其后,举颈遥相望。夜梦多见之,昼思反微茫。"双星并耀,朗照骚坛,则不复为优劣矣。这应是中国诗史上最权威、最公正的评价。

不过,这里需要指出,杜甫的"百年歌自苦,未见有知音",固然包括诗文在内,但更主要的还是慨叹识宝无人,怀才不遇,终身未能得偿以一介布衣直达卿相的夙愿,——这才是未有知音的实质。

慈母颂

游子吟

孟 郊①

慈母手中线,游子身上衣。
临行密密缝,意恐迟迟归。
谁言寸草心,报得三春晖。

作为中华民族优秀传统文化的重要内容,感恩是一种传统美德与美好善良的道德情感,表现为一种人格、一种人生境界,也是构建和谐社会、增强中华民族凝聚力的伦理基础。对于个人来说,常怀感恩之心,生命就会得到滋润,可以使自己经常保持健康心态、进取信念,看到生活中的前进希望,有效地增强社会责任感。这种知恩图报、感恩戴德的情怀,再进一步就会表现为一种奉献精神、真诚自愿地付出的行为。

---

① 孟郊(751—815),字东野。仕历坎坷,清寒一世,诗多写世态炎凉,民间苦难。有"诗囚"之称;与贾岛齐名,人称"郊寒岛瘦"。

感恩,首要的是感怀父母之恩。早在两三千年前,诗人就情深意切地吟哦:"哀哀父母,生我劬劳","父兮生我,母兮鞠(养)我。拊(抚)我畜(爱)我,长我育我。顾(在家时照看)我复(出门后挂念)我,出入腹我(出出进进把我抱在怀里)。欲报之德,昊天罔极(天道无常,意为老天突然降下灾祸,夺走他们生命)"。(《诗经·小雅·蓼莪》)尔后,这方面的诗文,连篇累牍。其中的代表作——《游子吟》,这首传颂千古的母爱颂歌,传递了亿万游子的共同心声。

当代学者左成文指出,诗的前四句,"慈母的一片深笃之情,正是在日常生活中最细微的地方流露出来。朴素自然,亲切感人。这里既没有言语,也没有眼泪,然而一片爱的纯情从这普通常见的场景中充溢而出,拨动了每一个读者的心弦,催人泪下,唤起普天下儿女们亲切的联想和深挚的忆念";"后两句是前四句的升华,通俗形象的比兴,加以悬绝的对比,寄托了赤子炽烈的情意;对于春天阳光般厚博的母爱,区区小草似的儿女怎能报答于万一呢。真有'欲报之德,昊天罔极'之意,感情是那样淳厚真挚"。

孟郊为诗,于淳朴素淡中显现出浓郁的人性光辉、人情之美。苏东坡说,孟郊"诗从肺腑出";钱锺书认为,孟郊诗"五古佳处,深语若平,巧语带朴,新语入古,幽语含淡"。这些论述,都是非常切合实际的。

要使以孝敬父母为首要的感恩文化,在现实生活中发扬光大,生根开花,需要从四个方面着手落实:

一是,孝亲必须从早做起,从现在做起。古人有"子欲养而亲不待"的憾语。因而,做子女的绝对不能心存等待心理,以为来日方长,未来总有机会;那样,必将遗恨无穷,忏悔终生。在我的记忆中,有这样一支手语歌《感恩的心》:"我长大了,妈妈老了;/我长高了,妈妈背驼了;/我懂事了,妈妈记不清事了;/我事业有成,想要孝敬妈妈,她却走了。"这和《诗经·小雅·蓼莪》篇中的"欲报之德,昊天罔极"意蕴完全一致。

二是,母爱教育要从孩童抓起。上古时代的《蓼莪》,中古时代的《游子吟》,以及现时这支简单至极的手语歌,或简古,或通俗,但都直抒胸臆,把母子间的灼灼深情作了形象的概括,感人肺腑。我们应该把这些往古来今的大量优秀作品搜集起来,编辑、整理成幼儿园和小学教材,使少年儿童从小就铭记于心,从而终身受益。

三是,孝亲要从具体事做起。孔子说:"今之孝者,是谓能养。至于犬马,皆能有养;不敬,何以别乎?"在回答子夏问孝时,他又进一步指出:"色难。有事弟子服其劳,有酒食先生馔,曾是以为孝乎?"前者强调一个"敬"字。如果只是养活父母,保证温饱,而对父母缺乏敬重之心,那同饲养犬马又有什么区别?后者强调,要从心里热爱父母,体贴入微,时刻做到和颜悦色,从来不给"小脸子"看。《礼记》中说:"孝子之有深爱者必有和气,有和气者必有愉色,有愉色者必有婉容。"孔子也认为,子于父母,能够一贯和颜悦色,原非易事,所以才说"色难";但这又是最关紧要的,否则,即便是遇事由年轻人去做,有酒食让父母先享用,也不能算是尽了孝道。子女要善于体察父母的心境。什么锦衣玉食、高级享受,对他们并无实际价值,唯一的渴望,是找机会多和儿孙们在一起谈谈心,唠唠家常,以排遣晚年难耐的无边寂寞。应该说,这是十分廉价、极易达到的要求。可是,十有八九,做儿女的却没能给予满足。

四是,孝亲要落实到社会实践中去,必须坚持法律与道德两手抓。道德的实施需要法律的强制保障;而提高道德水平有助于公民自觉守法、护法,法律也需要道德的奠基和撑持;应该使社会的道德规范逐步纳入法律条文,借助法律的强制力予以保证。我国《宪法》以及《婚姻法》,都有"子女有赡养扶助父母的义务"的条文;《老年人权益保障法》更是明文规定:"家庭成员应当关心老年人的精神需求,不得忽视、冷落老年人";对于用人单位也有为赡养人孝亲、探亲提供保障的要求。世界五百强公司中,许多家进行用人调查时,都把孝敬父母作为一项重要内容加以考查。理由是:如果对父母都不孝敬,那还何谈尊重顾客、善待同事、体贴下属、热爱公司! 这样做,既能起到导向作用,而且,具有实际效果,十分可取。

爱才尤贵无名时

城东早春

杨巨源①

诗家清景在新春,绿柳才黄半未匀。
若待上林花似锦,出门俱是看花人。

对于唐代诗人杨巨源这首传诵千古的七绝,人们习惯于从"诗家三昧"去解释,认为说的是诗人必须感觉敏锐,独具慧眼,善于捕捉新鲜事物,这样才能写出新的意蕴,开辟新的境界。也有人说,没有那么复杂,无非是写诗人对早春景色的热爱与赞美。这些理解,当然是不错的。可是,我却觉得,诗的蕴涵大概不止于此,我们能不能把它引申一步,看作是诗人运用生动、形象的比喻手法来论述发现、识别、选拔人才的道理呢?

我们可以从中悟出,如同诗家应该抓住早春时节,及时描写那些

---

① 杨巨源(755—?),唐贞元年间进士,曾任太常博士、礼部员外郎。

清丽、新鲜的景色——这个时候,柳枝刚刚发出淡黄的嫩叶,绿色尚未均匀地铺开,但已显露出发展的前景;人才也是一样,在开始显露头角时,可能还不够成熟,不够完善,如果我们求全责备,等到他们像上林之花灿若云锦时再去赏识、拔擢,那就错过了时机,为时晚矣。

爱惜人才,并无异议。但是,世人的习惯,往往是只注重"显人才",只承认成功,赞赏成名,而很少关注那些虽有才能但暂时还处于卑微地位、尚未显露头角、被人发现的"潜人才"。对于这类人来说,当成功到来之前,这个阶段是难熬的。不要说按门阀取士、凭年资选官、靠恩荫供职的封建时代,即便是在今天,由于传统偏见和习惯势力作怪,在人才成长过程中,挑剔者、苛求者、嫉妒者居多,而主动予以支持、鼓励与帮助者很少。

人才专家指出,人才从潜到显的成长过程中,亟须克服"马太效应"。原来,《圣经·马太福音》中有这样一个故事:主人要到外国去,找来三个仆人,按其才干给他们分银子:仆甲得五千,仆乙得两千,仆丙得一千。主人走后,他们分头去做买卖,仆甲用五千银子作本钱,又赚回了五千;仆乙也赚了两千;唯有仆丙怕失掉主人给的一千银子,将它埋藏在地下保存。主人回来后,同他们算账。首先,赞扬了仆甲一番,说:"好,我要把许多事派你管理,可以让你享受主人的快乐。"也表扬了仆乙,夸他能干、会理财。却把仆丙骂了一顿,并把那一千银两夺回,给了拥有一万银两的仆甲。故事讲完后,用这样一句话作结:"凡有的,还要加给他,叫他有余;没有的,连他所有的,也要夺过来。"

这使人联想到哲学经典《老子》中的那段话:"天之道,其犹张弓与(欤)?高者抑之,下者举之;有余者损之,不足者补之。天之道,损有余而补不足。人之道,则不然,损不足以奉有余。"大意是,自然的规律,岂不就像拉弓一样吗?弦位高了,就把它压低,弦位低了,就把它抬高;有余的,给予减少,不足的,加以补充。自然的规律,减少有余,用来补充不足。人世的行为法则,不是这样,却要剥夺不足,而用来供奉有余的人。

到了1973年,美国社会学家罗伯特·默顿,借用《马太福音》中那句话,提出一个"马太效应"的概念,以之概括这样一种社会现象:对已有相当声誉的名家给予的荣誉越来越多,而对那些尚未出名的"潜人才"则不肯承认。

要成事,必先成名,这在中外古今是一体皆然的。有了名,一切事都好办,"名人效应"随处可见;与此相对应,"无名小卒"则窒碍重重,所谓"最难名世白衣诗",说的正是这种情况。清代文人、"扬州八怪"之一郑板桥,年轻时节,虽然在诗书画方面都有很深的造诣,但是,因为没有名气、地位,作品无人问津;十年后,中了进士,声名大振,时人竞相索求,门庭若市。他在感慨之余,刻了一方朱文印章,印文是"二十年前旧板桥",用以讥讽世情,针砭时弊。

这种情况,今天也还存在。当人才没有崭露头角时,常常无人注意;而一当取得了某些成果,在社会上出了名,又会来个一百八十度的大转弯,采访、录像、编辞典、下聘书,包括一些庸俗捧场、借光炫耀,以及商业性的炒作,弄得应接不暇,无法摆脱,产生了所谓"名人之累"。这使人想起《聊斋志异》中那个胡四娘。最初,这个弱女子受尽了家人、亲友的冷遇和奚落;可是,一朝发迹,便声名鹊起,简直闹得沸反盈天:"申贺者,捉坐者,寒暄者,喧杂满屋。耳有听,听四娘;目有视,视四娘;口有道,道四娘也"。

当然，这绝不是说，对声名显赫的人才不该宣扬与关心。在这方面，还有大量工作要做。本文只是想提醒一下，爱才尤贵无名时。与其热衷于在人才荣显之后揄扬备至，优礼有加，干些"锦上添花"的事，何不"雪里送炭"，于幼芽掀石破土之际，多给一些实际的帮助呢！

祛 魅

题木居士二首（选一）

韩　愈①

火透波穿不计春，根如头面干如身。
偶然题作木居士，便有无穷求福人。

"祛魅"一词，源于德国社会学家马克斯·韦伯所说的"世界的祛魅"。随着科学的普及、人类理性的增强，人对世界的认识发生了根本性的改变。对于人类来说，世界可以认识、可以把握，不复是充满巫术与魅惑的存在，人们不必再像相信这种神秘力量的野蛮人那样，为了控制或祈求神灵而求助于魔法。当然，这种进展与演化，是经历了一个相当漫长而曲折的过程的。

我国唐代中期，处于八、九世纪之交的著名文学家韩愈，路经湖南耒阳县北鳌口村，听到这样一件趣闻：村里一座庙宇，里面供奉着

---

① 韩愈（768—824），字退之，唐贞元年间进士。倡导古文运动，其散文被列为"唐宋八大家"之首。诗歌创作求新奇，也能独树一帜。

一位"木居士"(对木雕神像的戏称)。时逢天旱,县令怀着无比虔诚的愿望,率领村民抬着神像,沿街祷告乞雨,不料,竟然了无功效,一怒之下,便将"木居士"像掷入火中,当柴烧掉。后来,寺僧觉得庙中空空如也终究不妥,便以一棵古树代之,居然同样招引来无数民众,烧香叩拜如仪。韩愈见此情景,心有所感,遂题咏两首七绝,此为其中一首。

诗中说,一棵不知经历多少岁月的枯木朽株,经过雷殛火烧、雨淋水浸,扭曲的树根像是人的头面,枝干像是人的身躯。偶然被僧人当成"木居士"加以神化,立刻便有无数的善男信女跪拜求福。旧时,南方有所谓"木魅",又称"树魅",指的就是据说有魂灵附身的树。李白诗中有"木魅风号去,山精雨啸旋"之句。这种"根如头面干如身"的树,大约即属于"木魅"的一种。

诗中说的是他者的迷魅,其实,有时竟连"制造者"本人,比如那个僧人,也会掉转头来顶礼膜拜。记忆中,有这样两幅漫画:上图:一个工匠师傅殚精竭虑,悉心雕塑一具神像。下图:工匠放下手中的工具,匍匐在地,跪拜于神像脚下。本来神像就是工匠自己塑造的,心知肚明,可是,转过身来,它却成了工匠的主宰,制造者甘心接受神像的奴役与指令。这就是哲学上所指出的"主体发展到了一定阶段,分裂出自己的对立面,变为了外在的异己的力量",即所谓"异化"。

诗人运用咏物寓言的形式,抓住"木居士"和"求福人"这两个形象,借端托喻,取得喜剧艺术的讽刺效果,而且颇富哲理性。

诗中所记述的固然是乡村中一种民间陋俗,属于特殊的个别现象,但所揭示的谄佛祭鬼、迷信神化之类事物产生的根源,以及由此引发的理性思考,却有其普遍而深刻的意义,起到了"把无价值的撕毁给人看"(鲁迅语)的作用。

从这里的针砭陋习,祛魅解惑,再联系到韩愈的冒死犯难,谏迎佛骨,看得出高踞"唐宋八大家"之首的昌黎先生,不仅是文章魁首、诗坛巨擘,而且,还是一位具有远见卓识的哲学家、思想家、政治家。

顺着"祛魅"这根主线思索下去,忽然记起黑格尔《美学》巨著中的一句话:"人要有现实的客观存在,就必须在一个周围的世界,正如神像不能没有一座庙宇来安顿一样。"强调人是社会的存在物,不能离开社会,这是颠扑不破的真理;但是,若说神像不能离开庙宇,被请出庙宇的神像不过是一块木头,那可就视情况而异了。且看,那个由僧人制造的"木居士"——古树,虽然置身佛龛之外,但它仍然被奉为神灵,受人顶礼膜拜。可见,对于迷信神佛的头脑来说,供在庙里的固然是神;移到外面的也未尝不是。所以说,"祭如在,祭神如神在"啊!

与迷信鬼神的陋习相类似,世间还有谄事权势者的庸愚行为。宋代诗评家、当过多地县令的黄彻,有一段寄慨遥深的话:"退之云:'偶然题作木居士,便有无穷求福人',可谓切中时病。凡世之趋附权势以图身利者,岂问其人贤否、果能为国为民哉! 及其败也,相推入祸门而已。聋俗无知,谄祭非鬼,无异也。"

距离产生美感

早春呈水部张十八员外二首（其一）

韩 愈

天街小雨润如酥,草色遥看近却无。
最是一年春好处,绝胜烟柳满皇都。

这首景中寓理的哲理诗,是诗人早春时节写给张籍的。因为张籍任水部员外郎,在兄弟辈中排行十八,故称"水部张十八员外"。

前两句,讲诗人深刻的感受与独到的发现,进而孕育出审美意识与诗性情怀。皇城街道("天街")上,飘洒着润泽如酥的纤纤细雨,透过雨丝,远远望着早春草色,满眼一片青痕翠意。朦朦胧胧,淡雅无比,心头顿时产生欣欣然的快感。可是,当你一步步走近了,倒反而看不出来了。这种生活体验,人们都会有的;但又有几人能够以传神的妙笔写得出来？诗人敏锐的观察力和高超的表现力,令人叹服。

"草色遥看近却无",这一千秋隽句,堪称全诗的眼目与灵魂;而第三句则为全诗的锁钥,起到承前启后作用,既是对前两句的概括,又引领出最后一句结论:初春草色与那满城"杨柳堆烟"的景象比较起来,不知要胜过多少倍。

诗中有情,有景,有形象,有议论,容华隽美,清丽喜人,尤其是在审美方面,富有哲思理趣,耐人寻味。

首先,是远与近的关系。"草色遥看近却无",说明审美需要一定的距离。这使人联想到英国首相丘吉尔。他有一次遇到好莱坞一号女星费雯丽,不禁被她迷人的美貌所吸引,出神地看她。此时,有人提示:与费雯丽更靠近一些。他却说:我在欣赏上帝的艺术品,需要保持距离。看来,丘吉尔不仅是出色的政治家、军事家,在审美方面同样是行家里手。

其次,是虚与实的关系。草色之美,有个设色的背景,就是那落在天街上的如烟如雾的纤纤细雨。透过雨丝遥望草色,所谓"虚中鉴美,空处传神",更增添了一层朦胧美、模糊美。

再次,是整体与个体的关系。走近了,固然可以更清晰地看清一棵棵草的形态,但个体却是微弱而渺小的,显得枯黄暗淡;而当它们聚在一起,就汇成了盈盈绿意,美丽、壮观。这也符合审美直觉的原理。所谓审美直觉,除了对美的形态的直接感知,还有重要一条,是对审美对象从全局整体上而不是支离破碎地感知。

双关谐语的妙谛

竹枝词(二首选一)

刘禹锡[①]

杨柳青青江水平,闻郎江上唱歌声。
东边日出西边雨,道是无晴却有晴。

诗中首句,即景起兴。一个春风和煦的日子,江边青青的翠柳,柔条轻拂着水面,江中水流平缓,波平如镜,这是一个多么令人心醉神迷的美好环境啊。

次句叙事。在这动人情思的环境中,女郎听到了江上传来的唱歌声,宛如一块石头投入平静的江水,溅起一圈圈涟漪一般,歌声牵动了她的感情波澜。因为是她所倾心相爱的人唱的,所以听起来感到分外亲切,三、四两句,诗人巧妙地运用相关隐语(环境的有晴无晴,与心里的有情无情恰相对应),把女郎闻歌时这种喜欢而又疑

[①] 刘禹锡(772—842),字梦得,唐贞元年间进士。为监察御史,因参加政治革新,贬朗州司马。能文工诗,善于从民歌中汲取营养,绝句创作有很高成就。

虑、眷恋而又迷惘的微妙复杂的心理,生动、逼真地状写出来。女郎心中,自然希望对方能及早明确表态,可是,对方却偏偏含而不露,若即若离。在这种情态下,由于歌声不像对话那么意向分明,女郎就只好靠想象来分析、猜度对方的真实意向了——究竟是有情还是无情呢?这倒有些像阴晴不定的天气,东边太阳出来了,西边还在下雨,说是天没晴,实际上已经晴了。这样,观景闻声,由声而人,由人而情,层层递进,步步延伸,极富情趣,更加引人入胜。

沈祖棻先生指出,这种根据汉语语音的特点而形成的表现方式,是历代民间情歌中所习见的。它们是谐声的双关语,同时是基于活跃联想的生动比喻。它们往往取材于眼前习见的景物,明确地但又含蓄地表达了微妙的感情。如南朝的吴声歌曲中就有一些使用了这种谐声双关语来表达恋情。《子夜歌》云:"怜欢好情怀,移居作乡里。桐树生门前,出入见梧子。"("欢"是当时女子对情人的爱称。"梧子"双关"吾子",即我的人。)又:"我念欢的的,子行由豫情。雾露隐芙蓉,见莲不分明。"("的的",明朗貌。"由豫",迟疑貌。"芙蓉"也就是莲花,隐含"夫容"意蕴。"见莲",双关"见怜"。)这类用谐声双关语来表情达意的民间情歌,是源远流长的,自来为人民群众所喜爱。本诗深受广大读者欢迎,这也是原因之一。

说到刘禹锡的《竹枝词》,清代诗人王渔洋指出:"《竹枝》咏风土,琐细诙谐皆可入,大抵以风趣为主,与绝句迥别。"(《带经堂诗话》)证之以刘氏现存的十一首《竹枝词》,信然。

镜子上面有文章

昏镜词

刘禹锡

昏镜非美金,漠然丧其晶。
陋容多自欺,谓若他镜明。
瑕疵既不见,妍态随意生。
一日四五照,自言美倾城。
锦带以纹绣,装匣以琼瑛。
秦宫岂不重,非适乃为轻。

　　这是一首著名的哲理诗。诗的前面,作者原有一个小引,说磨镜工人摆出十面镜子来,放在妆奁里出售。打开一看,只有一枚明澈,其余九面都是漠漠然、雾蒙蒙的。为什么会是这样呢?镜工解释说,并非他的制镜手艺低劣,乃是为了适应世人的心理需要而有意这样做的。——凡是来买镜子的,必定要仔细观照一番,面容姣好的人自然喜欢明镜了,但这样的人是很少的,仅占十分之一吧?而丑陋、衰老的人，却不愿在镜中看到自己的陋容与衰颜，因而他们都喜欢"漠然丧其晶"的昏镜。

本诗直接对准人性的弱点，意在讽刺那些护短自欺、文过饰非、讳疾忌医的人。他们以昏镜为宝，看不清真实容貌以后，就可以把自己随意想象成百般妍美，一天照上四五次，自诩有倾城之貌。结果，对昏镜饰以绮绣，宝若琼瑛，什袭珍藏起来。传说中的可以照见人的肝胆的秦宫明镜，并不是不贵重，只是因为不适合陋貌衰容者的心意，便被看得一钱不值了。

晚唐诗人郑谷有一首七绝："举世何人肯自知？须逢精鉴定妍媸。若教嫫母临明镜，也道不劳红粉施。"诗中说，举世有自知之明的人很少，而更多的人是自我感觉良好，即便有明显的缺陷，也视而不见。为此，必须依赖客观评断，等待那种精于鉴别的人，来判断是非、善恶、贤愚、美丑。反之，如果只靠自我感觉，那么，即使是位居古代"四大丑女"之首的黄帝的妃子嫫母，她在明镜前面照上一照，也会说，我是很漂亮的，根本用不着涂施粉黛，梳妆打扮。

镜子是客观的。它的功能，就是忠实地反映事物的本来面貌，不以人的好恶、喜怒而有所曲顺或更改。所以，古人用镜子来比喻直谏的忠臣、谔谔的诤友，把它看作是自我认识、自我完善的有益工具。但是，大前提是必须具有自知之明。镜子是由人来使用的，如果人缺乏实事求是的精神，再明亮的镜子也难以发挥作用。

老子说："知人者智，自知者明。"汉代刘向在《新序》一书中，讲了一个赵鞅悲叹无人指斥过失的故事：春秋末年，赵鞅官居卿相要职，执掌赵国的权柄。有个叫周舍的人，在府门前伫立了三个昼夜。赵鞅诚挚地询问他："先生有何见教？"周舍说："人贵自知。如今你位高权重,听到的都是一些奉承的话,这对你的执政是很不利的。我愿做一个谔谔之臣,随时记下你的过失,及时给你指摘出来。"赵鞅听了很高兴,于是,就把他留在身旁,从而得以随时随地了解自己的阙失,受益良多。可惜没过多久,周舍去世了。赵鞅放声大哭,深情地说:"从前,殷纣王拒谏饰非,昏昏而亡;周武王从善如流,谔谔而昌。自从周舍死了之后,我再也听不到对我的过错的指摘了。一个执政者不能随时听到对他的过失的批评,或者虽然能够听到却不加以改正,最后必然要遭致灭亡的下场。我很担心,这样下去,我非要垮台不可。"

无独有偶,后世的唐太宗李世民也曾对大臣说过:人以铜为镜,可以正衣冠;以古为镜,可以见兴替;以人为镜,可以知得失。魏征死后,我丢失了一面镜子。

镜子上面有文章。这篇文章做得怎样,直接关乎事业的成败、人生的得失、品位的高下,绝对不是一件可以轻忽的细枝末节。

辨　伪

放言(五首之一)

白居易①

朝真暮伪何人辨,古往今来底事无!
但爱臧生能诈圣,可知宁子解佯愚?
草萤有耀终非火,荷露虽团岂是珠?
不取燔柴兼照乘,可怜光彩亦何殊。

唐宪宗元和十年,白居易被贬为江州司马。在去江州的船上,他忆起了多年来所经所见的世事,不禁激情涌动,感慨万千,当下写了五首富有哲理的《放言》诗,此为第一首。

"放言",意为任情而谈,不受拘束。这样来写,易于鲜明地宣达作者的思想,揭示事物的本质。本诗就是运用比喻,借助形象,拓开思路,阐明政治上的辨伪,亦即近世所说的识别以伪装面目出现的两

---

① 白居易(772—846),字乐天,号香山居士。唐贞元年间进士。唐代重要诗人,新乐府运动的倡导者。其诗语言通俗,思想性、艺术性都达到很高水平。

面派的问题。当然这里也包括透过假象识别人才这方面的内容。尽管是以议论为诗,讲了一些哲理,但由于出语纡徐婉曲,行文跌宕有致,读起来还是富有情趣的。

人的情况至为复杂,有时本质为现象所遮蔽,假象掩盖着本来面目。诗人颇有感触地写道:古往今来,什么样的怪事都出现过。有的早晨起来还装得道貌岸然,俨然君子;可是,到了晚上就暴露了全部假象。春秋时的臧武仲,被当时的人目为圣人,实际上却是奸人;宁武子本来是贤才智士,却偏偏佯装愚蠢、弩钝。世人为假象所蒙蔽,不辨真伪,混淆贤愚,只爱臧生那样的"诈圣",而不愿赏识宁子式的真贤。实在可慨可叹!草丛间的流萤,尽管也有光亮,但终究不是大火;荷叶上的露水,虽然也呈球状,可是,它绝不是珍珠。

那么,对这类鱼目混珠现象应该如何识别呢?诗人认为,对比是辨伪的最有效方法。有比较才能鉴别。"不怕不识货,就怕货比货。"取来燔柴(借喻大火)和照乘(指明珠)与流萤、露珠一比较,就一切都看得分明了。遗憾的是,许多人往往不从本质上看事物、别真伪,惯常被流萤般的闪光和露珠样的晶莹所炫惑,结果,不免得出完全颠倒了的结论。

南宋名臣张浚尝与赵鼎在一起论述人才,并极力推荐秦桧。开始时,赵鼎的头脑还比较清醒,说:"此人得志,吾辈无所措足矣!"可是,当赵鼎做了宰相之后,看到秦桧先意承旨,唯命是从,觉得张浚之言也有道理,于是,对秦桧由有所警惕变为产生好感,最后竟亲自拔擢他登上高位。秦桧得势后,反过手来,残酷迫害那些主战拒和、坚持正义的忠臣良将,不出几年,赵鼎也死在了他的手下。

回过头来考究一下,张浚根据什么极力推荐秦桧呢?原来他有这样一个理论:"人才虽难知,但议论刚正,面目严冷,则其人必不肯为非。"由此,他认定秦桧是一个"不畏死,有力量,可共天下事"的人才,这样,就把一个元凶大憝彻底地看错了。而赵鼎始则戒备,终获好感,结果为这个"千古罪人"搭设了晋身的阶梯。教训是十分深刻的:不能以言取人,必须听其言观其行;不能为假象所迷惑,要善于透过现象看清本质。

  白居易在《新乐府序》中,明确地提出作诗的标准:"其辞质而径,欲见之者易谕也;其言直而切,欲闻之者深诫也"。《放言》组诗可说是不折不扣地践行了这一主张。论者指出,白诗尚实、务尽、坦易,"议论痛快,快心露骨,以理为胜","务在分明",组诗更是充分地体现了这些风格特点。

决　疑

放言（五首之三）

白居易

赠君一法决狐疑，不用钻龟与祝蓍。
试玉要烧三日满，辨材须待七年期。
周公恐惧流言日，王莽谦恭未篡时。
向使当年身便死，一生真伪有谁知。

选拔和使用人才，特别是察举、选官，这是一门大学问。鉴于此项工作十分复杂，所以，古人反复强调，要"精察之，审用之"。

如何精察、审用？从这首诗里我们至少可以得到如下三点启示：

——经过一定时间的观察考验，事物的本来面目才会显现出来。"试玉要烧三日满"，作者有原注："真玉烧三日不热。"按古代的传说，玉在火中烧三日三夜，颜色不发生变化，如果是石头就不行了。"辨材须待七年期"，作者也有原注："豫章木生七年而后知。"过去认为，豫与章这两种不同的树木，小时不易辨识，必须长到七年才能区别开。这两个例子都是强调时间的检验作用。"路遥知马力,日久见人心。"同试玉、辨材一样,要准确地识别一个人,也须经过一定时间的铨衡、考察,通观其全部历史。草率从事,是要失误的。至于什么"钻龟"(钻刺龟甲,并以火灼,视其裂纹)与"祝蓍"(焚烧蓍草,观察草灰形状)之类判断吉凶的占卜方式,根本不能解决问题。

《坚瓠集》载,杨诚斋题淮阴庙七律,有"少年胯下安无忤,老父圯边愕不平。人物若非观岁暮,淮阴何必减文成"之句。诗中讲了两个典故,涉及两个历史人物:一个是淮阴侯韩信,少时曾受胯下之辱,人皆以为怯,而他有大的抱负,不同无赖少年一般见识,因而安然忍受,没有发作。可是,当他建功立业、兵权在握之后,却没能坚持"学道谦让,不伐己功,不矜其能",而是"以市井之志利其身"。像司马光所批评的那样,"失职怏怏,遂陷悖逆"。另一个是刘邦的重要谋臣张良,年轻时在下邳的桥边遇到黄石公,这个老人故意把鞋丢在桥下让他去拾,他曾"愕然不平","欲殴之,为其老,乃强忍"。年少负气,似乎不够成熟。但在后来能够"运筹帷幄之中,决胜千里之外",为刘邦出了好多重要的主意,屡建奇勋,死后被谥为文成侯。诗的结论是,如果不看他们二人的晚年("岁暮"),就无法做出韩信不如张良的正确判断。

——必须正确对待周围的不同反映。人才崭露头角之后,有时毁誉不一。如何准确地加以辨识,这里面是大有文章的。即使各方面的反映是一致的,也需要在实践中认真地予以检验。

两千多年前的孟轲说过:"左右皆曰贤,未可也;诸大夫皆曰贤,未可也;国人皆曰贤,然后察之,见贤焉,然后用之。"如果其间不含有求全责备,人要完人的因素,那么,这种选拔人才上的群众观点,是很有借鉴意义的。

正确对待周围的不同反映,一个重要问题是敢于摒弃那些无根据的流言蜚语和闲言碎语。周公是武王的弟弟、成王的叔父,被封建时代的史学家尊为圣贤,但他也曾受到流言困扰。武王死后,成王年幼,周公摄政,大权独揽。他的兄弟管叔、蔡叔等人不满,制造流言,说周公将干出不利于成王的事,意思是他有篡权的野心。周公听了以后十分恐惧,赶紧避难"居东三年"。后来,成王通过实际考查,了解到周公果是一片忠贞,便亲自接他回来辅佐朝政。谗言足以误国,忌妒倾陷贤才。关键在于当政者善于识别真伪,敢于为贤才撑腰。

——要善于透过现象认清本质。诸葛亮在《将苑》一书中说过:"夫知人之性,莫难察焉。美恶既殊,情貌不一:有温良而为诈者,有外恭而内欺者,有外勇而内怯者,有尽力而不忠者。"西汉末年的王莽可算是一个"貌恭而内欺"、"温良而为诈"的典型。他在篡位之前,为了骗取皇帝和群臣的信任,长期装作仁爱待人,谦恭下士,以致"公卿咸叹公德,皆以周公为比"。但历史证明,他的"谦恭下士"是假象,而篡汉谋国才是他的本来面目。

为了能够透过现象认清本质,诸葛亮曾提出七条"知人之术":向他提出矛盾的理论、观点,看他的辨别力和坚定性;同他反复辩论,看他对付驳诘的辩才和应变能力;请他出谋划策,看他分析问题和审时度势的能力;告之以危险情境,看他的勇敢、牺牲精神;在纵情饮宴的情况下,看他的自持力和醉后显露的本性;给他提供有利可图的机会,看他能否做到廉洁公正;与他约定公务活动,看他能否不负所托。今天看来,这种考查方法和考查内容,不见得很科学,很完善;但有一点可以肯定,在矛盾复杂的环境中进行多方面的实践检验,对于甄别人才,辨识本质,确有不容忽视的作用。

眼　界

禽虫十二章(之七)

白居易

焦螟杀敌蚊巢上,蛮触交争蜗角中。
应似诸天观下界,一微尘内斗英雄。

蚊子已经是够小的了,可是,焦螟(古代传说中最小的虫类)竟然在蚊子的巢穴里开战;蜗牛也不过手指般大,蜗牛角里居然居住着蛮和触这两个小国,而且还刀兵相见,大动干戈。诗人用十四个字讲了两个动物童话,用意在于针砭时弊,讥刺一种堪笑亦堪怜的社会现象——有些人为一些极末微的细事争斗不已,所谓"锱铢必较,睚眦必报"。这同焦螟在蚊巢里杀敌,蛮、触在蜗角中交争,实在没有多少差别。

诗人讲的这两个动物童话,实际上都各有所本。前者见于《列子·汤问》篇:"江浦之间生幺(小)虫,其名曰焦螟。群飞而集于蚊睫,弗相触也;栖宿去来,蚊弗觉也。"后者见于《庄子·则阳》篇:"有国于蜗之左角者,曰触氏;有国于蜗之右角者,曰蛮氏。时相与争地而战,伏尸数万,逐北旬有五日而后反。"

诗人并非就故事说故事,他的着眼点在于阐释一番哲理:这种行为的可笑,反映了胸襟的狭小,而胸襟是和眼界直接联系在一起的。如果能够站得高些,看得远些,把这些人和事放在茫茫宇宙、大千世界("诸天")里来观察,就会发现,人间("下界")这些对于"丝恩发怨"的抵死纠缠,实无异于在一粒微尘里争雄斗胜——而这又和焦螟开战、蛮触交争有多大区别呢!应该说是太没有意思了。

说到眼界,白居易还曾写过一首题为《登灵应台北望》的七绝:"临高始见人寰小,对远方知色界空。回首却看朝市去,一稊米落太仓中。"讲的都是同一道理。世界首个登上月球的美国航天员阿姆斯特朗,回到地球之后,写了一篇回忆录。他说,当我们踏上月球之路的时候,眼看着地球越来越小,第一天还像圆桌面那么大,第二天就变得像个篮球了,第三天站在月球上看地球,只有乒乓球那么大。其实,这类景况,中国的古人也早就注意到了。孟子有言:"孔子登东山而小鲁,登泰山而小天下,故观于海者难为水,游于圣人之门者难为言。"说明眼界越开阔,视野便越扩展,那么,所见到的客观事物的范围,便会越加宽广了;而随着视点、视角的变化,客观对象则会随之而发生变化,人们的认识也会有新的领悟,新的提高。

美色的悖论

王昭君二首(其二)

白居易

汉使却回凭寄语,黄金何日赎蛾眉?
君王若问妾颜色,莫道不如宫里时。

王昭君为汉元帝妃子。当时后宫嫔妃很多,元帝让画工把她们一一绘出影像,然后按图召幸,昭君因不肯贿赂画工,而未得受宠于君王;后来被作为和亲角色远嫁给匈奴单于。临行前,元帝见到昭君容貌动人,后悔不及。诗人以"昭君出塞"后怀思乡国、眷恋君王为题材,咏怀史事。

诗中以精妙的构思展开话题,通篇模拟昭君的口吻,对前来匈奴的汉朝使者说:你们回去后,请代我向皇帝捎个话,问问什么时候能够用黄金把我赎回去?可以想象出来,由于久居胡地,困于风沙冰雪,历尽颠折之苦,当年的美女必然已是憔悴不堪了。因而,昭君特意加上一句:如果皇帝问到了我的容貌,千万不要说比不上原在宫里的时候。

诗人自注,此诗写在十七岁时。到了四十八岁时,他路过昭君故里,又写了一首五言古诗,中有"白黑既可变,丹青何足论?竟埋代北骨,不返巴东魂"之句,说来也是很感伤的。

咏史诗须在叙事之外能表达出诗人自己的情感和思想;否则,"但叙事而不出己意,则史也,非诗也。出己意,发议论,而斧凿铮铮,又落宋人之病",惟"用意隐然,最为得体"(清人吴乔语)。此诗的妙处,就在于"用意隐然",而并非"斧凿铮铮"——只是表达当事人渴望回归汉朝的迫切愿望,而不着一字议论,却蕴涵着发人深思、引人遐想、耐人寻味的理致。后世诗人对此诗推崇备至。《王直方诗话》云:"古今人作昭君诗多矣,余独爱白乐天一绝","盖其意优游而不迫也"。胡应麟《诗薮》中也说:"语浅意深,语近意远,则最上一乘","'汉使却回凭寄语……',《三百篇》《十九首》,不远过也。"

当代学者朱金城认为,诗人立意和语言运用的功力只是一个方面,作品成功的关键,还在于作者对昭君心理的准确把握,和对昭君外貌、神情的捕捉与细致入微的描摹。昭君归心似箭,但又担忧汉使泄露了她已不能以容貌取悦君王的实情,只得哀告信使,替她隐瞒,以实现其十分渺茫的希望。诗歌紧紧扣住这个中心,用昭君的口吻写成,寥寥数语,显示出这位任人摆布的妇人难以明喻的痛苦,字里行间,蕴藏着万种悲愁,百般委屈。

说到旧时代妇女任人摆布的痛苦,应该指出这样一个悖论:美色,左右了昭君一生的命运,而屈辱困顿之余,念念思归故国、眷恋君王的唯一凭借,竟然还是美色,不能不说是一个悲剧。

瞬息浮生

对酒五首(之二)

白居易

蜗牛角上争何事,石火光中寄此身。
随富随贫且随喜,不开口笑是痴人。

童年读明代学者洪应明所著《菜根谭》,记住了这样两句话:"石火光中争长竞短,几何光阴?蜗牛角上较雌论雄,许大世界!"深深叹服作者之见识与文采。后来披览《白氏长庆集》,见到了这首七绝,方知洪氏之言,原是蹈袭前人。

香山居士身当中晚唐的动乱之世,面对"犹入火宅,众生怖畏"的朝廷中无止无休的明争暗斗,联系到自身的贬谪生涯,鉴之以古圣先贤的哲思明训,从中深刻地悟解出种种人生智慧与应时处世之理。本诗就是在这种背景下写成的。

首句从空间上讲,极言局面之狭小。《庄子·则阳》篇中讲了一则荒诞可笑的寓言故事:蛮、触两个族群分别在蜗牛的左右角上建立了国家。这实在是小得可怜,可是,它们竟然经常为了争夺地盘而发生战争,死伤数万,血流漂杵。诗人说,我们经常看到的许许多多人事纷争、相互仇杀,如果从宏观的视角去看,实无异于古书上所讲的可笑已极的蜗角之战,究竟有什么意义、有什么价值呢?

次句从时间上讲,极言为时之短暂。晋人潘岳有诗云:"人生天地间,百岁孰能要?熲(同炯,意为明亮)如槁石火,瞥若截道飙。"香山居士就此生发开去,说寄身于电光石火之中,这比曹操说的"譬如朝露"还要短暂。在这瞬息浮生中,不知黾勉奋进,却整天陷到那毫无意义的斗争漩涡中去,实在是太不值得了。

作此诗时,诗人大约是七十岁上下,早已步入老境了。他在诗中融入一己酸甜苦辣的生命体悟,诚挚地劝告世人:人生极为短暂,宛如石头撞击所发出的一点火光,一眨眼就熄灭了,实在没有必要为那些蜗角虚名、蝇头微利拼争不已。那么,究竟应该怎么办呢?三、四两句做了答复:凡事要看得开,放得下,一切顺应自然,乐天知命,笑口常开,不论是贫是富,都应该快乐地过日子;否则,那可就成了痴人!"随喜",为佛教用语,意为见人做善事而乐意参加,泛指随着众人参禅礼佛等。在这里,诗人引申为人我无间,随缘随分。

当然,运用辩证思维,面对有限的时空,我们还可以做出更加富有积极意义的悟解。中国古人有"观古今于须臾,抚四海于一瞬"的说法。18世纪英国浪漫主义诗人威廉·布莱克也有一首诗:"一粒沙里有一个世界,一朵花里有一座天堂,把无穷世界握于手掌,永恒不过是刹那时光。"抓紧眼前的现实存在,不因其渺小与短暂而轻抛虚掷,同样可以有所作为,实现"瞬间永恒"。

遗世独立

江　雪

柳宗元[1]

千山鸟飞绝，万径人踪灭。

孤舟蓑笠翁，独钓寒江雪。

唐顺宗永贞元年，柳宗元参加了王叔文为首的政治革新运动。由于遭到朝中保守势力与宦官联手反攻，革新仅仅半年即告失败，他也为此被贬谪到蛮荒、瘴疠之乡永州，时年三十三岁。

本诗即作于谪居永州期间。诗中以烈雪寒江寂静、清冷的客观世界（也可说是艺术境界），衬托并象征诗人那种遗世独立、峻洁孤高甚至不带一点烟火气的主观世界（亦即人生境界）。

全诗紧扣题目"江雪"二字。前两句写雪，千山雪漫，触目皆白，既无鸟迹，更无人踪。一"绝"一"灭"，把大自然中最常见的行人飞

---

[1] 柳宗元(773—819)，字子厚。唐贞元年间进士。著名文学家、哲学家、政治家，"唐宋八大家"之一。与韩愈同为中唐古文运动的领导人物，并称"韩柳"。

鸟景观,一笔抹去,这就使得客观世界冷清到了极点。后两句写江,着眼点却是凸显"孤舟蓑笠翁",这是全诗描绘的中心,在整个画面上居于主体地位。而一"孤"一"独",则是彰显其遗世独立、一尘不染、卓尔不群的凄冷心境与高洁品格。

为了加深对本诗的理解,可以参阅诗人同一时空所作的另外两首诗——《渔翁》:"渔翁夜傍西岩宿,晓汲清湘燃楚竹。烟销日出不见人,欸乃一声山水绿。回看天际下中流,岩上无心云相逐。"《溪居》:"久为簪组累,幸此南夷谪。闲依农圃邻,偶似山林客。晓耕翻露草,夜榜响溪石。来往不逢人,长歌楚天碧。"通过书写与世俗的疏离和自然的亲近,渲染一种桃花源般的情境,同时以"反话正说"的方式,发舒了对于朝廷与官场的怨怼情绪。三诗的共同特点,都是以幽冷寂静的客观环境,衬托诗人主观心境的寂寞、孤独,两相映照,"清峭已绝"(沈德潜语),富有"奇趣"(苏东坡语)。

诗人盛年贬谪蛮荒,壮志难酬,情怀抑郁,遂以山水景物作为发泄满腔闷气的突破口,抒怀寄慨。当然,也可以说,寄情山水,耗壮心,遣余年,徜徉其间,用审美的眼光和豁达的心态来看待政治上的失意,达到一种顺乎自然、宠辱皆忘的超然境界。

关于《江雪》一诗的意蕴、理趣,清人多有论列。持"诗人自寓说"者有之,王尧衢云:"置孤舟于千山万径之间,而以一老翁披蓑戴笠,兀坐于鸟不飞、人不行之际,真所谓寄蜉蝣于天地、渺沧海之一粟矣,何足为重轻哉?江寒而鱼伏,岂钓之可得?彼老翁独何为稳坐孤舟风雪中乎?世态寒凉,宦情孤冷,如钓寒江之鱼,终无所得。子厚以自寓也。"(《古唐诗合解》)徐增也说:"此乃子厚在贬所以自寓也。当此途穷日短,可以归矣,而犹依泊于此,岂非一官所系耶?一官无味,如钓寒江之鱼,终亦无所得而已矣。余岂效此渔翁哉!"(《而庵说唐诗》)持"待价而沽说"者亦有之,吴烶云:"千山万径,人鸟绝迹,则雪之深可知。然当此之时,乃有蓑笠孤舟、寒江独钓者出焉。噫!非若傲世之严光,则为待聘之吕尚(直钩钓鱼的姜子牙)。赋中有比,大堪讽咏。"(《唐诗选胜直解》)

窃以为,"自寓"犹可说也,即借寒江独钓的渔翁意象,来寄托孤高傲世的情怀;而"待沽"之说,恐失原意。要之,诗人身处凄苦的逆境之中,回思惨烈的革新败绩,心灵承受着巨大的痛楚,只有孤居索处,独自咀嚼着伤痛,把心里的煎熬埋藏在最深层,像鲁迅先生所说的,"总如野兽一样,受了伤,就回头钻入草莽,舐掉血迹,至多也不过呻吟几声的";"我以为这境遇,是可怕的。我倒没有什么灰心,大抵休息一会,就仍然站起来"。

诗的格调是高亢而静穆的,尽管忧愤填膺,却不作"金刚怒目"状。如同作者在一篇文章中所说的:"嘻笑之怒,甚于裂眦;长歌之哀,过于痛哭。庸讵知吾之浩浩,非戚戚之大者乎!"

见证时间

古　树

徐　凝①

古树欹斜临古道,枝不生花腹生草。
行人不见树少时,树见行人几番老。

　　诗人表述时间的流逝,忌讳直来直去,而是借助周边的事物、景色来加以衬托、渲染,比如"未觉池塘春草梦,阶前梧叶已秋声",这就是诗;反之,若是说"春天到秋天,过得也太快了",那就成了叙事文,甚至是大白话了。当然,即便是写文章,也应该像现代著名作家沈从文所说的:"要说明时间的存在,还得回头从事事物物去取证,从日月来去,到草木荣枯,从生命存在找证据。"

　　《世说新语》记载:"桓公(温)北征,经金城,见前为琅邪(见自己以前在琅琊任职)时种柳,皆已十围,慨然曰:'木犹如此,人何以

---

① 徐凝,唐元和年间进士,官至侍郎。有诗名。

堪!'攀枝执条,泫然流泪。"其实,也不只是桓大司马,面对"生意尽矣"的婆娑老树,由物及人,蓦然兴起岁月无情、英雄迟暮之感,从而怆然泪下者,正不知凡几也。

徐凝此诗,同样是做老树的文章。从诗人描述的形态可知,这棵树可真是"盖有年矣"。你看它,倾欹歪斜在古道旁边,枝叶枯干,了无生气,粗大的树干已经刳空,里面竟然生长着杂草。诗人说过了老树,接下来又说老人,"树见行人几番老"。可是,他却避开"树犹如此,人何以堪"的熟路,不袭故常,另辟蹊径,走了一条全新的、未经人道语的新路。

诗中在描述过老树形态之后,便拈出两句耐人寻味、颇富哲思的话语:再老的树也有初生、年少之时,只是过往行人没有见到,或者没有注意到;可是,历尽沧桑的古树立在那里,却年复一年地看见人去人来,人少人老,人在人无。"几番老",既指一个人由少壮而老迈,又指一代一代的人,轮番出生,轮番老去。

古道两旁长着形形色色的古树,这并非什么特异新奇的事物,许多人都曾遇见过,而且是反复多次。但是,能够平中见奇,发人所未发,从中挖掘出诗性智慧、人生感慨,却很少有人能够做到。徐凝以敏锐的眼光、独特的视角,发现了个中奥蕴。——通过个体的行人与积年的古树之间时序上的反差,感悟到并能以极简练的文字表达出其中深刻的哲理:时间永恒而人生易老,哀吾生之须臾,羡宇宙之无穷。而从另一个角度,套用苏轼的说法:"自其不变者而观之",作为物的古树与代代相传的整体的人,则"物与我皆无尽也"。

心性触事而明

开悟诗

灵云志勤[①]

三十年来寻剑客,几回落叶又抽枝。
自从一见桃花后,直至如今更不疑。

这是一首非常著名的见道诗。关于诗的本事,大体是:灵云志勤初在湖南沩山学道,久未开悟,一日出行见桃花灼灼,因而悟道,平生疑处,一时消歇,遂有此作。

诗中形象地叙写了他求道、开悟的历程。诗僧说,三十年间,我像古籍中记载的寻觅神器干将、莫邪那样,一直扮演着"寻剑客"的角色,不知见过多少次"落叶"(秋)、"抽枝"(春),节序交替的情景了。直到有一天,蓦然见到桃花怒放,灼灼其华,佛性禅心,随缘而起,这才得以开悟,达到了所谓"直显心性,触事而明"的境界。这个

[①] 灵云志勤禅师,约9世纪时在世,沩山灵祐禅师的弟子。

时候,也只有这个时候,才真正感到像宝剑在握那种的实实在在,再也毋庸置疑了。

禅悟是心性的感受,它并非哲学,并非思想、学术,也不是思辨的推理认识;而是个体的直觉体验,所谓"如鱼饮水,冷暖自知"。就是说,要靠日常行事来体现,由生命体验来提升。当代著名哲学家李泽厚先生指出,禅宗的"悟道","不离现实生活,可以在日常经验中,通过飞跃获'悟',所以,它是在感性自身中获得超越,既超越又不离感性。一方面,它不同于一般的感性,因为它已是一种获得精神超越的感性;另一方面,它又不同于一般的精神超越,因为这种超越常常要求舍弃、脱离感性。禅宗不要求某种特定的幽静环境,或特定的仪式规矩去坐禅修炼,就是认为任何执着于外在事物去追求精神超越,反而不可能超越,远不如'无所住心'"。

佛学专家指出:历代高僧大德开悟的途径、开悟的契机,因人而异,千差万别。"有言下荐得,有从缘悟得,有读经明得。就中以从缘悟得,得力最大。因为从缘悟得,需要有长期的修行作基础,是量变到一定的程度而发生的质变,而且完全是无心而得。因此,一旦悟得便永不退失。"

比如,香严智闲禅师,锄田时偶然拾起一块瓦片,随手一掷,瓦片落到竹子上,发出声响,他遂从中悟道。还有,无尽藏比丘到各地遍参,回来后,在庭院中笑拈梅花,终于开悟。而灵云禅师则是目睹桃花盛开,即得悟道。他们开悟的契机差异很大,但有一点相同,就是长时间的修行为一朝开悟打下了底子。看似偶然,实有必然。这里揭示了平日积累与一时开悟的辩证关系,所谓"得之在俄顷,积之在平日"。

灵云禅师正是有了三十年的苦修基础，才能从花开花落、自然界盛衰更替中，领悟到世事变迁和色空、有无的关系：色即是空，空即是色。从而对过去所学得的"空非真空，空为妙有，色非实有，色为空无"的禅理，有了真切的理解。

诗中理趣、意蕴丰富，而且诗情浓郁，意象超拔，形象鲜明。

莫负韶光

金缕衣

无名氏

劝君莫惜金缕衣,劝君须惜少年时。
花开堪折直须折,莫待无花空折枝。

这是一首流行于中唐时期的歌词,作者已不可考。歌女杜秋娘曾演唱过,有的选本遂把她题为作者,是不确的。金缕衣是古曲调名,一说指歌舞名,这里指金线织成的贵重衣服。

诗的意蕴在于劝人莫辜负大好时光。《唐诗三百首》编者孙洙认为:"即圣贤惜阴之意,言近旨远。"就是说,它是着眼于说理的,但用的却是形象性的语言和艺术手法。开头两句,一否定,一肯定,直抵诗中主旨。奉劝各位不必珍惜那华贵的金缕衣,而应该珍视少年时代的金色年华。后两句,是以比兴手法,紧接前面话题,继续劝人珍爱生命,怜惜青春。如同鲜花盛开之时就应该撷取,不能等到叶落花飞,才去折撷空枝。

诗的表现手法,颇具特点。清人陆昶在《历代名媛诗词》中评点:"(《金缕衣》)词气明爽,手口相应。其'莫惜''须惜''堪折''须折''空折',层层宕跌,读之不厌,可称能事。"当代学者周啸天也指出,此诗特色在于修辞的别致新颖。一般情况下,旧诗中比兴手法往往合一,用在诗的发端;而绝句往往先景语后情语。此诗一反常例,它赋中有兴,先赋后比,先情语后景语,殊属别致。"劝君莫惜金缕衣"一句是赋,而以物起情,又有兴的作用。诗的下联是比喻,也是对上句"须惜少年时"诗意的继续生发。不用"人生几何"式直截的感慨,用花(青春、欢爱的象征)来比喻少年好时光,用折花来比喻莫负大好青春,既形象又优美,因此远远大于"及时行乐"这一庸俗思想本身,创造出一个意象世界。

种蒺藜者得刺

题兴化园亭

贾 岛①

破却千家作一池,不栽桃李种蔷薇。
蔷薇花落秋风起,荆棘满亭君自知。

兴化园亭,为唐文宗时中书令裴度所建。一朝升迁,便大兴土木,劳民伤财,贾岛为诗以讥刺之。

诗中说,达官贵人为怡悦耳目于一时,不惜令千家荡产,凿池养花,却又不栽春华秋实的桃李,只种多刺的蔷薇,结果,秋风起处,花叶凋零,剩下了满亭棘刺。——这种后果,你这个园主是应该晓得的。所谓后果,也就是俗话说的:"种瓜得瓜,种豆得豆","种蒺藜者得刺",反映了事物间的因果关系。

诗人从家常语、眼前事中,提炼出嘲讽权贵、抨击聚敛、讥刺奢靡

---

① 贾岛(779—843),唐代诗人。初落拓为僧,后还俗,屡试进士不第。其诗喜写枯寂之境,多寒苦之辞。

的重大题旨。而且,构思精妙,独具匠心,几乎每句里都有深刻寓意。"破却千家"句中反映了中唐时期"富者兼地万亩,贫者无容足之居"的社会现实。"不种桃李",虽属日常细事,却也看出豪门与平民的心理殊异。民众在审美的同时,总会顾及实用,所以喜爱春华秋实的桃李,豪门贵族却没有这种观念。诗人聂夷中嘲讽那些公子哥:"种花满西园,花发青楼道。花下一禾生,去之为恶草。"正以此也。

裴相爷园亭里种植蔷薇,也许只是兴之所至,诗人却抓住这个茬儿,演绎出深刻的题旨,表面是写秋后所呈现的园景,实则揭橥聚敛盘剥定要产生恶劣后果的道理。古籍《韩诗外传》中说,春种桃李者,夏得荫其下,秋得其实;春种蒺藜者,夏不可采其叶,秋得其刺。此诗摄取其深邃意蕴。自然贴切,蕴藉含蓄,讽喻之意溢于言表。

旧籍中记载:某官员《寄家书》七绝:"南轩北牖又东扉,取次园林待我归。当路莫栽荆棘草,他年免挂子孙衣。"作者罗列家中的亭园楼舍,说各种条件都有了,就等待着他挂冠归里了。后两句,表述作者的深心:不栽带刺的各种杂草,免得日后挂破子孙的衣衫。可以引申为不要无端结怨,以免给子孙带来祸患。

两诗言近旨远,于浅淡中见深意,有异曲同工之妙。

千古悼亡绝唱

离思五首(选一)

元　稹①

曾经沧海难为水,除却巫山不是云。
取次花丛懒回顾,半缘修道半缘君。

本诗为悼念亡妻而作。元稹妻子韦丛美貌贤惠,夫妻感情深厚,但好景不长,彩云易散,结缡刚刚六载,韦丛即故去,年仅二十七岁,留下一个四岁的孩子,瞬息间,这个幸福的家庭就破碎了。寥寥四句,痛赋悼亡,取譬极高,抒尽哀伤、悼惜之情,实在是把人世间夫妻生死之恋的刻骨铭心写绝了。

开篇两句,用了"水""云"两种美丽而苍茫的意象,而且,都有深邃的人文内涵,有着古老的文化渊源。《孟子·尽心》篇"观于海者难为水",是首句的出处。意思是,对于水来说,沧海是至广至深、无

---

① 元稹(779—831),字微之。曾任监察御史、同中书门下平章事(宰相)。唐代著名诗人,为新乐府运动积极支持者,与白居易齐名。

以复加的,所以,经历过大海之后,一般的水也就不在话下了。次句中的"巫山",作为山脉名称,主要指四川盆地东部,湖北、重庆、湖南交界一带。而"巫山云""巫山神女"则源于古代神话传说。战国时宋玉《高唐赋·序》说,巫山的云为神女所化,茂如松樯,美似瑶姬。此后,"巫山神女"常用以比喻美女。与首句同样,都是强调事物的至上性、唯一性。意思是,巫山云为世间至美的形象,其他任何云彩都比不上。两句用来隐喻妻子的至美至善,同时,反映出他们夫妻之间的感情至深。

第三句接下来说,正由于夫妻关系是这样美好,因此,对其他女色绝无顾盼之意。对此,诗人予以形象化的展现,说自己草草地、仓促地("取次")走过花丛,总是懒于顾盼。第四句,承上进一步说明"懒回顾"的原因——尊佛奉道也好,正心修身也好,都不过是用以缓解、摆脱失去爱侣("君")的悲痛,求得感情上的寄托,所以,它和追念亡妻是一致的。

诗的艺术手法高超,用笔精妙。宋人李仲蒙有言:"索物以托情,谓之比,情附物者也。触物以起情,谓之兴,物动情者也。"诗人运用比兴手法,叙写夫妻间的恩爱,表达他对于亡妻的忠贞不贰与怀念、悼惜之情。

理解本诗,应与元稹同时写的悼亡诗《遣悲怀》一起读,可说是异曲同工。前者笔力遒劲,语重千钧;后者由于是三首七律,容量较大,因而以情感细腻、心理刻画逼真见长。诗人像是同已故妻子面对面地娓娓话着家常,真情灼灼,尽倾积愫,纯然出自肺腑,至为亲切感人。其二云:"昔日戏言身后事,今朝都到眼前来。衣裳已施行看尽,针线犹存未忍开。尚想旧情怜婢仆,也曾因梦送钱财。诚知此恨人人有,贫贱夫妻百事哀。"还有其三的后四句:"同穴窅冥何所望?他生缘会更难期。惟将终夜长开眼,报答平生未展眉。"都是语浅情深,催人泪下,极具感染力,堪称千古绝唱。

动人春色不须多

蜀　葵

陈　标[①]

眼前无奈蜀葵何,浅紫深红数百窠。
能共牡丹争几许,得人嫌处只缘多。

蜀葵,亦称一丈红、大蜀季、戎葵。《花镜》上说:"蜀葵,阳草也……来自西蜀。今皆有之。"它的花其实是很有魅力的。我就曾看到过一篇文章,对它深情赞许:"当枝梢的花颜色绝佳时,枝干的花已容颜疲惫。花株之间,接力赛一般,密匝匝开满一路。它不惧目光,毫无收敛,安安静静开满自己的花,愿意在哪落脚,就在哪生长下去,高兴开成什么颜色,就开成什么颜色。这份肆无忌惮绽放的勇气,让人不注意都不行。"

可是,在一千多年前,晚唐诗人陈标却说,蜀葵开起花来,浅紫深

[①] 陈标,唐长庆年间进士。《全唐诗》存诗十二首。

红,足足有几百棵,多得让人无奈;本来,它是可以和牡丹相比美的,只是因为开得太多,反而倒令人讨嫌了。我想,在这里,诗人不过是抓住喻体的某一侧面来表达一种审美观点,所谓咏物寄兴;至于喻体整体如何评价,往往不在思考之列。即以牡丹而论,陈标予以赞扬,可是,不也有人说:"堪笑牡丹如斗大,不成一事又空枝"吗?诗人不同于科学家,此为一显例。

就本诗的审美取向来说,还是切理餍心,令人服膺的。诗人的看法建立在两个美学基点上:其一,人情之常,"物以少者为贵,多者为贱"(语出《抱朴子》)。白居易在《白牡丹》诗中做了同样的表述:"唐昌玉蕊花,攀玩众所争。折来比颜色,一树如瑶琼。彼因稀见贵,此以多为轻。"王安石咏石榴花,也有"浓绿万枝红一点,动人春色不须多"之句。其二,过犹不及。中国艺术传统在审美方面,特别讲究含蓄、适度,有余不尽,不到顶点;强调"象外之旨""弦外之音""言外之意"。其中奥秘,在于以不全求全,以少少许胜多多许,给观众和读者留下更多的想象余地。唐人张彦远说:"夫画物,特忌形象彩章历历具足,甚谨甚细,而外露巧密。所以,不患不了,而患于了。"后人把这种"了"与"不了"的辩证法奉为绘事秘宝。白石老人画虾,寥寥数笔,不是纤细无遗地将大虾腹下的节足一一描出。从外表上看,似乎形体不全,朦胧不显,可是,虾的动态、虾的神韵,却栩栩如生地展现出来。

悔

嫦　娥

李商隐[1]

云母屏风烛影深,长河渐落晓星沉。
嫦娥应悔偷灵药,碧海青天夜夜心。

在多思善感的青少年时代,我曾想过,"嫦娥奔月"这个神话传说,美则美矣;只是那个月殿仙姝,实在是太狠心了,她完全不顾念家庭,也不怜惜儿女,结果偷吃了丈夫后羿从西王母处得来的不死仙丹之后,便逃离人世,飞入月宫,终朝每日,过着清虚、寂寞的生活。后来,读了李商隐的这首七绝,觉得他所说的"悔偷灵药",实获我心。

当然,我也知道:虽然题为《嫦娥》,但实际上,诗人不过是借嫦娥来说事。从开头两句即可看出,作为被感知的对象,嫦娥身后还隐

---

[1] 李商隐(813—858),号玉谿生。唐开成年间进士。因受"牛李党争"影响,终身潦倒。晚唐重要诗人,擅长律、绝,富于文采。其诗善用比兴,华美精工,想象丰富。

藏着一个大活人。室内,以云母装饰的屏风后面,烛影深深;窗外,银汉与晓星一道,隐入浩渺的苍穹,显然,这位主人公是幽居独处,彻夜未眠的。那么,这个人究竟是谁呢?久思而不得其解。

及至年华老大,读书渐多,才发现关于本诗的意旨,原来诗评家的意见也并不一致。概言之,大体有三:

清人纪昀持"悼亡"说,认为是诗人悼念其爱妻王氏。已故诗词名家沈祖棻也说,是写"作者的死别之恨,相思之情。前半从自己着笔,后半从王氏着笔";"说'碧海青天',见空间之无限,说'夜夜',见时间之无穷。这种无边无际的凄凉,无穷无尽的寂寞,本是生者即自己所感,却推而用于死者"。

清人程梦星指出,此诗为"刺女道士"也,"首句言其洞房曲室之景,次句言其夜会晓离之情。下二句言其不为女冠,尽堪求偶,无端入道,何日上升也?盖孤处既所不能,而放诞又恐获谤,然则心如悬旌,未免悔恨于天长海阔矣。"当代学者刘学锴亦认为,唐代道教盛行,女子入道成为风气,入道后,才体验到宗教清规对正常爱情生活的束缚而产生精神苦闷,此诗乃其处境与心情的真实写照。李商隐也曾有诗把女道士比作"月娥霜独"。

清人何焯则认为,此诗乃"自比有才调翻致流落不遇也"。当代学者叶葱奇指出,"诗人自慨以才华遭嫉,反致流落不偶"。在我看来,当以此说为是。诗人是"借他人的酒杯,浇自己的块垒"。就是说,借咏叹嫦娥以感喟一己的身世、出处。"世人都说神仙好",可是,无论是诗人还是嫦娥自己,却都认为,她不该离开人间,去过那种凄清孤寂的生活。可见,诗人是通过抒写嫦娥的悔恨,来表达其自伤自怨之情。嫦娥偷药,本望成仙,结果造成终身独处,孤苦难言;诗人自己也曾冀求,在政治上有所作为,却反而闹得进退失据,左右为难,潦倒流离,千般落寞。

还需"制度伯乐"

虞　坂

胡　曾[①]

悠悠虞坂路欹斜,迟日和风簇野花。
未省孙阳身没后,几多骐骥困盐车!

　　胡曾以咏史著称,曾经一口气写了一百五十首七绝,均以地名为题,咏叹当地历史人物和历史事件。《虞坂》是其中一首。虞坂,为古虞国出山坡道,亦为千年运盐的古道。其地在今山西平陆县张店镇虞坂村。

　　《战国策》中记载:秦穆公时有个孙阳,善于相马,因此,人们都以神话中掌管天马的星宿"伯乐"来称呼他。一天,他在晋南虞坂这个地方,见到一匹良马正拉着盐车攀登太行山坡,累得伸开了蹄子,弯曲着膝盖,垂散着尾巴,压伤了内腑,口涎洒地,白汗交流,到了山

[①] 胡曾(约840—?),唐咸通年间进士。《唐才子传》赞其"天分高爽,意度不凡"。

的半坡,怎么也拉不上去。孙阳走过去扶住了良马,痛惜地哭了,并解开身上的麻衣给马披覆在身上。结果,这匹马低着头喷气,又仰起头长鸣,声达于天,非常响亮,可能它感到遇见了知己吧。就此,唐代诗人汪遵写了一首七绝:"蜷曲盐车万里蹄,忽逢良鉴始能嘶。不缘伯乐称奇骨,几与驽骀价一齐。"说的是,如果不是伯乐慧眼识良驹,这匹千里马几乎要与驽马等同身价了。

而与汪遵大体同时的诗人胡曾,则就着这一故事,做了进一步的发挥,看来也是对汪诗的反诘。意思是:得遇孙阳,困顿于盐车之下的千里马受到赏识,得以解脱,这只是偶然性的机遇。古往今来,"服盐车而上太行"的良马是无量数的,它们又都怎么样呢?诗人最后怅惘地感叹:不知("未省")孙阳死去以后,将会有多少良骐骏骥在虞坂上受困哩!这就使得诗的主题大大地深化了一步。

汪遵也好,胡曾也好,名为写马,其实都是在写人。马之幸与不幸,乃士之遇与不遇的映衬。在这方面,清代诗人洪亮吉的诗,就显得更为直截、显露一些:"烈士伤心古道旁,一生曾未值孙阳。却看老骥还千里,正服盐车上太行。"诗中同样写了一匹千里马"服盐车而上太行"的艰难情境,但不是直接写,而是从一个终生怀才未遇,在古道西风中伤心垂涕的志士眼中观察到的。千里马逢千里马,畸零人叹畸零人。把命运相似的志士同良骥联结在一起来描写,"惺惺惜惺惺",感染力就更强了。

用伯乐与千里马的故事来反映识才、选人问题,是一个老题目,"前人之述备矣"。最有代表性的,要数大文豪韩愈的论断:"世有伯乐,而后有千里马。然千里马常有,而伯乐不常有";"伯乐一过,冀北之群遂空。非无马也,无良马也"。文章强调了识才之眼在人才发掘中的作用,无疑是正确的。直到今天,我们也还习惯地沿用这个典故,来阐明识才与选才问题,而且经常可以听到"伯乐太少"的慨叹。"杨意不逢,抚凌云而自惜;钟期既遇,奏流水以何惭!"——《滕王阁序》中的这些名句,不知倾倒了多少英雄、才俊!

可是,细细揣摩一番,又觉得并不尽然。世上的良马多得很,并且常常与平庸的凡马、驽钝的劣马混杂在一起,单靠几位伯乐先生的青睐,又怎能适应多方面的需要呢!"未省孙阳身没后,几多骐骥困盐车!"早在一千多年前,胡曾就已揭示了这种矛盾。

另外,伯乐相马还有其自身的局限性。相马者伯乐只具有此一方面的专长,而社会上的人才,百式百样,其"术业专攻"表现得异彩纷呈,星光灿烂。对于自己专业范围内的千里马,伯乐是能够发现、识别的,而在非其所长的领域里,恐怕就难以做到发现及时、识别准确了。加之,伯乐在识才、选才过程中,难免会夹杂一些个人的情感因素,有时也会造成种种悲剧性的后果。

解决这类矛盾的根本途径,是实现伯乐功能的社会化、制度化。就是说,一方面坚持选才、识才上的群众路线,使领导与群众结合起来,大家都来做伯乐,都做识别人才、开发智力资源的工作。历史是群众创造的。人才生活在群众之中,群众最有能力也最有资格,选拔、鉴别带领自己从事创造历史活动的人。另一方面,也是更重要的,是建立一套能够适应现代化建设需要的、有利于人才成长与发展的人才管理制度。只有从"个体伯乐"过渡到"群体伯乐""制度伯乐",才有可能做到大规模地发掘人才资源,既实现"野无遗贤",又能够才尽其用。

"素知"的辩证法

毛 遂

周昙[①]

不识囊中颖脱锥,功成方信有英奇。
平原门下三千客,得力何曾是素知。

先从"毛遂自荐"这句成语说起。

当日秦军围困赵国首都邯郸,平原君赵胜奉赵王之命,赴楚国请求援兵。"上山擒虎易,开口告人难。"这个任务可不轻。平原君决定挑选二十名文武全才的门客一起前往。可是,挑来选去,只得十九人,这时一个叫毛遂的门客前来自荐。平原君说:"贤能的人立身世间,就好比锥子处在囊中,它的尖锋立即就能显露出来。而你已经久处三年,却未见有人称道,看来还是无所作为吧?"毛遂说:"我不过今天才请求进入囊中罢了。如果能早些进入囊中,那我就会像锥子那样,整个锋芒都露

[①] 周昙,唐末曾任国子直讲。著《咏史诗》八卷。

出来了。"这样,平原君便也带上了他,一道前往。

谈判中,楚王只接见平原君一个人。对谈从早晨进行到中午,也没结果。毛遂便贸然跨上台阶,大声地嚷着:"出兵的事,利害分明,怎么就议而不决?"楚王见状,异常恼火,问平原君:"此人是谁?"平原君答以"门客毛遂"。楚王喝令"退下"。毛遂不但不退,反而大步走上殿阶,直面楚王,手按宝剑,说:"如今十步之内,大王性命在我手中!"楚王慑于毛遂声威,没敢再加呵斥,就听毛遂讲下去。毛遂就把出兵援赵有利于楚国的道理,做了精辟的论述。楚王听了,心悦诚服,答应马上出兵。这样,邯郸之围很快就解了。

回国后,平原君待毛遂为上宾。感叹地说:"毛先生以三寸之舌强于百万之师,今后,我再不敢识别人才了。"

本诗借助阐明这一故实,得出一个"得力何曾是素知"的规律性认识。

诚然,识别人才的基础,是深入了解。不了解,何谈鉴别优劣、高下!白居易诗云:"试玉要烧三日满,辨材须待七年期。"还有"路遥知马力,日久见人心"之俗谚,说的都是要准确地鉴别人才,需要待以时日,也就是"素知"。但是,许多真理是相对的。平原君之所以偏偏漏掉毛遂,就是由于他把"素知"绝对化了。从主观上说,"素知"未必就是真知,囿于习惯、经验和定型思维,有时甚至常常出现"灯下黑"的误区;就客观来说,人才需要机遇,需要施展本领的平台,毛遂说的"如果能早些进入囊中,那我就会像锥子那样,整个锋芒都露出来了",就是这个道理。再加上,三千人这样一个庞大队伍,只靠平原君(充其量还有周围几个人)是难以做到逐个真知真解的。毛遂的幸运在于勇敢地锐身自荐;那些没有这个胆气、这个要求,同样也是怀瑾握瑜的,不知还有几多!

本诗的哲思理蕴,正在于此。

从"一目罗"说开去

再 吟

周 昙

定获英奇不在多,然须设网遍山河。
禽虽一目罗中得,岂可空张一目罗!

这是前一首《毛遂》的续篇。诗人以"定获英奇不在多"这一议论领起,说明要延揽英才,必须"设网遍山河",把工作做到各个角落去;否则,就会造成平原君那样的失误:"相士千人",却把自己门下的"国士"毛遂漏掉了。为此,诗人引用汉代典籍《淮南子·说山训》中一段富含哲学意蕴的文字:"有鸟将来,张罗待之,得鸟者一目也。今为一目之罗,无时得鸟矣。今被(披)甲者,以备矢之至;若使人必知所集,则县(悬)一札而已矣。"古人用语简练,里面省掉了主语和事物进展过程,这四十八个字,实际上讲了两件有趣的事,或者说是两则寓言,又加上必要的议论,意在阐释一个深刻的大道理。

翻译成现代语言,这段话的意思是:那面有只鸟飞过来了,于是,捕鸟的人把网(罗)张设开来等待着,过了一阵子,果真把鸟捕捉到了。看起来捕到鸟(绊住鸟腿)的只是一个网眼(目);可是,假如由此便认为,张那么大的网实属多余,只需一截短绳结成个小圈圈,用来捕鸟、绊腿,那就会徒劳无功了。相类似的,人们披挂铠甲,为的是防备箭镞射伤身体;如果事先就知道箭会射中某个部位,那么,只需在那个地方悬挂一片木札就可以了。但这又怎么可能呢?捕鸟成功,护身有效,诚然靠的是"罗之一目"、甲之一片;但由此而天真地以"一目之罗"捕鸟,或者想当然地随处挂上一个甲片以护身,那就必然是毫无功效之可言。

我们说这段文字富有哲学意蕴,就在于它所据者细,而所见者大,事小而意深,言近而旨远。一两件眼前小事、寻常现象,却可以启迪读者触类旁通,据以思索、领悟一些深刻的大道理。

从"罗"与"目"的辩证关系,我们可以联想到整体与部分、全局与局部的关系。一张网,需要由无数个网孔来组成,"无目不成罗",二者辅车相依,联系紧密;而"罗"具有全局与整体作用,整体具有决定性意义,整体功能大于各个部分功能之和;部分如果脱离整体便失去了应有的价值,因此,必须树立大局意识、整体观念与一盘棋思想,不能一意孤行,各自为政。"不谋万世者,不足谋一时;不谋全局者,不足谋一域。"这可说是颠扑不破的真理。

当然,本诗的意义尚不止此,如果联系到治学与成才问题,同样可以从中获得深刻的启示。人才的成长,在以德为先的前提下,讲究智能要素和智能结构。就才能的基本要素来说,应该包括学识、能力与识见。而学问与知识又是人才赖以成长和发展的基础。列宁早就说过,只有用人类创造的全部知识财富来丰富自己的头脑,才能成为名副其实的共产主义者。古代的哲学家、科学家无一不是学问渊博、见多识广的人。亚里士多德对于天文学、生物学、物理学、逻辑学、心理学、伦理学、历史学、文学、美学等都有深湛的研究,就是一个显例。

金末学者刘祁在其学术著作《归潜志》中指出:"金取士以词赋为重,故士人往往不暇习为他文";"殊不知国家初试科举,用四篇文字,本取全才。盖赋以择制诰之才,诗以取风骚之旨,策以究经济之业,论以考识鉴之方。四者俱工,其人才为何如也!而学者不知,止力为律赋,至于诗、策、论俱不留心。其弊基于有司者止考赋而不究诗、策、论也"。可见,即便是在旧的时代,也都强调渊博、会通的学问,重视全面人才的选拔与培养。

当今,自然科学与社会科学、人文学科飞速发展,构成了多层次、多序列的错综复杂的立体知识网络。它们相互渗透,彼此交织,既高度分工又高度综合,而综合化是发展的主要趋势。在大批的边缘学科、综合性学科(如环境科学、生态科学、能源科学等)与横向学科(如系统论、信息论、控制论等)应运而生,各类行业交融性不断提高的情况下,如果把自己的知识面局限在一个狭小的天地里,科学视野不宽,就很难取得更大的成就,因而需求更多的全方位的人才,为此,许多国家都提出了"通才教育"的思想。

实践表明,通才一般具有总体观念强、知识面广、思路开阔、后劲足、应变能力与创新能力强的优势和专业知识综合化、职能多面化,很容易把每个环节衔接起来的特点。所以,他们在社会上深受欢迎,被称为拿"金色护照"的人才。

禅悟人生

插秧歌

契　此[①]

手把青秧插满田,低头便见水中天。
六根清净方为道,退步原来是向前!

布袋和尚出身农家,人虽矮小,身体却很强壮,是干农活的一把好手,插秧又快又好,一口气能插上数十亩田。有人请他谈插秧感想,他随口吟出一诗,即此《插秧歌》。

作者说,手里拿着青秧,低着头一把把地插向田间。这时候,心头没有任何私心尘念,不经意间,发现水中映出一片明净的蓝天,原来,竟是别有洞天。正是在一步步后退着插秧时节,才能看到满田尽是青青的秧苗。于是,恍然解悟:"退步原来是向前!"说的是插秧,实际上远远超越了这一物象,而深蕴着哲理禅思。

[①] 契此(？—916),唐末暨五代高僧。常杖荷布袋,四境化缘,人称"布袋和尚"。

诗中借农夫插秧说明人生悟道之理。应该说,禅机中的哲理,原本是深奥难懂、不易解说的。可是,在这里却讲得生动活泼,饶有情趣。按普通常识,望天都要抬头,作者却说"低头便见";见什么?水中的天光云色。按普通常识,都是迈步向前,这里却说"退步原来是向前",并且讲得头头是道——看着是后退,实际上却是前进;这种退步,不是消极的倒退,而是积极的转进。诗中比喻手法,也运用得十分圆妙。

第三句以"六根清净"方可习禅悟道,比喻插秧时洗净秧根可以有利于秧苗成长,令人拍案叫绝。"六根"一词,源出佛典,指眼、耳、鼻、舌、身、意。它们分别接触色、声、香、味、触、法(称为"六尘")。佛家认为,人要修行、得道,就是要使自己内在的"六根"不被外面的"六尘"污染,时时保持自性的清净。

中编

宋金元代

与邻为善

批子弟理旧居状

杨 玢[①]

四邻侵我我从伊,毕竟须思未有时。
试上含元殿基望,秋风秋草正离离。

杨玢旧居被邻居侵占,子弟们欲诉诸官府,拟好纸状送给他,请他出面干预,他却写诗加以阻止,教育子弟放开视野,从历史的高度来看待现实中的得失、弃取问题,处理好同邻里的关系。

诗中说,四邻侵占我们的房产,那就让他们去侵占好了,毕竟要想想当初未曾置办这些房产之时。如果你们还想不通,不妨到唐代大明宫正殿含元殿的殿基上望一望,当年作为长安城的标志性建筑,该是何等繁华富丽,而今早已烟消云散,只剩下秋风萧瑟,荒草离离。所以,立身行事,还是能让则让,不必过分计较得失;世事无常,繁华

[①] 杨玢,曾仕前蜀,后归宋,官至工部尚书。

易逝,拥有再多又能怎样?子弟读诗后,遂打消了上告官府的念头。

与杨玢相对应的,是明代的杨翥。清代梁绍壬《两般秋雨盦随笔》记载:"杨尚书翥住宅旁地,为人所占一二尺。或以告公,公作诗云:'余地无多莫较量,一条分作两家墙。普天之下皆王土,再过些儿也无妨。'"占地者读诗愧服。"普天之下皆王土",出自《诗经·小雅·北山》,原文为"普天之下,莫非王土。率土之滨,莫非王臣"。《左传》《孟子》都曾引用过。明人王锜《寓圃杂记》中说,杨翥"笃行不欺,仁厚绝俗,善处人所不堪"。他做修撰时住在京城,邻家丢了一只鸡,便骂是姓杨的偷去了。家人告诉杨翥,杨说:又不是我们一家姓杨,管那做啥! 又一邻居,每逢雨天,便将自家院子里的积水排放到杨翥院中。家人告知杨翥,他却劝解家人:总是晴天日多,落雨日少。邻人年近六十生子,珍爱异常,唯恐杨翥所乘驴鸣惊吓着他,杨翥听说后,便主动将驴卖掉,步行上朝。

真是无巧不成书,清代也有一位尚书,同样深明大义,气度宽宏。据《桐城县志》记载,康熙年间,礼部尚书张英老家,与比邻叶家因宅基问题发生了争执。两家大院的宅地,都是祖上传下来的产业,时间久远了,本来就是一笔糊涂账。这样,争执起来,相持不下,谁也不肯退让,以致纠纷越闹越大,张家人便把这件事禀告了张英,让他出面说话,把叶家"摆平"。张英见信,莞然一笑,当即挥毫写诗一首:"千里家书只为墙,让他三尺又何妨。长城万里今犹在,不见当年秦始皇。"交给来人,让他从速带回,遵照处理。家人不敢违拗,只好遵命将垣墙拆除,向后退让三尺。这一宽容忍让的行为,使邻居一家深受感动,便也照样把围墙向后退出三尺。这样,争端很快就平息了,从此,两家之间留出一条六尺宽的巷子,名为"六尺巷",遐迩驰名,传为佳话。

换位思考

咏傀儡

杨 亿[1]

鲍老当筵笑郭郎,笑他舞袖太郎当。
若教鲍老当筵舞,转更郎当舞袖长。

这是一首借吟咏戏剧中的傀儡角色来讥讽世态人情的理趣诗。

鲍老,是宋代戏剧舞队中一个引人笑乐的角色,出场时光着脚,提着大铜锣,随身步舞而进退。郭郎,是戏剧角色中的丑角,即戏中的傀儡,秃发,善于调笑。诗中说,鲍老、郭郎不过是傀儡戏中的角色,郎当(衣裳肥大,不合体)还是利落,都取决于幕后人的牵线操纵,戏中角色是身不由己、无可奈何的。正是因为他的一切都是受人牵引,所以,鲍老你也不必讥笑郭郎如何不利落、不潇洒了。假若你不相信,那就不妨掉换一下位置,由你鲍老前去登场表演,那么,我敢

---

[1] 杨亿(974—1020),字大年。十一岁获授秘书省正字,二十一岁进士及第。北宋文学家,西昆体诗歌主要作家,词藻华丽。

说，你的舞袖会比郭郎更为郎当的。

诗句语虽俚俗，寓意却很深邃。诗人看着那引人发笑的丑角，以一种同情、理解的语调，说出蕴藏着哲思理蕴的幽默话语，令人于一阵轻松发笑之后，陷入沉思，有所领悟。这里讲了两层意蕴：一层是，凡事要揆情度理，讲求实际，傀儡行为非由自主，对它无须加以苛求；另一层意蕴尤为深刻——假如换个位置看看，由你鲍老登场表演，那你的舞袖会比郭郎更郎当的，这是从设身处地、换位思考的角度来说的。明初诗人瞿佑《看灯词》中发抒的感慨大致类此："傀儡妆成出教坊，彩旗前引两三行。郭郎鲍老休相笑，毕竟何人舞袖长。"引申开去，现在许多场合，诸如，从政者的前任、后任之间，台上、台下之间，新人、旧人之间，经常听到种种挑剔、责难。许多情况下，正是缺乏这种换位思考、设身处地所致。

正气歌

书端州郡斋壁

包 拯[①]

清心为治本,直道是身谋。
秀干终成栋,精钢不作钩。
仓充鼠雀喜,草尽兔狐愁。
史册有遗训,毋贻来者羞。

作者是历史上有名的清官、直臣。《宋史》本传载:"(包)拯立朝刚毅,贵戚宦官为之敛手,闻者皆惮之。"

本诗就体现了这一点。格调高昂,气正言宜,倡直道而惩贪欲,读来有大义凛然、刚风掠面、酣畅淋漓之感。

首联讲正心修身。说,涤除私欲,净化心灵,是立身做人的根本;奉行直道,公正廉明,是为政处事的良谋。颔联从正面谈人生追求与

[①] 包拯(999—1062),宋天圣年间进士。为政清正廉直,官声、民望俱佳。

理想信念。正直的人,像那高大笔直的树干,终归会成为社会栋梁;久经淬炼的钢材,是决不肯弯曲为钩的。颈联从反面讲,采用互文笔法,以形象说话:仓里存粮多,鼠雀就高兴,因为有油水可捞;野地杂草少,狐兔就发愁,因为无所依凭,更占不着便宜。言下之意是,那些"城狐社鼠",无耻之徒,鼠窃雀偷,贪婪成性,即便能够得势于一时,但终究逃脱不了可悲的下场。尾联说,我们应该牢记圣贤遗训,以他们为镜鉴,不要贻羞于后人。

关于这首诗,有这样一段本事:史载,宋仁宗康定元年,包拯出任端州(今广东省肇庆市)知州(太守)。端州以产端砚闻名遐迩,每年都要向朝廷进贡。包拯以前的郡守,打着进贡的旗号,额外索取数十倍的名砚以肥己营私,巴结权贵。包拯到任后,悉数减去多余的征敛,只征收进贡的数额,自己则一分也不取。为此,他在郡守府第墙壁上题写了这首五律,一以自警,一以示人。

《宋史》本传中还有"岁满不持一砚归"的记载。包拯知端州三年期满,乘船离任还朝。端州百姓为了表达感激与怀念之情,送给他一方端砚,以为纪念。随行人员觉得这是当地特产,并非金银珠宝,便收下了。船出羚羊峡,行至江中,被包公发现了,予以严厉申饬,随手将这方端砚抛入江中。至今,过往行人还常指点江中的"包公投砚处"。

欧阳修称赞他:"清节美行,著自贫贱,谠言正论,闻于朝廷。"曾巩称他"仕至通显,奉己俭约,如布衣时"。他不但自身廉直,而且重视家教,严格约束子弟。包拯生前曾立下三十七字家训:"后世子孙仕宦,有犯赃滥者,不得放归本家;亡殁之后,不得葬于大茔之中。不从吾志,非吾子孙。"

自由颂

画眉鸟

欧阳修[①]

百啭千声随意移,山花红紫树高低。
始知锁向金笼听,不及林间自在啼。

诗人用对比的手法,描写了生活在两种状态下的画眉鸟:一种是眼前所见的——画眉鸟在高低错落的树林间、红紫纷呈的花丛里,随意蹦蹦跳跳,任情适性地飞翔、歌唱,鸣声婉转,悦耳动听;另一种是心中所想的——诗人悟解到,当画眉鸟被锁进哪怕是最精致华美的笼子里,那么,它的鸣声就再也赶不上任情适性、自由自在时那样动听了。

可以说,这是一首形象鲜明、诗情洋溢的《自由颂》,而且也是一首比较标准的咏物抒怀的哲理诗。诗人通过刻画画眉鸟当闭锁笼中

[①] 欧阳修(1007—1072),号六一居士。宋天圣年间进士。著名文学家,散文、诗词均有很高成就,为"唐宋八大家"之一。

和在林间自在飞翔时鸣声的差异，表达他对自由自在、无拘无束的生活的颂赞与向往，也曲折、隐晦地抒写了他在政治上遭受排挤的愤懑不平之情。

联系现代社会生活，人们会发现，作为一种意象，这种金丝鸟也经常在人群中闪现。有的女性在婚姻中并不顺心，所遇合的完全不是自己理想追求的对象，但由于贪恋眼前安逸、富裕的条件，却又舍不得离开这个金笼子，只好以自由、幸福为代价。而更可悲的是那些"小三"、"二奶"，为了贪图金钱与物质，完全过着雕笼中的金丝鸟的禁闭生活。如果说，前者还有其不得已之处，堪资哀怜的话；那么，后者就委实可悲可鄙了。

诗中有描写，有叙述，有抒情，有议论，始终坚持用形象说话；而且在很大程度上，出之于个人的内心体会和生命体验。其中阐述的哲理，并没有满足于一般的知识性判断、逻辑性推理，而是从切身的审美体验中生发出来，因而鲜活生动。南宋著名学者朱熹评论欧阳修的另一首诗时，曾说："以诗言之，第一等诗；以议论言之，第一等议论。"用这个断语来评价此诗，也可说是恰合榫卯。

风月情怀

清夜吟

邵　雍[①]

月到天心处,风来水面时。
一般清意味,料得少人知。

"风月无今古,情怀自浅深"。说的是,面对同样的风花雪月,不同人有不同的感受,情怀各异,深浅有别。而康节先生则在诗中做了深入一步的掘进,斩截地说:天心月到,水面风来,一样的沁凉明净、清新隽永,而且俯仰可拾,"不用一钱买";可是,却没有几个人能够领略得来、消受得到。原因在于,普通人群内心受到名缰利锁的羁绊,浮世欢娱的诱引,缺乏灵明、宁静、自由的心态,因而根本感受不到它的美感、它的澄澈、它的灵明。诚如西方哲学家海德格尔所说的:"人的心境愈是自由,便愈能得到美的享受。"

[①] 邵雍(1011—1077),北宋哲学家、美学家、诗人,人称康节先生。久居洛阳,名所居曰"安乐窝"。

诗人在这里,通过触兴而发的深刻、独特的切身感受,揭示出生活中主观制约客观、"境由心造"的规律性。而他的这种与自然相契合的人生境界,与道合一的生命体验和诗化生成的审美意识,可以概括为风月情怀。当代学者刘隆有指出:"这种妙涵天机,深蕴宇宙自然之大美、静美和氤氲化育其间生命的自在自得、高远夐渺而又恬适欢愉的诗意诗境,怕是绝对苦吟不出来的。"

邵雍天性好诗,把吟诗看作生命的存在形态,生命的本色展现;但他并不像有些诗人那样:"两句三年得,一吟双泪流";"吟成五字句,捻断数茎须"。他把作诗看得很随便,"如鉴之应形,如钟之应声"。《无苦吟》曰:"平生无苦吟,书翰不求深。行笔因调性,成诗为写心。诗扬心造化,笔发性园林。所乐乐吾乐,乐而安有淫。"他的诗,有的并不拘守固定声律,关键在于实现心态的审美愉悦。他说:诗乃"自乐之诗也。非谓自乐,又能乐时与万物之自得也";"莺花供放适,风月助吟哦。窃料人间乐,无如我最多"。他为自己画像:"安乐窝中快活人,闲来四物幸相亲。一编诗逸收花月,一部书严惊鬼神。一炷香清冲宇泰,一樽酒美湛天真。"

作为理学诗派的创始人,邵雍的诗,一方面饱蕴哲理;一方面平易畅达,所谓"句会飘然得,诗因偶尔成"。依此规范,本诗写了两种情境:一是净,明月高悬,纤云不见,碧空澄澈,沁凉如水;二是静,四野无声,万籁俱寂,一池春水上突然掠过一缕清风,荡起细细的涟漪。两种情境的共同神韵,就是一个"清"字。但料得到,这种清幽淡远的意味,却只会有很少的人能够领略,因为领略客观情境的净与静,有赖于主观心境的净与静。世人追名逐利,奔走营求,整天处于惶遽、浮躁之中,又怎能做到净与静呢?邵雍另有两句诗:"闲为水竹云山主,静得风花雪月权。"说的是,闲逸能成为水竹云山的主人,恬静可得到欣赏风花雪月的权利,与此同一机理。

古代哲人有"定而后能静,静而后能安"和"静久生明,静中生明,定极生明"之说。看得出来,在红尘扰攘中,要能真正领略这难得的"清气味",是离不开心地明澈,心境安宁的,而这都绝需静、定。戴复古的《处世》诗就是这么说的:"风波境界立身难,处世规模须放宽。万事皆从忙里错,一心须向静中安。"

瞬息千秋

瞑 目

司马光[1]

瞑目思千古,飘然一烘尘。
山川宛如旧,多少未来人!

  作为著名历史学家,诗人习惯于用历史眼光、宏观视角来观察世事、解读人生。诗一开头就讲:当你闭着眼睛沉思千古的时候,就会发现,原来个体生命在时间长河中,不过像燃烧过的一粒尘灰那样渺小而短暂。接下来,又扩展开去,说,历经千年万载,自然界看不出太大的变化,可说是故态依然;而生民却已经不知传递多少代了。这样,就在绵长的时间基址上构建了一座通向邈远空间的意象的桥梁,从而把动态的先后延续的时间和静态的上下左右的空间连接在一起了。

---

[1] 司马光(1019—1086),著名史学家、政治家。宋宝元年间进士。前后费时十九年编修《资治通鉴》。著作达三十七种。

"山川宛如旧,多少未来人!"这怆然恍叹,令人想起前人何希齐的两句诗:"陈桥崖海须臾事,天淡云闲今古同。"是呀,从赵匡胤在陈桥驿兵变举事,黄袍加身,创建赵宋王朝,到末帝赵昺在蒙元铁骑的追逼下崖州沉海自尽,宣告赵宋王朝灭亡,三百多年宛如转瞬间事。可是,仰首苍穹,放眼大千世界,依旧是淡月游天,闲云似水,仿佛古今都未曾发生什么变化。

在诗人笔下,自然界的永恒和人世间的嬗变,历史永无穷尽与个体生命的短暂、渺小,恰成鲜明的对比。这一哲理性的思索,可以同陈子昂《登幽州台歌》中的"前不见古人,后不见来者。念天地之悠悠,独怆然而涕下",苏东坡《前赤壁赋》中的"寄蜉蝣于天地,渺沧海之一粟;哀吾生之须臾,羡长江之无穷",参照着读。这样,就会纵观天地,俯仰古今,对宇宙、人生、自然、历史,短暂与永恒、有限与无限、有常与无常、存在与虚无,获得清醒的认识,从而超越个人的身世慨叹,也超出诗歌本身的政治价值和历史价值,融入古往今来无量数人在宇宙时空面前的生命共振,领略一种永恒的美学价值。

我们还可以把历史镜头,摇到清代中叶干嘉之际。与司马光一样,同为历史学家又是诗人的赵翼,写过一首《阅史戏作》:"闲翻青史坐凉宵,顷刻兴衰阅几朝。寸烛未残千载过,先生笑比烂柯樵。""烂柯樵"的典故引自南朝梁·任昉的《述异记》,说是晋朝时的王质,这天到信安郡的石室山去打柴。看到一童一叟在石上下棋,于是把砍柴斧子放在旁边地上,驻足观看。看了多时,童子说:"你该回家了。"王质起身去拿斧子,一看斧柄("柯")已经腐烂了,磨得锋利的斧头也锈得凸凹不平。回家后,发现一切全都变样,无人认得他,提起一些事,几位老者说,那已经过去几百年了。

时隔七百年,两位史学家越过邈远的时间界隔,以诗性语言进行遥空对话。司马光说的是"瞑目思千古",而赵翼则是谈论读史"阅几朝",一位以"烘尘"为喻,一位用"烂柯"作比,说的都是史影飘然,驹光过隙,瞬息千秋。寄怀深远,令人神思缥缈,遐思无限。

如果再深入一层探究,我们可以从这位伟大的历史学家的哲理诗中,领悟到生命、时间与历史的辩证关系。首先,诗人所瞑目思量的"千古",并非普通的晨昏递换、寒暑交替的自然时间,而是无量数的社会人群参与其中甚至布满了"千古风流人物"活动轨迹的历史时间。其次,"多少未来人",也不是指称那些浑浑噩噩、无知无误、只有呼吸而无思想、作为的一般的生命。再次,历史是文化的传承、积累与扩展,是人类文明的轨迹,既是人类总体、人类文化的发展史,也是个体自我的形成史、生长史。历史唯物主义告诉我们,正如生命不能停留在时间的形式上,还必须形成精神、思想、意识,否则只是一个抽象的毫无意义的生命;时间也必须上升为历史——时间的客观化形态,在历史进程中,展开生命创造活动。

寿有差等

勿愿寿

*吕南公*①

勿愿寿,寿不利贫只利富。
君不见生平齷齪南邻翁,绮纨合杂歌鼓雄;
子孙奢华百事便,死后祭葬如王公。
西家老人晓稼穑,白发空多缺衣食;
儿屏妻病盆甑干,静卧藜床冷无席。

祈求长寿,这是人生的共同愿望,可说是古今中外,绝无差异。而诗人却陡然发出一声呐喊:"勿愿寿!"实为出人意料,突破常情常理。不过,细看全诗,发现诗人如此说,是有条件,更有理由的。他并非一概而论,只是就穷苦人而言,因为"寿不利贫只利富",如果长寿只能带来饥寒、艰难、困辱之愁苦,所谓生不如死,那也就真的没有什

---

① 吕南公,宋熙宁年间贡生,试礼部未中,退而灌园。

么活头了。勿愿长寿，虽属愤激之言，确也合情入理。

立论之后，诗人接下来就用两个方面的事实，来佐证一己的观点、看法。他巧妙地设置两个命运截然相悖、处境悬同霄壤的人物形象：家赀豪富的"南邻翁"，为富不仁（"生平龌龊"），整天身着绮罗，歌鼓喧阗；子孙更是奢华无度，纵情挥霍；他的死后哀荣可与王公媲美。而"西家老人"，虽然精通稼穑，艰苦力田，却饥寒交迫，穷困不堪；"白发空多"而衣食缺少；老妻卧病，儿子瘦弱不堪，莫要说延医调治，连填饱肚子的粮米都没有（"盆甑干"）；白天饿肚子已经无法忍受了，夜间的寒冷更是难挨，身躯简直要冻僵了。处于这种"活不起""活遭罪"、生不如死的状态，寿命纵长又有什么乐趣？"勿愿寿"的意念，就是这么产生的。

本诗极有特色。其一，就意蕴而言，诗人对于旧社会极端悖理的两极分化、贫富悬殊现象，发出最强烈的抗议。虽然诗中不见"愤慨""抗争"之类的字词，但形象鲜明，隐含着滴滴泪血，抵得上一篇皇皇万言的声讨檄文。其二，是对于先哲庄子"寿则多辱"之说的最佳诠释。过去人们习惯于冀求长寿，祈祷长命百岁，往往忽略了"寿有差等"这一现实情况——长寿好不好？不能一概而论，要看是在什么状态下的长寿。寿与福相连，如果像"西家老人"那样，饥寒交迫，生计艰难，早已生趣全无，还有什么幸福之可言呢！其三，东坡居士认为，"诗以奇趣为宗，反常合道为趋"；清人贺裳也有"无理而妙"之说。南公此诗，可谓"反常合道""无理而妙"的典型例证。诗中强烈对比手法的运用，亦堪称绝妙。

史影苍茫

读 史

王安石[①]

自古功名亦苦辛,行藏终欲付何人?
当时黮暗犹承误,末俗纷纭更乱真。
糟粕所传非粹美,丹青难写是精神。
区区岂尽高贤意,独守千秋纸上尘。

写作本诗,诗人怀有一种悲凉的意绪。一开头,他就慨乎其言:自古以来,凡是事业上有所成就,在历史上建树功名的人,总是历经辛苦、费尽心力的;可是,到头来,又有谁能够如实地记录下他们的行止、事迹("行藏")呢?在这里,诗人提出了一个难以破解、令人心情沉重,却又富于哲思理蕴的尖锐问题:自己费煞移山气力完成功业,然而,一瞑之后,却要完全听凭作史者去摆布,评骘好坏,指点妍媸,

---

[①] 王安石(1021—1086),"唐宋八大家"之一。宋庆历年间进士。曾两度为相,积极推行新法。其诗文注重反映社会矛盾,风格峭拔、遒劲、清新。

个人完全不由自主，无能为力。

那么，这种悲剧性的现象又是如何产生的呢？在颔联中，诗人从客观与主观两个方面，分析造成这种所传非实、所论失真的原因。历史是一次性的，当一种事物成其为历史，作为"曾在"即意味着不复存在，特定的人、事、环境尽数都消逝了。那么，即便是时人，由于历史本身存在着难以把握的某种不确定性，在恢复事物原态过程中，已经处于蒙昧不清（"黮暗"）状态，像《庄子·齐物论》中所言："我与若不能相知也，则人固受其黮暗。吾谁使正之？"至于过后（与"当时"相对应的"末俗"），那就更是猜谜般的纷纭争论，其间肯定夹杂着不同程度的主观性介入，这样，就必然"是其所是"，遗失真相了。

颈联，对问题作进一步的深化。诗人说，这样一来，史书中所载记下来的，就不可能完全是精华（"粹美"）了，很多东西都是糟粕。《庄子·天道篇》："桓公读书于堂上，轮扁斫轮于堂下，释椎凿而上，问桓公曰：'敢问公之所读者何言耶？'公曰：'圣人之言也。'曰：'圣人在乎？'公曰：'已死矣。'曰：'然则君之所读者，古人之糟粕已夫！'""丹青"，泛指绘画艺术，这里也是借喻。意思是，就绘画来说，最难于措手的是描绘人的精神世界、神采气韵，那么，撰著史书的人，限于主、客观因素，自是更难真实地再现历史人物的精神面貌了。

诗人最后的结语是：就凭着这么一点点的不尽真实的历史记载，又怎么能把古圣先贤的精粹思想尽数地表达出来呢？可笑的是，后世末流的俗儒，却抱定那些千载传留下来的糟粕（"纸上尘"）不放，视同瑰宝，以讹传讹。"区区"有多义，除了渺小、些微，还可作诚挚、拳拳解。这里取前者。

当代学者秦林芳指出："王安石既是一位诗人，更是一位政治家。他任参知政事以后,积极推行新法,本为起弱图强,但是这种改革之举,当时就有人非议,黽暗承误,而后人又将如何评说,他自己更是无从左右的了,因而,对此不能不感到深深的忧虑。作者正是把自己这种深刻的人生体验熔铸到这首诗歌的创作中,借古人的悲哀表现了自己悲哀、疑惧和愤激的复杂情感。这首诗歌作者完全是有感而发的,但是,它本身所昭示的对书本的怀疑精神和批判精神却无疑具有普泛性的哲理意义。书本是前人经验、智慧和血汗的结晶,因此,为了继承前人宝贵的精神遗产,为了充实自己的知识,就必须广博地读书。但是,书本又并不都是客观规律的正确反映,这里有高下之分,有真伪之别,因此,在读书时必须善于区别,批判地继承。"

一言为宝

诸葛武侯

王安石

痛哭杨颙为一言,余风今日更谁传?
区区庸蜀支吴魏,不是虚心岂得贤。

古籍《襄阳记》载:杨颙入蜀,任丞相主簿,见诸葛亮事必躬亲,尝亲自校核簿书,遂批评道:"为治有体,上下不可相侵。今明公为治,乃躬自校簿书,流汗竟日,不亦劳乎?"言外之意,对下属工作有点包办代替。他建议诸葛亮要干丞相的事,不要"上下相侵",这才是为治之道。诸葛亮欣然接受批评,并任命杨颙为东曹属典选举。遗憾的是,这样一个得力的干才,不久便去世了。诸葛亮悲恸地说:杨颙之死,是朝廷的很大损失,因而垂泣三日。王安石读史至此,深受感动,遂写了这首七绝,予以热情赞颂。

"大名垂宇宙","功盖三分国"(杜甫诗句),诸葛武侯可歌可泣的丰功伟绩很多很多,而慧眼独具的王安石,却偏偏选中这么一件

"小事"来歌之咏之,大书特书,就在于它反映了一位出色政治家的卓识远见、高风善举。而这种"一言为宝"的善举,恰恰关系到"区区庸蜀支吴魏"这样一个兴衰成败、命运前途的大问题。诗人颇有针对性地慨然兴叹:时至今日,更有谁珍重、传承这种求贤若渴、从谏如流的流风余韵呢?

"不是虚心岂得贤",有双重含义:既隐括了刘备"三顾茅庐请诸葛",并仰赖贤才辅佐,得与处于强势地位的曹魏、孙吴抗衡争雄的史迹与经验,也是对诸葛亮本身善用贤才,辅佐庸主刘禅,继续支撑三国鼎立局面垂四十年之久的治绩的肯定与赞赏。应该承认,诸葛亮的德政与治才都是杰出的,不仅功业昭著,像后代史官陈寿所称许的,乃"识治之良才,管(仲)萧(何)之亚匹";而且在识才用才理论方面也卓有建树。他的《便宜十六策》《将苑》等论著,都是古代人才理论宝库中的重要财富。

现在,我们再来研究一下杨颙的批评意见的实际价值。诸葛丞相夙夜忧叹,寝不安席,食不甘味的忧国至诚,"鞠躬尽瘁,死而后已"的献身精神,实属可嘉可羡。他曾含泪诉说:"我不是不知道超脱一些好,但受先帝托孤之重,唯恐他人不像我那样尽心竭力啊!"耿耿赤心可鉴,我们应该予以充分理解。但是,也不能不看到,正是由于这样,他便巨细无遗,事必躬亲,以致对下属事务有些包办代替,结果过度操劳,心力交瘁,最后事与愿违,"出师未捷身先死,长使英雄泪满襟",为后世留下了无边的怅憾和深刻的教训。

史载,汉文帝问政于群臣,左丞相陈平答道:"陛下如果若问一年断狱几何,可以专找廷尉;要想了解一年收粮多少,应该咨之内史。至于丞相的职责,则是上佐天子,理阴阳,顺四时,下育万物之宜,外镇抚四夷诸侯，内亲附百姓，使卿大夫各得任其职。"在陈平看来，为政之道最关紧要的，就是明确上下责任，做到权责分明，各司其职。

　　领导科学告诉我们，高明的领导者，应该善于分清主次，正确处理事关全局的根本性工作与具体事务的关系，凡属应由下级来做的事，就要大胆放手，不能"越俎代庖"，包揽一切。否则，势必陷入辛辛苦苦、忙忙碌碌的事务主义，既浪费了领导的宝贵时间和精力，又会助长下属的依赖性，反过来，更加重了自己的负担。道理很简单，就一个人来说，时间与精力毕竟是一个常数，有所不为才能有所为，谁也没有办法同时骑两匹马。假如硬要勉为其难，本末兼顾，细大不捐，其后果是可想而知的。

　　一千七百多年前，杨颙就提出了各司其职、上下不能相侵的科学见解，实属难能可贵。今天看来，它对于建立正常的工作秩序，正确发挥领导作用，实施科学管理，仍有不容忽视的现实意义。

为醉生梦死者写照

鱼　儿

王安石

绕岸车鸣水欲干,鱼儿相逐尚相欢。
无人挈入沧溟去,汝死那知天地宽!

在这首具有强烈现实针对性的政治讽喻诗中,诗人所要揭示的,是当时社会经济危机深重,矛盾纷纭,而大官僚统治集团却安于现状,醉生梦死,宴安鸩毒,全不思考如何改革,进行有效救治的问题。

诗人的意图很明确,但是,如果就这么直白地表述出来,那就成了一份奏表或者策论了,根本谈不上是诗。钱锺书先生指出,诗歌传情贵在曲折;直咕隆咚,不会有诗情画意。尤其是神来之笔,往往意在言外。这是很中肯的教示。诗须比兴,形象具足。即使是议论,也要托物寄怀,"意在言外,使人思而得之"(司马光语)。且看王安石是怎样处理的——

诗中说,伴随着水车昼夜不停的轰响,池塘里的水眼看着就要干可见底了。可是,水里的鱼儿却还全然不觉,只顾贪欢嬉游,悠然度日。真真可怜的鱼儿!如果没有人把你们带到波涛万顷的沧海中去,可能是到死也不知外边世界的海阔天宽!

这使人想起《法华经·火宅喻》的故事:国都王城附近的村落里,住着一位长者,他已年迈力衰,但资财万贯,田宅广布。他的庄园面积广大,房舍很多,却都年久失修,梁柱朽腐,墙壁破裂,危在旦夕。一天,庄园突然起火,宅舍开始燃烧,可长者二三十个年幼无知的子女还在房舍中玩耍。眼看灾难就要降临,他们竟然一点儿也不惊慌,也不害怕,就像无事一样。长者便向他们说明火灾的危害,让他们立刻跑出来避难;但子女们既不相信,也不惊慌害怕,仍然沉溺于娱乐玩耍之中,还若无其事地不时地抬头望望他们的父亲。

与佛家经典意在指点愚迷,抱着同一目的;不同的是,作为政治家的诗人,他所着意的是借着鱼儿沉酣不醒、浑浑噩噩的悲剧,恻然致慨于那些眼界狭窄、昏聩无知的高层统治者,而并非一般的普度众生。高远的识见,深刻的哲理,良苦的用心,隐现在黯然悯怀,直至"击一猛掌"之中,含蓄与警策熔于一炉,手法十分高妙。

杂着泪痕的谐谑

自 古

刘 攽①

自古边功缘底事？多因嬖幸欲封侯。
不如直与黄金印，惜取沙场万髑髅。

咏史诗大体有述古、怀古、史论史评三种类型，本诗属于史论史评一类。史论史评，自然离不开议论。为此，诗人首先设问：自古以来，那些封建王朝，为什么要去开疆辟土、建立边功呢？然后自答：大多是由于皇帝的嬖幸（幸臣、亲信）要封侯啊！然后，由此引发出一通议论、一番感慨：既然如此，那真不如干脆就把黄金大印直接交给他们好了，那能免去千千万万的无辜生灵死于战争。

关于此诗立论的依据，南宋周密所撰《齐东野语》指出，《自古》一诗，"其意盖指当时王韶、李宪辈耳。而其说则出于温公论李广利

---

① 刘攽（1023—1089），宋庆历年间进士，著名史学家，曾协助司马光修《资治通鉴》两汉部分。

曰：'武帝欲侯宠姬李氏，而使广利将兵伐宛。其意以为非有功不侯，不欲负高帝之约。夫军旅大事，国之安危、民之生死系焉。苟为不择贤愚，欲徼幸咫尺之功，借以为名，而私其所爱，不若无功而侯之为愈也。'"

王韶、李宪是宋神宗时期的两员战将，既有勋劳，亦蒙"贪功饰过"之讥，他们虽能拓地降敌，而罔上害民，终贻祸患。"温公"为司马光，他的这番话大意是，汉武帝想要封宠姬李夫人的长兄李广利为侯，但考虑到当年高祖有"非有功不侯"之约法，便派他率师出征大宛。可是，战绩平庸，死伤战士无数，最后，还是封为海西侯了。司马光批评这一做法，说："军旅大事，国之安危、民之生死系焉"，怎能"不择贤愚""私其所爱"呢？若是那样，真还不如干脆别立那个功，直接就封侯好了。刘攽这首诗完全袭用了司马光的说法，却以谐谑出之。

说到谐谑，忽然记起这样一则趣事：

南宋徐度《却扫编》记载，一天，刘攽去拜访王安石，正赶上主人在饭厅进膳，便由小吏安排到书房坐候。刘攽见砚池下压着一份草稿，顺手翻看，原来是一篇谈论兵法的文章。他的记忆力极强，读罢，又把它放回原处。他考虑到，自己是以下属身份求见的，径入书房，又偷看了人家未曾公开的文稿，未免有失礼仪，便退到厅堂旁的厢房里等候。待王安石吃完饭走下厅来，才又跟随着主人到书房里，重新就座。两人交谈了很久，安石忽然问起："你近来可曾写些文章？"刘攽狡黠地眨了眨眼睛，有意开个玩笑，便说："写了一篇《兵论》，刚刚打个草稿，尚未最后完成。"安石原本是随意问了一句，没想到他人也在研索用兵之道，便颇感兴趣地请他谈谈《兵论》中涉及的主要内容。事已至此,刘攽只好一路敷衍下去,就把刚才看过的安石原稿中的观点作为自己的见解加以回答。安石听了,感到有些沮丧。送走了客人之后,回到书房,取出原稿,看了一过,便把它撕个粉碎。原来,王安石平时制作文字,发表议论,为了出人意表,总要提出一些新的见解,体现自己的独创精神。所以,当他发现自己的作品竟与他人的暗合,便认为没有存留的价值了。

你看这位刘老先生,自己袭用了时贤的论点,由于有所发挥,有所创造,这倒没有什么;但是,万不该把王安石的著作毁了。这岂不是"麻子不是麻子——纯粹是坑人"!难怪《宋史·刘攽传》说他:"为人疏俊,不修威仪,喜谐谑,数用以招怨悔,终不能改。"作者以"善谐谑"著称,从此诗中也可以看到这个特点。当然,这里的谐谑,却不同凡响,其中有愤激,有谴责,有血迹,有泪痕。

当代青年学者王继敏指出,刘攽的咏史诗,重视立意,通过咏史来表达自己对史事的判断,或角度新颖,或见识高超,均贯穿了其作为一个史学家的思考。其咏秦汉史往往能联系前因后果,总结历史规律,体现出一种厚重的历史感,这与其精熟两汉史有关。在写作方法上,刘攽的咏史诗熔铸了史论的议论方式,除了艺术手法上借鉴了假设、对比和铺陈,内容上也时常做翻案文章,体现出"以议论为诗"的特点。再加上诗人以强烈的史家意识进行创作,无论是史论还是咏史诗都有贯通古今、浑然磅礴的气势,与同时代诗人相比,取得较大的成就。

来时路

蝇子透窗偈

守　端①

为爱寻光纸上钻,不能透处几多般。
忽然撞着来时路,始觉平生被眼瞒。

这首著名的偈子(佛经中的唱词),见载宋代诗僧惠洪《林间录》。以蝇子钻窗来比喻修禅求佛之理,生动形象,而且充满哲理,耐人寻味。

诗中描述,从外面钻进屋内的一只蝇子,出于趋光性的本能,扑在窗纸上,半天半天地往复探索,却怎么也穿不透窗纸,钻不出去。探着探着,突然间,碰上了原来的纸洞,这才恍然大悟:只要顺着来路返回就可以了,怎么就忽略了这一点呢!原来,竟是一向只习惯于用眼睛而不长于动脑子所造成的。"始觉平生被眼瞒",洵为人生的悟

---

① 守端(1025—1072),即白云端禅师,宋代诗僧。佛学上颇有造诣,名望甚高,善于讲经,门徒众多。

道之言。

诗人通过这个寓言式的故事,形象生动地阐述了禅宗南宗的顿悟学说,批判了那种捧着佛书经典,只是死啃硬背,而不去用心体悟的做法。研索其意蕴,可以参看唐代诗僧神赞的《蜂子投窗诗》:"空门不肯出,投窗也太痴。百年钻故纸,何日出头时。"

但守端诗大大地深化了主题意旨,就中有两个关键词:一是"来时路"。提醒人们不能忘记初心,不能忘记本源;同时,对于禅宗来说,起点即是终点,生命的起源亦即死亡的开始,以前的路也是将来的路。二是"被眼瞒"(为眼睛所蒙蔽)。这里反映了眼睛与心灵、表象与本质、感性与理性的关系。面对纷繁万状的眼前事物,人们容易迷惑于现象,而放弃思索,忽略自省,忘却反思,失去内在。

通篇说的是空门之悟——摆脱迷网,即可得大自在。惠洪在《林间录》中有赞语:"予谓此老笔端有口,故多说少说,皆无剩语(赘冗多余之语)。"守端有《白云禅师语录》传世,诗也写得很好。七绝云:"岭上白云舒复卷,天边皓月去还来。低头却入茅檐下,不觉呵呵笑几回。"

莫失本我

百　舌

张舜民[①]

学尽百禽语,终无自己声。
深山乔木底,缄口过平生。

由于百舌声音婉转动听,"能反复如百鸟之音"(《本草·释名》),因而,自古以来就受到诗人的青睐。有的称赞它:"高飞凭力致,巧啭任天姿"(祖咏);有的设想:"此禽轻巧少同伦,我听长疑舌满身"(严郾);更有诗人因其"晓语月斜树,昼啼春霁天",终日不停地鸣啭,竟臆测它,"胸中自有激,不是故多言"(张耒)。

可是,诗人张舜民却别出心裁,对百舌予以辛辣的讥刺,说,百舌鸟很聪明,能模仿各种鸣禽的叫声;遗憾的是,尽管鸣声变化多端,婉转动听,却没有一样是属于自己的。与其这样,还真不如隐身于深山

---

① 张舜民(约1034—1100),宋治平年间进士。与苏轼友善,作诗师法白居易。

密林之中,缄默无言,过尽一生。

当然,明眼人一看便知,并非他真的和百舌过不去,只不过是借以说事,意在嘲讽、斥责那类只知模仿,不会创新,学遍别人风格,却没有自己个性,终朝每日逢场作戏而丧失本我的人。

从《诗经》开始,中国古代诗人即运用诗歌形式来警世教人,这种以咏物为载体的讽喻诗,是其典型的一种。它的特点,是缘事缘情而发,即事抒怀论理。诗人通过对喻体的描写与议论,曲折委婉地揭露与讽刺社会上的某些现象,以针砭人情世态。由于内容广泛,形象鲜明,立意深刻,手法灵活,具有深刻的现实性,在历代诗坛中都占据重要一席,深受广大读者的喜爱。

雪泥鸿爪

和子由渑池怀旧

苏 轼[①]

人生到处知何似？应似飞鸿踏雪泥。
泥上偶然留指爪，鸿飞那复计东西。
老僧已死成新塔，坏壁无由见旧题。
往日崎岖还记否？路长人困蹇驴嘶。

宋仁宗嘉祐六年(1061年)冬，苏轼在汴京考中制科第三等，授大理评事凤翔府(在今陕西)签判。十一月动身赴任，其弟苏辙(字子由)送至郑州，分手后，作《怀渑池寄子瞻兄》七律。本诗为苏轼的和作。原诗与和诗的题目中，都提到了"渑池"。原来，五年前，兄弟二人一同赴汴京应举，曾路经渑池(在今河南)，借宿于奉闲僧舍，并皆题诗寺壁。子由诗中有"旧宿僧房壁共题"之句，即指此。

[①] 苏轼(1037—1101)，号东坡居士。宋嘉祐年间进士。"唐宋八大家"之一。诗词、散文、书画自成一派，均有极高成就，是名副其实的艺术全才。

本诗为苏轼早年作品,是一首著名的哲理诗。前四句,巧妙地以形象、生动、新颖、奇警的鸿、雪意象,譬喻人生漂泊无定、聚散难凭的经历,蕴涵着深刻的哲思,此为全诗的重心所在。说它"巧妙",在于苏辙原诗"共道长途怕雪泥"之句,只是忆及当时旅途泥泞难行,充其量是暗喻人生道路、生命历程之艰难;而苏轼则机敏地把"雪泥"作为一种文学意象,抒写鸿雁偶然踏在雪泥上留下爪痕之后,已经飘然远引,根本没有考虑、也没有人知道它究竟飞往何处,说明人生去来无定、聚散偶然、命途难测、遇合无期。这样,就把普通至极的事物,化作"雪泥鸿爪"的深刻的哲学命题,堪称是"点石成金"的神来之笔。

后四句照应"怀旧"诗题,通过回忆前尘往事,认证并深化诗中蕴涵的哲理性认识。旧事两桩:其一,当年过渑池时,那位热情接待他们的奉闲老和尚已经圆寂了,留下了一座贮藏骨灰的新塔;而他们共同题诗的寺壁已经坍塌,因而也就无从再见旧时的墨迹了。人们惯说"物是人非",时间仅仅过去五年,竟然不只人非,物亦非了。死者形迹的转换和生者墨迹的消失,两相映衬,言下不无感伤意味。而这恰恰印证了前面的哲思——人生多故,世事无常,一如雪泥上留下的鸿爪,雪化泥消,爪痕荡然无存,更不要说漂泊无定的飞鸿了。旧事之二,那次进京赴考时骑的马,半路上死了,只好换乘一头毛驴到了渑池。山路崎岖,路程遥远,瘦弱的毛驴累得嘶叫不停。诗中既有对人生萍踪不定、鸿迹杳然的怆然怅惘,又有对骨肉情深的往事追怀与眷念;在张扬着温馨的亲情和浓郁的诗意的同时,以鲜活灵动的意象反映哲思理趣,寄意深沉,让人产生共鸣。

明理、叙事、状景、抒情,这是诗共有的功能。好的哲理诗,应是

中编 宋金元代 | 161

诗人以审美方式把握道理而创造出一种特殊艺术境界或审美感受。为此,清人沈德潜有"诗不能离理,然贵有理趣,不贵下理语"之说(见《国朝诗别裁·凡例》)。而钱锺书先生更是"金针度人",不仅提出要求,并且翔实地指点方法:"词章异乎义理,敷陈形而上者,必以形而下者拟示之,取譬拈例,行空而复点地,庶几接引读者。"坡公此诗,可说是一个典型的范例。

关于本诗的艺术表现技巧,可说的话也很多。比如,一开头,就别开生面,突兀地提出一个颇带哲理性的人生课题,接下来便给出一个生动形象的答案,尔后便一路递接下去。这种写法比较特别。再就是,所谓"唐人旧格"的"单行入律"(清代纪昀语)问题。律诗三、四两句,一般应是字句与意蕴都是两两相对,而此诗则是似对仗又不似对仗,或者说,文字看似对仗,而意蕴并不对仗,只是承接上面意思径直地说下去。这样做的好处,是可收关合流转、一气贯通之效。

应用现代阐释学的理论,我们还可以从"泥上偶然留指爪,鸿飞那复计东西"两句诗,联想到作者、文本与读者的关系。飞鸿在泥上偶然留下指爪便飘然离去,这有如诗人、作家留下作品以后,不仅行迹"不计东西",文本更是处于永远开放状态,任凭时人与后人去读解、阐释,不断地嫁接、移入、填充新的理解、新的意义了。

一饱足矣

撷 菜

苏　轼

秋来霜露满东园,萝菔生儿芥有孙。
我与何曾同一饱,不知何苦食鸡豚!

哲宗绍圣三年,诗人被贬到惠州,写了这首题为《撷菜》的七绝。诗的前面有个"小引",说他跟一位姓王的参军借了不足半亩的土地,种上了菜,一整年内和儿子苏过的三餐菜肴都充足了。有时夜半喝醉了,没有解酒的,便到菜园里采摘蔬菜煮食。夹带着泥土芬芳,饱含着霜露水汽,即使是上等滋味的肉品也比不上。这些蔬菜大可以满足人生所需了,又何必再去贪求精美的佳肴呢?

本诗可说是这种有趣生活的诗化纪实。前两句写景叙事,为下面的议论做铺垫。说,入秋以来,随着霜露的普降,东园里的菜蔬长得十分茂盛,萝卜、芥菜可说是儿孙满堂了。后两句抒怀、议论,说我和晋代骄奢无度的何曾同样都只求腹中一饱,不知他何苦来的,非要吃鲜鸡肥豚不可！意思是,粗粮青菜蛮好,人生贵在随遇而安,不应该奢侈无度。末句用反问的语气表示不值得,反映出对何曾骄奢淫逸的鄙视。

联系现实,坡公此诗,能使我们从中获取直接的教益。

自己构成自己

野人庐

苏 轼

少年辛苦事犁锄,刚厌青山绕故居。
老觉华堂无意味,却须时到野人庐。

这是一首唱和诗。熙宁八年,北宋著名画家、苏轼的挚友文同(字与可),徙知陕西汉中的洋州,作《洋川园池三十首》,其中第二十六首《野人庐》云:"萧条野人庐,篱巷杂蓬苇。每一过衡门,归心为之起。"苏轼与其弟苏辙均有和诗。

苏轼在诗中应和着文同的"每一过衡门,归心为之起"的说法,谈到自己的现实感受。他说,年轻的时候住在农村,每天辛辛苦苦地操犁把锄,心里总是想望着能够早一点脱离这种环境。本来,青山环绕的故居农舍非常清静、舒适,可是,那时却偏偏觉得讨厌("刚厌")。及至进入老境,风光阅尽,世事洞明,才觉得城里的华美的官舍,其实并没有什么意味,倒是应该经常到田夫野老家里去重温旧绪,感悟真诚。诗人通过日常生活中思想、心态的变化,抒写一种含蕴深刻的生命体验。语句看似平易,却真实亲切,意蕴深长,富含哲理,读了令人感同身受。

对于一个封建时代的士大夫,而且又是光耀千古的文学全才、艺术天才,实现这种精神上的嬗变,绝非偶然,可说具有一定的典型意义,因此,需要予以深入研究。这里存在一个智者在生活历练中的超越问题。苏轼自幼生活在农村,"家世至寒","少年辛苦事犁锄",因而不仅深深同情劳苦大众,而且对农村也比较熟悉,具有一定的思想感情。而他的个性,又崇尚自然,放情山水,用他自己的话说,"野性犹同纵壑鱼","胸中廓然无一物,即天壤之内,山川草木虫鱼之类,皆是供我家乐事也"。特别是凭借着智慧的头脑、超常的悟性,出入儒道,濡染佛禅,再加上四十余年坎坷仕途的丰富阅历、悲剧生涯,从而实现了黑格尔所说的"自己构成自己"的思想超越。这一切,都是他此诗写作的思想基础。

式微,式微,胡不归?

山村五绝(之五)

苏 轼

窃禄忘归我自羞,丰年底事汝忧愁?
不须更待飞鸢堕,方念平生马少游。

《山村五绝》写作于神宗熙宁六年,东坡时在杭州。诗中对王安石新法有所讥讽,结果被蓄意倾陷他的一些人罗织罪名,连同其他一些诗文,告到朝廷,就中有"包藏祸心,怨望其上,讪渎漫骂,而无复人臣之节者"的话。本诗为五绝中最后一首。

诗中与其胞弟子由坦诚地交流了心事。前两句说,多年来,我无功受禄,贪位恋栈,自己感到羞惭,不能自适,这是很自然的;那么,值此年丰岁熟之际,你又为了什么而有所忧愁呢?后面两句,引用《后汉书》中马援兄弟的故实,说,不用等到"飞鸢堕水"的艰险处境,自己早就想到马少游的告诫,准备引退了。

"飞鸢堕水",出自马援的一席话:"当吾在浪泊、西里间,虏未灭之时,下潦上雾,毒气重蒸,仰视飞鸢跕跕(飞鸟坠落状态)堕水中,卧念少游平生时语,何可得也!"此前,其从弟马少游曾劝告他,但求衣食足用,不必追求高官厚禄,自讨苦吃。看得出来,此刻,马援对于功名之累已经有所认识;但时隔不久,湘西南"五溪蛮"暴动,年已六十有二的他,又主动请缨,前往讨伐,结果遭遇酷暑,士兵多患疾疫,他本人也染病身死。设想如果他能知足知止,见好就收,何以至此!待到"飞鸢堕",才想到从弟的劝告,已经为时过晚;而马援却是"飞鸢堕"后,再次自投"网罗",确实是一个典型的悲剧人物。"不须更待飞鸢堕,方念平生马少游",也就成了千秋悟道之言,但真正能够记取并且践行的,其实也未必很多。

诗人初到杭州,即曾为诗以寄子由,有"眼前时事力难任,贪恋君恩退未能"之句,这里又说"窃禄忘归我自羞",一再提醒自己,宦途艰难,朝政险恶,不可贪恋禄位,应该早作归计。子由见到此诗,当即奉和,诗云:"贫贱终身未要羞,山林难处便堪愁。近来南海波尤恶,未许乘桴自在游。"意思是,眼前的政治风波,涛惊浪恶,大概你想退隐全身,恐怕也很难做到。果然,不久,东坡就遭到了控告、诬陷。

这里的"飞鸢堕"与"乘桴"(孔子说,主张行不通了,我想坐个木筏到海外去。事见《论语》),都是用典,亦称"用事"。它的作用是:"据事以类义,援古以证今"(《文心雕龙》),即是用来以古比今,以古证今,借古抒怀,既可加重、丰富诗文的内涵,又能避免粗浅与直白。清人赵翼有言:"古事已成典故,则一典已自有一意。作诗者借彼之意,写我之情,自然倍觉深厚,此后代诗人不得不用书卷也"。但用典乃是一门学问,讲究颇多,要求既师其意,又能于古里翻新,而且,意如己出,不露痕迹。

　　由诗中的"窃禄忘归"一语,我蓦然联想起《诗经·邶风》中的一首诗:"式微,式微,胡不归?微君之故,胡为乎中露?式微,式微,胡不归?微君之躬,胡为乎泥中?"大意是:天渐渐黑了,天渐渐黑了,为什么还不回家呢?原因都在于勤劳王事:如果不是君王的差事重、差事苦,怎么会夜露湿衣,怎么会深陷泥涂呢?不知此刻,坡公是否也联想到了这首小诗?当然,即便是早经想到了,也只能以"我自羞"的婉语出之;不可能像远古先民那样,直来直去,表达其对统治者的压迫奴役的极端愤恨。

原来不过如此

观　潮

苏　轼

庐山烟雨浙江潮,未到千般恨不消。
到得还来别无事,庐山烟雨浙江潮。

此诗,据说是苏轼临终时,给少子苏过手书的一道偈子;但也有人提出质疑。这个问题暂时可以悬置,还是先弄清诗本身的蕴涵。

关于本诗的解读,有佛禅与世俗两种视角。前者比较有代表性的,是南怀瑾先生在《圆觉经略说》中所讲的:这是一种大彻大悟以后的境界。庐山风景太美了,钱塘潮非常壮观,这一辈子没有去的话,死了都不甘心,非去不可。等到到了庐山,又看到了钱塘潮,本地风光,圆明清净,悟道以后,就是这样。没有悟道以前,拼命地学佛呀!跑庙子呀!磕头呀!各种花样都来,要有功德,要怎么苦行都无所谓,要怎么刻薄自己都可以。"未到千般恨不消"啊!及至到来无一事,真的大彻大悟了。怎么样呢?"庐山烟雨浙江潮",原来如此。

这使人联想到《五灯会元》所载南宋黄龙派青原惟信禅师的一段著名语录："老僧三十年前未参禅时,见山是山,见水是水。及至后来,亲见知识,有个入处,见山不是山,见水不是水。而今得个休歇处,依前见山只是山,见水只是水。"这里讲了三般见解,指的是禅悟的三个阶段,亦即入禅的三种境界。这与黑格尔所讲辩证法的"否定之否定",有相同的机理。最初境界与最后境界看似一样,其实已经发生了质的变化:最初的山水是纯自然的山水,而大开悟时的山水已经是禅悟的山水,禅与自然合而为一了。青原禅师这段语录与此诗确有相通之处,说不定是接受了东坡居士的启发与影响。

至于所谓"世俗"解读,也就是从非宗教的意义和朴素的人生立场来理解,更是众说纷纭,莫衷一是。骆玉明教授指出:"东坡诗的意思,是摆脱贪求和幻觉来看待事物,这时事物以自身存在的状态呈现自己,朴素而又单纯。《菜根谭》说:'文章做到极处,无有他奇,只是恰好;人品做到极处,无有他异,只是本然。'道理与此相通。"

其他比较有代表性的,认为依常情常理,人们都有好奇心,对充满神奇却尚未见到的东西总是刻意追逐,所谓"恨(遗憾)不消",正是指此。及至见过,心里的神秘感消失了,最后得出结论:原来不过如此。从报刊上看到过这样一段话:"那些在时光里淡淡地流逝了的种种聚散、悲喜,那些为了得到而付出的努力,那些为了成全而承受的隐忍,那些在理想和现实之间的徘徊和挣扎,那些含泪挥手笑着说的再见……磨灭了的是最初的殷勤和炽热,埋没了的是壮怀和渴望,最后剩下的是平静如水的淡泊,'到得还来别无事,庐山烟雨浙江潮'。"

依愚下之见:诗人本衷乃是借助一番胜景游历、烟雨洪潮两种意象、否定之否定螺旋式上升的三个阶段,记述其读书、实践中超越物象,实现禅悟的过程,以及豁然开悟之后所出现的空寂、淡泊的旷达心境。

事在人为一解

滟滪堆

方惟深①

湍流怪石碍通津,一一操舟若有神。
自是世间无好手,古来何事不由人!

自古以来,滟滪堆就屹立于波涛汹涌的江流中,当滔滔江水扑面而来,刹那间,波翻浪涌,水雾蒸腾,漩涡飞转,地动山摇,十里可闻雷鸣之声,形成了世所罕见的"滟滪回澜"的奇观。

诗人说,在怪石狞立、江流湍急,阻碍着往来通航的险恶情势下,勇敢机智的船工,以其卓绝的胆略和娴熟的技术,稳驾轻舟,安然驶过,简直像是有神灵护佑一般。看得出来,什么堆险流急,什么"如象""如马","勿上""勿下",关键是世间没有能够力挽狂澜的好手。其实,古往今来,人间万事,又有哪一样不是由人所摆布的!

---

① 方惟深(1040—1122),宋代诗人。举进士不第,即弃去,与弟躬耕,清高自恃,绝意仕进。

诗人通过咏赞长江三峡上智勇双全的船工穿越激流险礁的惊人壮举，即事论理，阐明人在任何情况下，都不是无能为力、无所作为的道理，宣扬了事在人为、人定胜天的思想。

事由人定，今古无异，这是十分浅近又百试不爽的普遍哲理。也正是为此吧，当欲施新法的王安石看到此诗后，特别高兴，热烈赞赏。其时，王安石身居宰辅高位，且文名卓著，又年长方惟深十九岁。《中吴纪闻》记载："子通最长于诗，凡有所作，王荆公读之，必称善，谓'深得唐人句法'。"由于他常把方诗写入方册，书于座右，以致有的编者，将其误收入荆公集中。

在有的选本上，此诗题为《过黯淡滩》。现按编成于北宋末年的《诗话总龟》勘定。

他乡怕见月华明

自上元后闲作五首(选一)

张 耒[1]

喧喧野县自笙歌,风卷高云天似波。
谁谓楼前明月好,月明多处客愁多。

"月下归愁切","月明愁杀人","月明如此奈愁何","月明秦塞夜愁多"……翻开唐宋文人的诗集,吟咏月夜客愁的还真的不少。这里存在着客观与主体的双重原因:一方面,旧时代战乱频仍,干戈满地,人民大众,包括许多文人骚客,离乡背井,动荡不宁,而交通阻塞,关山阻隔,"有弟皆分散,无家问死生","共看明月应垂泪,一夜乡心五处同",几乎成了生活常态;另一方面,这些诗人骚客,本来就多愁善感,触处生情,在这种状态下,就更是愁肠百结,感慨生哀,"乡心新岁切,天畔独潸然"。作为书写游子乡愁的佳作,张耒此诗

---

[1] 张耒(1054—1114),字文潜。宋熙宁年间进士。工诗文,亦能词,为"苏门四学士"之一。

正是这种情态的产物。

诗的前两句是纪实,极写节日的欢乐和月明之夜景色的华美,为后面生发的议论张本。诗人说,即便是偏僻荒凉的县城,适逢元宵佳节("上元"),也同样是大地上笙歌处处,热闹喧嚣;而空中清风尽扫浮云,月华如水,更是上下天光,一体澄明。面对着这般情境,由于所处境遇的不同,人们的情怀与心绪便有很大的差异。与亲人友朋团聚,且又身处顺境的,自是酣歌畅舞,尽兴欣赏楼头明月的姣好;而那些只身在外、他乡行役的羁旅畸人,那些流离失所、无家可归的游子,则断不会有这般逸思雅兴。在他们心中,倒是"月明多处客愁多"啊!

好怀不易开

绝句四首(之四)

陈师道[①]

书当快意读易尽,客有可人期不来。
世事相违每如此,好怀百岁几回开?

诗中揭示了作者内心世界的精密体验与深刻感受。前两句讲了两件十分惬意却又常常令人感到缺憾的事:好书读起来畅怀适意,痛快淋漓,可是,往往是读着读着,不知不觉地就读完了;知心好友约定了前来聚会,却偏偏因事耽搁,未能如期而来。三、四句引申开去,说世事就是这样,常常违拗着人意,"不如意事常八九";百岁人生中又有几回能够欢畅开怀呢?赏读本诗,可以参阅作者的另一首诗《寄黄充》:"俗子推不去,可人费招呼。世事每如此,我生亦何娱?"二诗所表达的感受是相同的。

---

① 陈师道(1053—1102),字无己,自号后山居士。少从曾巩学文,绝意仕进。诗学杜甫,刻苦经营,风格简古,为"江西诗派"代表性作家。

"好怀百岁几回开?"这种人生感悟,早在两千三百年前,庄子就借助盗跖之口说过:"人上寿百岁,中寿八十,下寿六十。除病疾死丧忧患,其中开口而笑者,一月之中不过四五日而已。"后来,杜甫、杜牧也分别在诗中写道:"怀抱几时独好开?""尘世难逢开口笑"。而晚清名臣曾国藩则讲得更为斩截:"苍天可补河可塞,唯有好怀不易开。"古人的这些诗文,既来自作者对生活的实际感受,确是艰难时世的真实写照,更蕴涵着透彻而普遍的哲学感悟,读了令人怅然深思。

陈师道贫困潦倒,家居寂寞,又落落寡合,生活圈子较窄;而寿不及半百,官不过正字,最后以布衣终,死后由友人买棺以殓,妻子寄食于邻翁。一生中,他把全部精力都放在作诗上。除去有些诗"把成语古句东拆西补或者过分把字句简缩"(钱锺书语)以外,许多作品还是以亲身经历为基础,以心灵的完善与自足为本质特征,展现出实在而朴挚的生命体验。纪昀评曰:"弃短取长,要不失为北宋巨手。"

后山居士为诗用力甚勤,属于苦吟诗人,连诗学杜甫成就甚高的黄庭坚,都称赞他:"作诗深得老杜之句法,今之诗人不能当也","小诗若能令每篇不苟作,须有所属乃善,顷来诗人,唯陈无己已得此意,每令叹服之。盖渠(他)勤学不倦,味古人语精深,非有为不发于笔端耳"。

从早安排

放歌行二首(选一)

陈师道

当年不嫁惜娉婷,抹白施朱作后生。
说与旁人须早计,随宜梳洗莫倾城。

诗人以一个失嫁女子的口吻,现身说法。头一句是忆往——从前因为过分矜怜姿色、珍惜华年,而不甘轻易地消遣此生("惜娉婷"),迟迟不肯嫁人,结果一直拖延下来,直至年华老大,容华消减。第二句述今——于今芳菲已逝,青春不再,只好整天"抹白施朱",刻意打扮自己,学做年轻少女("后生")模样。三、四两句,以过来人的生命体验,语含酸苦悲辛地"说与旁人"——奉劝众多姐妹,千万不要自恃年轻貌美,以致红颜误我,我误青春。须知青春尽日,便见弃捐,应该早为之计,适当随便地梳妆一下,不一定非要做个倾国倾城的绝代佳妹。人生的春天诚然是值得珍惜的,但是,韶光易逝,而知己难寻,过于矜持,难免陷于苦恼之境。

翻开一部《后山集》，多见"十年从事得途穷"，"何限人间失意人"，"功名欺老病，泪尽数行书"，"此生精力尽于诗，末岁心存力已疲"之句。同这类直白如话的诗句相比，本诗蕴涵，虽然同样情真意切，哀婉动人，但要委婉曲折得多。通观全篇，诗人着意处，一是，以女子失嫁比喻自己怀才不遇的痛苦身世，所谓"国士佳人，一般难遇"是也；二是，对于自己"早作千年调，中怀万斛愁"，"闭门觅句"，刻意求工，稍稍流露一点点失悔的意味，这从"随宜梳洗莫倾城"句中，当可略见端倪。

逢　遇

和邢惇夫诗(二首之一)

陈师道

汉廷用少公何在,不使群飞接羽翰;

今代贵人须白发,挂冠高处未宜弹。

"逢遇"二字,是个古时常用的词语,意为一个人的遭逢、际遇。汉代王充《论衡》中有《逢遇》篇,里面记述了这样一件事:

从前,在周地有个白发老翁,坐在路旁哭泣。

过往行人问他为啥哭得这样伤心,他说:"我的命运太不好了。活了这么大岁数,却没有遇到一次做官的机会。"

行人奇怪地问:"怎么会一次好机会都碰不到呢?"

老翁回答说:"我年轻时学习为文,学成之后准备考官,却赶上当时的皇上喜欢任用年长的大臣。后来,这位专门用老的皇上死了,新上来的皇帝又崇尚武功。为了能登上仕途,我只好弃文就武。可是,等我学成武艺之后,又赶上这位喜好武功的皇帝去世。少主新立,专用年轻人,而我已经老迈不堪了,武艺再高强也不被任用。就这样,碰来碰去,直到头白发秃,也没有碰上一次做官的机会,怎不叫人伤怀呀?"

这就叫逢遇,也就是人们常常慨叹的:生不逢时。这种情况,在封建社会,可说是无代无之。

北宋诗人邢居实,年少播俊声,有"神童"之誉;十六七岁即以文章驰名,与苏轼、黄庭坚、张耒、秦观等为忘年交。可惜甫及二十,即染病去世。生前,曾写诗给诗人陈师道,说:"微意平生在江海,尘冠今日为君弹。"意思是:我志在江湖,无意于仕进;今天,为您弹冠相庆,祝贺您即将出仕了。陈师道即以上诗作答。诗中说,以你这样超迈凡尘的少年英俊,如果生在汉代,是一定能得到重用的。可是,现在不行了,只有白发苍苍的老年人才能登上高位。所以,还是尘冠高挂吧,如今并不是弹冠出仕的时候。

原来,宋初以来即颇重老成。《茶余客话》记载,何朝宗,十八及第。太祖说:这个人太年轻了,连胡子都没有长出来,未能老成练达,不适合遽加任用,还是让他先读书吧。《宋人轶事汇编》里,也有类似记载:名相寇准,在他三十几岁的时候,宋太宗就想要予以重用,可是,还觉得他有些年轻,因而迟疑未决。寇准听到了这个信息,赶紧进行人工老化处理,"服地黄兼芦菔以反之,未几须发皓白,于是拜相"。

迨至神宗死后,用老之风益炽。当时,哲宗即位,仅十岁,实权掌握在保守派总后台、哲宗祖母高太后手里。她废除新法,斥逐变法派人士,同时起用了一批年高老成的守旧派人物。陈无己诗中有"今代贵人须白发"之句,正以此也。

至于"汉廷用少公何在",同样也是讲的逢遇问题。史载:颜驷,汉文帝时即为内充侍卫、外随作战,职务较低的郎官,一直没有得到升迁。一次,武帝的车辇经过郎署,见颜驷庞眉皓发,仍在执戟护卫,便问他:"何其老也?"意思是,你这么大的年纪,怎么还充当侍卫呢?颜驷对曰:"文帝好文而臣好武,景帝好美而臣貌丑,陛下好少而臣已老,是以三世不遇,老于郎署。"

种种事例说明,在封建社会,这种埋没人才的悲剧,有其共性的内在根源。所谓逢遇,说穿了,很大程度取决于最高统治者一人的习好。他们手握王爵,口含天宪,凭一人之好恶,决定着万千英才贤士的命运与前途。正如王充《逢遇》篇中所揭露的:人主好恶无常,"人臣所进无豫","才高行洁,不可保以必尊贵;能薄操浊,不可保以必卑贱。或高才洁行,不遇退在下流;薄能浊操,遇在众上"。人才的选拔使用,全凭封建统治者的主观好恶,或喜老,或爱少,或论资排辈,或不次升迁,或好文好武,或专取容貌,全都不是按照德才标准来选贤任能。在这种情况下,贤才埋没,佞幸当朝,就成为必然的了。

遗貌取神

水墨梅（五首选一）

陈与义①

含章檐下春风面，造化功成秋兔毫。
意足不求颜色似，前身相马九方皋。

这是一首题画的名诗。据说，宋徽宗看到以后，击节称赏，当即会见了作者，有相识恨晚之憾。陈与义自此名播海内，并被拔擢晋用。

诗，确实写得很好。前两句为一般的铺叙，大意是说：含章殿下有你（梅花）美丽的笑靥；大自然孕育名花的功绩，全靠一支兔毫画笔完成。精彩之处在于三、四两句，借咏墨梅提出了"摄取神理，遗貌取神"这一富有哲思的艺术思想理念。

---

① 陈与义（1090—1138），号简斋。宋政和年间进士。靖康祸起，汴京陷落，南奔避难，流离湖湘之间。身经战乱，颇有苍凉激越的忧国伤时之作。为"江西诗派"重要作家。

诗中有两个典故。"春风面":南朝宋武帝女儿寿阳公主,闲卧含章殿檐下,忽有梅花瓣落在前额上,拂之不去,三天过后,才逐渐淡化。宫女们觉得这样更显娇俏,便也学着在额头上粘贴花瓣,称为"梅花妆","春风面"本此。"九方皋":秦穆公欲求良马,伯乐便将善于相马的九方皋推荐给他。三个月后,九方皋回来报告选到一匹黄色的母马;不料,牵过来一看,却是一匹黑色的公马。穆公问是怎么回事,伯乐解释说,这正是九方皋的高明之处:"得其精而忘其粗,在其内而忘其外;见其所见,不见其所不见",即所谓"求之于骊黄牝牡之外"。后来实践证明,这确是一匹出类拔萃的千里马。

这种"见其所见,不见其所不见",在外国文学名著中我们也曾见到过。享誉世界的印度民族史诗《摩诃婆罗多》中记载,皇室教师特洛那,这天教众公子射箭,他问其中一人:"你看见了什么?有没有鸟、林树和众人?"这人回答说:"我只看见了鸟,其他什么也没看到。"特洛那欣喜异常,马上让他发射。说:"这个只看见鸟的孩子,是最好的学生。"

中国古典艺术,如书法、绘画,也包括诗歌,全都讲究摄取事物的神理,遗其外貌,不求形似,像九方皋相马那样,达到那种"超以象外,得其环中"、"皮毛落尽,精神独存"的境界。清代戴熙《习若斋画絮》中记载,东坡在试院用朱笔画竹,见者曰:"世岂有朱竹耶?"坡曰:"世岂有墨竹耶?善鉴者固当赏诸骊黄之外。"唐代画论家张彦远也曾说过:"王维画物,多不问四时,画花,往往桃杏、芙蓉、莲花,同画一景。余家所藏摩诘(王维)《袁安卧雪图》,有雪中芭蕉,此乃得心应手,意到便成,故其奥理冥造入神,迥得天意,难与俗论也。"

宋代诗僧惠洪在《冷斋夜话》中也说:"诗者,妙观逸想之所寓也,岂可限以绳墨哉!如王维作画雪中芭蕉,诗眼见之,知其神情寄寓于物;俗论则讥以为不知寒暑。"他还写过这样一首诗:"东坡醉墨浩琳琅,千首空余万丈光。雪里芭蕉失寒暑,眼中骐骥略玄黄。"意思是说,东坡居士酒醉之后的画作,琳琅浩瀚,诗词千首;可惜的是,对于他的诗画识者寥寥,空余了万丈光芒。王维画的雪里芭蕉,并不拘泥于季节是寒是暑,九方皋相马也是"求之于骊黄牝牡之外",其超越绳墨的"妙观逸想",同样也不为后世的俗论所认同,说来都是令人慨叹重重的。

古树寄情

咏老木

龚茂良[①]

千章古木转头空,去与人间作栋隆。
未必真能庇寒士,不如留此贮清风。

大木材称"章","千章古木",极言大树之多。现在,它们却被一朝砍尽,说是要运到繁华世界里,做建筑广厦的栋梁。诗人在陈述了这一事实之后,紧接上说,实际情况未必如此。即便是能够成为支撑广厦的栋梁之材,也得看这座广厦担负何种用途,若是不能荫庇寒士,像"诗圣"杜甫所呼吁的"安得广厦千万间,大庇天下寒士尽欢颜",那还莫如留在山林间,存贮几许清风哩!

说的是树,实际上是在写人,具体地说,写的是自己。他从小聪慧好学,矢志报国。南宋绍兴八年,年仅十七岁,即登进士第,系当时

[①] 龚茂良(1121—1178),宋绍兴年间进士,孝宗时任礼部侍郎,参知政事。力主抗金,以廉勤称,赈济灾民,为民称颂。

最年轻的进士,被称为"榜幼",诏授南安县主簿,自此踏上长达四十年的从政之路。但是,生不逢时,当时朝政昏乱,奸臣当道,所如不偶,动辄得咎;一展鸿才、大有作为的抱负全成泡影,平生志愿,百不偿一。晚年为此悔憾不已。

龚氏深受儒家思想影响,奉行孟子所说的"达则兼济天下,穷则独善其身"的宗旨。诗中讽喻那些应诏出山,志在大有一番作为的读书士子。其真实意向是,在不得其道而行的情势下,与其尸位素餐,无所作为,——更不要说同流合污了,还不如悠然退隐,独善其身。这里的"贮清风",即暗含洁身自好之意蕴。

古代以大树为题材而别有寄托的诗作很多。与这首借物寓意、以诗明志的写法不同,《随园诗话》记载了另一种类型的咏物诗:"江西某太守将伐古树,有客题诗于树云:'遥知此去栋梁材,无复清荫覆绿苔。只恐月明秋夜冷,误他千岁鹤归来。'"这位骚客颇不以某太守的做法为然,写诗用意在于规谏、劝止砍树,但他限于身份、地位,也考虑到了实际效果,并不直白地提出批评,也没有讲多少大道理,而是采用婉转其词、动之以情的叙述策略,把话说给太守听:这棵直干凌霄的古树,砍伐之后,将会成为美轮美奂的高楼大厦的栋梁之材,充分发挥它的作用;不过,那样它从此可就不能以其百丈清荫庇覆大地了;这还不说,最令人伤情的是,恐怕将来哪一个月明秋冷之夜,那只千年老鹤满怀眷恋、乘兴归来,再也找不到固有的栖息之所了,那它该是何等失望啊!这里巧妙地暗用了《搜神后记》中"丁令威千年化鹤归来"的典故,情辞深婉,极饶韵致。据说,"太守读之,怆然有感,乃停斧不伐。"

善读"无字之书"

冬夜读书示子聿(八首选一)

陆 游[①]

古人学问无遗力,少壮工夫老始成。
纸上得来终觉浅,绝知此事要躬行。

　　这是老诗人七十五岁时,在故里山阴,写给最小的儿子子聿的。诗共八首,此为其三,内容是劝勉他刻苦向学,勤奋努力;并且要从切身实践中体悟。

　　前两句从古人治学的经验谈起:做学问乃终身事业,最忌浅尝辄止,时作时辍,必须不遗余力,持之以恒,就是说,要竭尽毕生精力,孜孜以求;而且,还要从小就下苦功夫,这样,成年以后,才可望有所成就。诗中突出讲了"无遗力"与"少壮工夫"两个要点。后两句是对前面的补足,强调了躬行实践的极端重要性。指出,只有书本知识还

[①] 陆游(1125—1210),字务观,号放翁。南宋著名爱国诗人,积极主张抗金,收复失地,激情浓烈,愤切慨慷。创作甚丰,有"六十年间万首诗"之称。

不够,应须善读"无字之书",获取切身体验,掌握实际操作本领。

马克思晚年给女儿劳拉讲过一则寓言:一个船夫摆渡一位哲学家过河,哲学家问船夫懂不懂得历史,船夫说不懂,哲学家说:"那你就失去了一半的生命";又问:懂不懂得数学?船夫说不懂,哲学家说:"那你又失去了一半的生命。"这时,一阵大风把小船吹翻,两人都落了水。船夫问哲学家:会不会游泳?回答说:"不会",船夫说:"糟了,那你就失去了整个生命!"

这里绝没有轻视书本知识的意思,只是说,单有书本知识还不够。从中我们可以领悟一个深刻的道理:作为人的自身素质的重要组成部分,知识和能力同等重要,二者缺一不可。如果再上升一步,把它提到认识世界与改造世界的高度,那么,我们会记起革命导师马克思的一句名言:"哲学家们只是用不同的方式解释世界,而问题在于改变世界。"

中国古代哲学家荀子有言:"不闻不若闻之,闻之不若见之,见之不若知之,知之不若行之。"

"纸上得来"的东西毕竟根底不深,必须经过亲身的践履,才能加深认识,化为己有。联系到陆游另一首《示子聿》诗中的"汝本欲学诗,工夫在诗外",看得出来,老诗人突出强调关注社会人生、立德树人。两相对照,对此可以有更深刻的理解。

这首诫子诗,以说理见长,句句都作议论,句句都蕴含着丰富的切身体验。诗中概述了为学必须刻苦,要重视"少壮工夫",特别强调躬行实践等规律性的认识。说的是读书、为学,实际上,可以推而广之,运用于立身行事各个方面,具有普遍性价值。

为海棠鸣不平

海棠二首(选一)

陆 游

蜀地名花擅古今,一枝气可压千林。
讥弹更到无香处,常恨人言太苛深!

何谓"蜀地名花"? 原来诗人指的是四川成都一带的海棠。《花谱》云:"海棠盛于蜀。"《益都方物志》也有"蜀之海棠成为天下奇绝"的记载。诗人说,这里的海棠气概非凡,一枝独秀,足以艳冠千林。如果出于个人爱好,你完全可以不欣赏它;但令人气愤的是,有的人却刻意求全责备,"鸡蛋里挑骨头",不近情理地讥评它:说什么美则美矣,可惜没有香味。如此挑剔,实在是毫无道理。对此,诗人给它加了"苛深"这个词儿。"苛",苛刻、苛薄、苛责;"深",深文周纳,罗织罪名。"苛深",一般指苛刻、歪曲地引用法律条文,把无罪的人定成有罪,或者不根据事实,牵强附会地给人横加罪名。

诗人这么说,并非无的放矢,而是实有所指。据北宋诗僧惠洪

《冷斋夜话》记载,有一个叫彭渊材的人,说:吾平生所恨者,有五件事:"第一恨鲥鱼多骨,第二恨金橘太酸,第三恨莼菜性冷,第四恨海棠无香,第五恨曾子固(曾巩)不能作诗。"

诗中做的是海棠的文章,实际上可以推及度事量人、辨才取士问题。从品评花卉中,领悟知人论世的学问。唐代宰相陆贽说过:"人之才行,自昔罕全。苟有所长,必有所短。若录长补短,则天下无不用之人;责短舍长,则天下无不弃之士。"一个人的精力、时间有限,有所为必有所不为,有所专必有所偏。这不是提倡偏,也不是不愿意做到面面俱全,而是客观条件不允许。"非不为也,是不能也"。而更可恶的是,不顾实情,深文周纳。前者求全责备,属于思想僵化,认知片面;后者则有忌贤妒能,蓄意倾陷之嫌。

不论哪种情况,其为压制人才则一。如果按照此辈的逻辑,人必完美无缺而后可用,那么可用之人还能有吗?古往今来,这种"求全之毁",不知葬送了几多人才,演出了多少埋没英杰的悲剧!有鉴于此,一向温乎其情、蔼然其容的陆老诗翁,在"苛深"前面特意加了"常恨"二字,可谓愤激之至。

成功原非偶然

能仁院前有石像丈余,盖作大像时样也

陆 游

江阁欲开千尺像,云龛先定此规模。
斜阳徙倚空三叹,尝试成功自古无。

这是一首即事论理的述怀诗。

关于能仁院的石像,宋代王象之《舆地纪胜》中有如下记载:在嘉州(今四川乐山)府城西门外,有一座石雕的弥勒佛,很像乐山凌云大佛像,但没有那么大。人们说,这是唐代海通和尚造乐山大佛时参照的蓝本。因此,山门榜额为"古像山"。待到乐山大佛建成后,便在这里修建一座保护佛像的大像阁(江阁)。

题称"能仁院前有石像丈余",诗人便从石像写起。说,当年海通和尚确定雕塑凌云大佛这一宏誓大愿之后,首先想到的是找一个可供取法的蓝本。这样,就选中了能仁寺的弥勒佛石像。"云龛先定此规模",概述了佛龛、佛像的尺寸和取法的程式、样板以及筹划

过程。言下之意是，这些还只是意象功夫，要使它成为现实，谈何容易！

接下来，诗人讲他面对大佛样本所做的思考与论断。"斜阳徙倚空三叹"，是个过渡性的句子。描写诗人看到这个样本佛像时，在斜阳下往复徘徊，感叹再三。他从凌云大佛的雕塑历时九十年，经过三代工匠艰辛拼搏，方始大功告成这一事实，认识到，成功原非偶然，它是反复尝试（摸索、探求、试验）的结果。就此引出了最后一句断语——设想浅尝辄止、一蹴而就，一举完成宏图伟业，这是自古以来所绝对没有的。

凿破鸿蒙

读《易》

陆　游

揖让干戈两不知,巢居穴处各熙熙。
无端凿破乾坤秘,祸始羲皇一画时。

同宋代其他许多作家一样,陆游也特别喜读《周易》,而且有深湛的研究。他有一组《读易》诗,讲他晚年以衰病之躯研读《周易》的情景和体会:"羸躯抱疾时时剧,白发乘衰日日增。净扫东窗读《周易》,笑人投老欲依僧";"老喜杜门常谢客,病惟读《易》不迎医"。他不仅自己读,还给小儿子写诗,让他也读,说:"唯独《周易》没有被秦始皇烧毁,读起来,字字句句,鞭辟入里,都像亲自见到圣人一般。你现在还小,而我已经年老,以后你应当终身致力于学问研究。"

本诗就是他《读易》组诗中的一首。诗人运用生动的形象、风趣的语言,描绘了人类从混沌蒙昧状态开始走向文明进程的场景:原始初民浑浑噩噩,巢居穴处,整天无忧无虑,笑语熙熙,既不懂得干戈扰攘，也不知道什么礼乐文德。偏偏是伏羲皇爷多事，他要仰观天象，俯察大地，近取诸身，远取诸物，制作了神奇的"八卦"——先创造出代表阴阳这两个最基本元素的符号：一条线段为阳爻，两条短线段为阴爻，画一奇以象阳，画一偶以象阴，随后根据阴阳合一、阴阳相对、阴阳互动的变化，揭开了乾坤的秘密，设置下"男女之大防"。这样一来，便凿破了鸿蒙，从而开启了千秋万代的"文明之窗"，使远古先民从混沌蒙昧中逐步走向文明的殿堂。不过，自此也就惹出了无穷的"麻烦"。在这里，诗人很俏皮地用了"祸起"二字，正话反说，也算是"幽"伏羲皇爷一"默"。

在甘肃天水的伏羲庙，挂有"一画开天"的匾额，其意蕴是，伏羲氏在质朴、简易、不带任何框框的原始思维状态下，经过不断探索和深层次的考察，从具体的事物中抽象出阴和阳这两个最基本的元素，并用"八卦"这种特殊语言表达出来，揭示出自然万物的生成法则、演化规律，从而开启了人们认识世界的闸门。

"无端凿破乾坤秘"，在西方也有类似事例。黑格尔说过："亚当和夏娃在从知识树上摘食禁果之前，都赤裸裸地在乐园里到处游逛。但是，一旦他们有了精神的意识，意识到自己的裸露，就感到羞耻。"

诗人也好，哲人也好，在这里只是"戏说"凿破鸿蒙、实现文明发展的进程，绝对没有否弃社会进步的意思。这一点，读者诸君该是尽皆清楚的。

诗堪警世

蛩

范成大[1]

壁下秋虫语,一蛩鸣独雄。
自然遭迹捕,窘束入雕笼。

夜幕降临,墙根处秋虫乱语,随处都能听到蟋蟀("蛩")的鸣声,就中有一只叫得特别雄强豪壮,其自鸣得意、趾高气扬之态,宛然如见;结果被人们按迹寻踪,捕获到手,陷身雕笼之后,现出一副惶悚、颓靡的窘态,再也没有半点生气了,这同被捕入笼之前,形成鲜明的对比。诗中形象生动,构思奇巧,而且寓意深刻,颇有警世作用。

解读本诗,人们会很自然地联想到《庄子·徐无鬼》篇讲的"骄猴中箭"的故事:吴王渡过长江,登上一座猴山。群猴看见人来,都惊慌地逃到荆棘、丛林中。只有一只猴子,不甘寂寞,在吴王面前,尽

---

[1] 范成大(1126—1193),号石湖居士。绍兴年间进士。政绩颇著,曾使金,不畏强暴,刚直有气节。工诗,为"南宋四大家"之一。

情卖弄灵巧的身手,结果,在众箭齐发下,骄猴被射死了。这同诗中那个"鸣独雄"的秋蛩,恰好是一对"难兄难弟"。范氏此诗,可以看作是庄学一解。童蒙读物《增广贤文》中,也有"枪打出头鸟"之句,与此同义。这里所讽刺、所鞭笞的,是那些骄横跋扈、意态狂豪、逞才露己、肆意张扬者流。堪称是地地道道的警世恒言。

与此相关,从正面的意义上,还可以引申到韬光养晦、藏锋不露和以柔克刚、谦卑自抑的人生智慧方面。《道德经》《庄子》等古籍中,关于这方面的论述很多。老子有言:"江海之所以能为百谷王者,以其善下之,故能为百谷王。""后其身而身先,外其身而身存。""兵强则灭,木强则折。""揣而锐之(锋芒毕露),不可长保;金玉满堂,莫之能守;富贵而骄,自遗其咎(自取祸患)。功遂身退,天之道。"庄子反复告诫,处兹乱世,应该"自埋于民,自藏于畔",即便才德出众,也要形同无知,大智若愚,像是无知的婴儿一样;真正做到"行贤而去自贤之行","恬淡寂漠,虚无无为"。

祸莫大于不知足

偶　事

范成大

出处由来不系天,痴儿富贵更求仙。
东家就食西家宿,世事何缘得两全!

诗人首先指出,人生的境遇如何,要靠着个人去努力争取,从来都不是天生命定的。接下来,话锋一转,说虽然要靠自身努力争取,但也必须从实际出发,不能异想天开,不着边际,更不能欲望无边,贪得无厌。世上有一类于世事懵懂无知的"痴儿女",要钱有钱,要势有势,什么名利、地位都有了,却仍然不知止足,还幻想成仙得道,长生不老。正像古书《风俗通》中所说的,齐国有个女子,东西两家都向她求婚。东邻豪富,但其子弟丑陋,西邻男子漂亮,家里却很困顿贫穷。世事没有两全,总须做出取舍。可是,这个齐国女郎,在面临抉择的情况下,不是权衡得失,任择其一,而是兼收并蓄,两下通吃,竟要同时嫁给两家,在东家享受锦衣玉食,和西家的靓男睡在一起。

什么便宜都想占,哪一样也不肯放手。

  针对"人心不足蛇吞象",贪得无厌,欲壑难填的现实,古代哲人老子发出警告:"罪莫大于可欲,祸莫大于不知足,咎莫大于欲得";庄子在《盗跖》篇,也借助知和之口,告诫世人:"平为福,有余为害者,物莫不然,而财其甚者也。"都是强调知足知止。知足,是就得之于外而言,到一定程度就不再索取;知止,是从内在上讲,主动结止、不要。知足,使人不致走向极端,不会事事、处处与人攀比。一个人活得累,小部分原因是为了生存;大部分来源于攀比。知止,可以抑制贪求,抑制过高过强的物质欲望。

  世上常情是:"身后有余忘缩手,眼前无路想回头。"庄子曾慨乎其言:"一受其成形,不亡以待尽。与物相刃相靡,其行进如驰,而莫之能止,不亦悲乎!"一个人的追求应该是有限度的,必须适可而止;不属于自己的东西,不能贪得无厌,穷追不舍。否则,让名缰利锁盘踞在心头,遮蔽了双眼,那就会陷入迷途,导致身败名裂的悲剧下场。

生死观的诗性表达

重九日行营寿藏之地

范成大

家山随处可行楸,荷锸携壶似醉刘。
纵有千年铁门限,终须一个土馒头。
三轮世界犹灰劫,四大形骸强首丘。
蝼蚁乌鸢何厚薄,临风拊掌菊花秋。

读过《红楼梦》的文友,当会记得第六十三回中所记的妙玉那番话:"古人中自汉晋五代唐宋以来,皆无好诗,只有两句好,说道:'纵有千年铁门限,终须一个土馒头。'"诗作者范成大确有"清新妩媚,奄有鲍谢;奔逸隽伟,穷追太白"(杨万里语)之高誉,这两句诗也真的很精彩;但若说只有它是好的,则有失偏颇。妙玉毕竟不是文学史家,"阿私所好",和她自称"槛外之人"有直接关系。

诗题"重九日行营寿藏之地",旧有注云:"此范石湖自营寿藏诗也"。这从紧列此诗之后的七律《得寿藏于先陇(祖坟)之旁,俯酬素愿,感慨交怀》,亦可看出。两诗当是其晚期作品。

重阳节这天,诗人出郊营求生圹,为诗寄慨,形象地宣示了他的生死观以及对于生命规律的清醒认识。"行营"一词有多义,此处意为营求、谋划。《史记·淮阴侯列传》:"母死贫无以葬,然乃行营高敞地"。"寿藏",亦称生圹,即生前预设坟地。

首联说的是,一瞑之后,随地都可以埋葬,要像刘伶那样旷达、超脱。楸树可做棺材;"行楸"引申义为封棺掩埋,典出晋代潘岳《怀旧赋》:"岩岩双表,列列行楸。""醉刘"指刘伶。《晋书》本传载:刘伶"常乘鹿车,携一壶酒,使人荷锸而随之,谓曰:'死便埋我。'"

颔联为全篇之枢要。说的是,豪强富胄、帝子王孙,即便拥有千年不会毁坏的铁门限(也作"铁门槛"),最终也还要乖乖地进入"土馒头"(坟墓)里。这里化用了唐代王梵志的两首诗:"世无百年人,强作千年调。打铁作门限,鬼见拍手笑。""城外土馒头,馅草在城里。一人吃一个,莫嫌没滋味。"元人散曲中也有"列国周秦齐汉楚,赢,都变做了土;输,都变做了土"之句。都是警策至极,无异于向那些疯狂聚敛、贪求无餍者击一猛掌。

颈联引佛教语。清人沈钦韩注曰:"《华严经》云:三千大千世界,依于水轮、风轮、空轮,不言金轮者,文略也。""'四大'者,地、水、火、风。《三藏法数》云:因对色、香、味、触'四微',故称为'四大'也。"佛典义理幽微,殊难语解。窃以为,两句诗的大致意思是:俗世不用说了,即便是佛家说的"三轮"世界,最终也要在"大三灾"中化作火劫的余灰;而人的形骸,这"四大和合而身生"的躯体,到头来更是要回归故土,落叶归根("首丘")。"强",读第四声,意为硬要、固执。

尾联接下来说,其实,人的尸体不过是乌鸢(乌鸦、老鹰)与蚂蚁的食物,也没有太大的必要非得封棺埋坟不可。想到这些,我们尽可以放开眼光,迎着秋风,面对菊花,拍手大笑("拊掌")了。《庄子·列御寇》篇讲,"庄子将死,弟子欲厚葬之",说:"吾恐乌鸢之食夫子也。"庄子曰:"在上为乌鸢食,在下为蝼蚁食,夺彼与此,何其偏也。"意思是,你把我封棺葬在土里,照样会被蝼蚁吃掉,没有必要厚此薄彼呀!古有重阳赏菊的习俗,"菊花秋"三字,乃是照应诗题"重九"。

这是一首典型的哲理诗,通篇都是讲述如何观照生命、对待生死包括死后遗体的处置问题。

其一,诗人的生死观与生命哲学,充满诗性的审美的思辨,蕴涵着庄禅的机锋玄邈的形上色彩。这里存在着偶然与必然的关系——佛家的"三轮"世界也好,俗世的"四大"形骸也好,同生命一样,都不过是偶然的有限的存在;而生是死前的一段过程,死去就是回归自然,回归永恒的家园,则是必然的不可移易的自然规律。

其二,生不带来,死不带去,"纵有千年铁门限,终须一个土馒头"。旧籍里还有一则韵语,讥讽那些贪得无厌,妄想独享人间富贵、占尽天下风流的暴君奸相:"大抵四五千年,着甚来由发癫?假饶四海九州都是你的,逐日不过吃得半升米。日夜宦官女子守定,终久断送你这泼命。说甚公侯将相,只是这般模样;管甚宣葬敕葬,精魂已成魍魉。"

其三,相对于精神来说,形体不过是一件存贮器;取之天地,返诸天地,万物死生均安处于天地的怀抱之中。诗人说,这样一来,就不妨像"醉刘"那样,"荷锸携壶",醉死了随地便埋。至于是喂蝼蚁还是喂乌鸢,都无所谓,没有必要厚此而薄彼。

这些深刻而透辟的哲思理蕴,诗人都是通过立象寄意,使事用典,把哲思化为可以感知的形象符号,表现为一种恰到好处的点醒。只见理趣、理蕴,而不涉理障、理语。

山行的辩证法

过松源晨炊漆公店六首(其五)

杨万里[1]

莫言下岭便无难,赚得行人错喜欢。
正入万山圈子里,一山放过一山拦。

经学者考证,松源地处皖南山区。诗人于绍熙三年(1192)在建康江东转运副使任上外出过此,晨起在漆公店举火、进餐。

诗句浅显易懂,说的是常理常情——人们走山路都有类似体验:由于缺乏思想准备,往往是过了一个山头,便以为前面是一马平川了;实际上却是过了一山还有一山,结果是空欢喜一场。说明对于前进道路上的困难要有充分的估计,不可盲目乐观,不能为一时一地的成功而沾沾自喜。

在艺术手法上,可说是异彩纷呈,令人眼花缭乱。首先,这类富

---

[1] 杨万里(1127—1206),自号诚斋。南宋绍兴年间进士。为人正直敢言,不畏权势。诗风新鲜泼辣,富有情趣,时称"诚斋体"。

有哲思理趣的诗,一般写法往往是先状实景,后发议论;而此诗却是颠倒过来,前半部是议论,后半部是描摹,生面别开,令人耳目一新。

其次,虚实相生,表里互映。表面上,写山行中的心理反应、具体感受,实际上却是寄寓一番人生哲理。翻山越岭,这是实写;而内蕴是揭示生活中的哲理——如同崎岖山路一样,人生中充满叠叠重重的艰难险阻,因而无论做什么事,都需要对前进道路上的困难做出充分的估计,不要被一时的成功所陶醉,不能盲目乐观和简单化。即事明理,这是虚写。

再次,诗中运用比喻和拟人的修辞方法。以下岭爬坡、曲折艰难比喻人生之路;而"赚得行人"与"山放""山拦",则是赋予山以人的性格、意向、行为,从而收到形象生动、妙趣横生、表现力强的艺术效果。

最后,曲折有致,变化多端。"大抵浅意深一层说,直意曲一程说,正意反一层、侧一层说"。(清代陈衍《石遗室诗话》)

为聚敛者画像

观蚁(二首选一)

杨万里

偶尔相逢细问途,不知何故数迁居?
微躯所馔能多少?一猎归来满后车。

题曰"观蚁",实是"问蚁";"细问途",意为细问于途。

诗人说,偶尔和蚂蚁在路途上相逢,看到它们一个个身后总是拖着很多东西,忍不住,我想细细地询问:你们一天到晚,为什么老是频繁地("数")搬家呢?现在弄清楚了,那并不是搬家,而是出猎归来。这样,我就更不明白了,因而再问:以蚂蚁的小小身躯,每天究竟能吃多少食物,有必要每次出外搜寻猎物,都要"后车"满载吗?古代王者出行时,后面总要跟随着大批车辆。这里借用它,状写蚂蚁获取猎物后在身后拖着走的状态,"后车"为形象说法。

本诗是诗人在对世情进行冷静观察、深入探索的基础上,采用借物抒怀的形式和寓庄于谐、旁敲侧击的手法,表达其独特的艺术感受和警策而深刻的见解。其突出特点,一是观察细致,小中见大,从细微处开掘深刻的内容,在人们不太注意的题材中发现新意,深化主题;二是寓理于事,景中见理,所谓意在言外,别有寄托;三是构思巧妙,平中见奇,以人状物,明喻与暗喻相结合。通篇运用拟人化手法,诸如"细问"、"迁居"、"猎归"、"后车"等,都是以人状物,这是明写;反过来,再以物喻人——说的是蚂蚁,而笔锋所向,却是那类不知止足、贪得无厌、疯狂聚敛的人们,这是暗写。

　　同样是写虫类,同样是以悲悯的情怀、讽刺的态度和比喻的手法,还有柳宗元的寓言体散文《蝜蝂传》:蝜蝂是一种善于背负东西的小虫子,爬行时一遇到东西就攫取过来,抬起头把东西背上去。背上东西越来越重,虽然弄得非常疲劳,还是不肯罢休。它的背很粗涩,因此,积聚的东西不易散落。这样背下去,终于跌倒地上无法起来。人们可怜它,替它拿掉背负的东西;但它只要能爬行了,又依然攫取如故。它还喜欢爬高,哪怕用尽了力气也不肯停下,一直到摔在地上跌死为止。一诗一文,异曲同工,可以参看。

织妇之苦

促 织

杨万里

一声能遣一人愁,终夕声声晓未休。
不解缫丝替人织,强来出口促衣裘。

"促织"是蟋蟀的别名。一说,因鸣声而得名。晋代崔豹《古今注》:"谓其声如急织也",形容蟋蟀的吟鸣有如织布机的声音,时高时低,十分急促;现在北方话称蟋蟀为"蛐蛐儿",也是因鸣声而命名的。还有一说,因会意而得名。古谚有"蟋蟀鸣,懒妇惊",古时妇女一听到蟋蟀的叫声,意识到秋天已至,离冬天不远了,该抓紧时间纺织,赶制冬衣。

蟋蟀畏寒趋暖,一当秋风乍起,它们就会在阶前砌下,长鸣不止。这也就意味着秋凉已至,因而许多贫民由于衣裘未备,听到蟋蟀鸣声,难免心里犯愁。诗人说,蟋蟀叫唤一声就能牵动一个人的愁肠,那么,试算一下,它们整夜不停地叫唤,那又该令多少人忧愁呢!

诗句接下来,由叙述转为议论:这些扰人的蟋蟀,一点也不替啼饥号寒的劳苦农民着想,它们既不能做茧抽丝,更不会替人们织布,却在那里一个劲地空喊,催促着缝制衣裘、缝制衣裘。"促织鸣,懒妇惊"的古谚,原意有积极作用;在这里,诗人则是做反面文章。晚唐诗人张乔,亦有《促织》七绝:"念尔无机自有情,迎寒辛苦弄梭声。椒房金屋(富贵人家)何曾识,偏向贫家壁下鸣。"同样是借题发挥,以虫喻人。比较起来,杨诗锋芒所指,似更加明确一些,是对那些不事生产劳动而只顾发号施令、逼迫人民劳作的"治人者",予以抨击、讽刺。

本诗的艺术表现手法,也颇具特点。当代学者张瑞君指出,杨万里走的是以物见理、以物觅趣的路子。读者可以想象,一位辛勤劳作的织妇,为了生存不得不夜以继日地纺纱织布,即使如此,仍然饥寒交迫,心力交瘁,悲痛难忍,而促织一声接一声的鸣叫,更加深了她的烦恼,增添了她的愁绪。于是,她发出了愤慨的埋怨:不能够替人纺纱织布,却只顾开口催促人织衣制裳。生活之无理,恰是艺术之妙理,反映出生活的苦难在织妇精神上的压力。揭露织妇的苦难,在古代诗歌中为数不少,但大多数是从自身穿衣着笔。杨万里却"背面敷粉",咏物及人,写出织妇内心的悲苦和精神的压抑。表面上看,句句写蟋蟀,实际句句写"促"与"织";无一言道及织妇之苦,但其意象鲜明,宛然可见,耐人寻味。

这里就是罗陀斯

宿灵鹫禅寺

杨万里

初疑夜雨忽朝晴,乃是山泉终夜鸣。
流到前溪无一语,在山做得许多声。

诗人说,夜宿江西广丰县灵鹫山下的禅寺,被潺潺的水声搅扰得彻夜难眠。当时,还误以为是夜间下雨了,可是,待到第二天早晨起来一看,发现天空晴朗,这才悟出终夜不息的水声,原来是山泉奔注、流淌所致。说到这里,诗人的谈锋陡然一转:那么,你就一路轰鸣下去也还罢了,谁知流到开阔的前溪,却又寂然无声,不像在山里那样响声一片,喧闹不停。

从字面上看,本诗描写的对象是山泉;其实,此间弦外有音,别具深意,诗人着眼于讥讽某些入仕从政的官员。

读者很容易从山泉"在山"时的喧嚣作声和汇入"前溪"后的寂然无语,联想到社会上一种常见的现象——某些为官者,在他们还没有入仕,或当政坛失意之时,踌躇满志,雄论滔滔,满是一副生不逢时、怀才不遇的牢骚,或者侈谈一些治国理政、致君泽民的宏伟抱负;可是,一当入朝执政,权柄在手,便全然忘却当初的承诺,或者尸位素餐,毫无建树;或者学乖弄巧,缄口不言,唯恐触犯时忌,心安理得地做起太平官来。看得出来,当初在野时的清谈,不过是唱唱高调,做做样子。

如果公元前的奴隶作品《伊索寓言》,通过宗教经典途径,那时已经传译到中国,博览群书的诗人,也许会联系到寓言中那个惯说大话的运动员——极力吹嘘在罗陀斯岛上跳得很远很远,说凡是在场的人都能为他做证。于是,有人说了:"用不着找什么证人,这里就是罗陀斯,你就在这里跳吧!"是呀,罗陀斯随处都在,"是骡子是马,当场遛起来看"。同样,那些待位大员,也不必徒逞雄辩,夸夸其谈,有本事亮出来好了,用不着"在山做得许多声"!

全诗采用象征、隐喻的手法,形象鲜明,下笔如刀,把那些说空话、唱高调者的华丽外衣剥得精光,使其本相毕露,难以遁形。

江湖味　故乡情

湖上寓居杂咏(十四首之一)

姜　夔①

荷叶披披一浦凉,青芦奕奕夜吟商。
平生最识江湖味,听得秋声忆故乡。

诗人寓居杭州西湖,落魄失意,生活困顿,心中充满凄苦、悲凉的意绪。当时写了一组七绝,此为第一首。

诗人首先以比兴手法,即景写情,说:时当秋日,眼中所见的是西湖里的残荷,只剩下一柄柄稀疏的败叶,在秋风中纷披、散乱地飘动;而耳边所闻的则是岸畔的青芦临风摇荡时发出的萧飒、凄凉的声响——这分明是带有凄厉、肃杀之气的商音啊!"奕奕",形容忧愁的样子。"商",古代五音宫商角徵羽之一。《礼记·月令》:"孟秋之月,其音商。"商音凄厉肃杀。

---

① 姜夔(约1155—约1221),号白石道人。一生不仕,往来大江南北,过着清客生活,晚年旅食浙东、嘉兴、金陵间。擅长诗词,尤工七绝,能自度曲。

接下来，诗人用赋体直抒胸臆，说：我这辈子，一直漂泊天涯，是最清楚江湖沦落的辛酸况味了，所以，每当听到萧瑟的秋声，就会不由得想起遥远的故乡。诗中意境深远，情思摇曳，句句感伤，语语含情，后世一些怀才不遇、浪迹天涯的人读来，当会情不自禁地怆然泣下。

这种情怀与笔墨，固然由其境遇偃蹇，所如不偶，终身沦落使然；同时也和他的性格、品性有直接关系。范成大谓其"翰墨人品皆似晋宋之雅士"。明人张羽《白石道人传》曰："（姜夔）性孤僻，尝遇溪山清绝处，纵情深谐，人莫知其所入；或夜深星月满垂，朗吟独步，每寒涛朔吹，凛凛迫人，夷犹（从容不迫）自若也。"

本诗意蕴，可以"江湖味、故乡情"六字概之。正由于它所书写的，不是事乃是心，不是景乃是情，不是遇乃是境，因而应从荷叶、青芦等兴象中，体察诗人栖隐江湖的凄清情境，咀嚼远离家乡、辛酸寂寞的清苦况味，如此，则庶可把握诗中真髓。

青山依旧在

水口行舟

朱 熹[①]

昨夜扁舟雨一蓑,满江风浪夜如何?
今朝试卷孤篷看,依旧青山绿树多。

诗人逼真地书写了舟行江上的一段见闻感受与情绪变化。

诗中说,昨天夜里,漆黑的江面上,突然间落下了一场大雨,扁舟一叶剧烈地飘摇着;当时不免有些担心:这满江的风吹浪吼,波涛滚滚,到处危机四伏,前路会不会遭遇什么不测的风险呢?待到雨止风停,天光大亮,卷起船上的帆篷一看,结果欣喜地发现,两岸青山绿树依旧,风光秀美如常。一种化险为夷的欣慰之情,跃然纸上。

读到这里,有似曾相识之感。想了想,原来,早些时候,女词人李清照的《如梦令》有过类似的描画:"昨夜雨疏风骤,浓睡不消残酒。

[①] 朱熹(1130—1200),宋高宗绍兴年间进士,著名理学家。学问深邃,富于文学修养,对诗文有独到见解;诗清新活泼,颇具特色。

试问卷帘人,却道海棠依旧。知否,知否?应是绿肥红瘦。"与女词人所表达的惜花心绪不同,朱夫子诗中乃是透过雨夜行舟的一番经历,揭示出人生境遇的一种体悟,寓有浓厚的理趣。

这是诗人舟行生活中的亲身经历,却又是一番感时寓意之作。史载,南宋"庆元党禁"中,理学家朱熹等五十九人被列入"伪学党",通缉在案。在政局动荡、学禁最严峻的庆元三年初,朱熹和他的学生黄千等,从闽北乘船南下古田,抵达邵武县东南的水口。此诗就是那个时候写成的。

诗中蕴涵着丰富的哲思理蕴:人生道路不会总是一帆风顺,当身处困境的时候,应该勇于应对,搏击风雨,这样就可以饱享胜利的乐趣。其实,生活中的风雨也好,政治上的磨折也好,看来其势汹汹,势不可挡,但是,只要能够坦然面对,坚守正义,充满信心,就一定会迎来雨过天晴,生命也定会焕发出绚丽的光彩。

诗人运用即景抒情、托物言志的写作手法,寄寓人生哲理、生命感悟,既形象生动,又富有感染力。

补益新知

观书有感二首(其一)

朱 熹

半亩方塘一鉴开,天光云影共徘徊。
问渠那得清如许?为有源头活水来。

  这是一首即兴喻理、借景抒怀的典型哲理诗。诗人借助云影天光、源头活水,形象地抒写自己研读书卷的心得体会,阐明观书以至阅世的道理。看了令人心胸开阔,情怀澄净,充满快感。
  诗中说,这个方方的池塘并不算大,不过半亩左右,可是,却清澈见底,净洁无比,像一面镜子那样敞开,天光云影一齐映在里面徘徊荡漾。若问它("渠")怎么会这样清澈、澄明?缘由说来也很简单,就是从源头那里持续不断地有活水流来。
  所谓"观书有感",正是把此情此景同读书治学欣然有得、深获教益的情形联系起来。就是说,读书治学,应该以博览之功,收会通之效,防止固蔽壅塞、思想僵化;只有持续不断地汲取新知,输送营养,充实头脑,就像源头活水源源不竭地注入方塘之中,才能豁然开朗,融会贯通,才能不断取得日新月异的进步。

当代著名学者霍松林指出,诗的后两句,当然是讲道理,发议论,但这和理学家的"语录讲义"很不相同:第一,这是对前两句所描绘的感性形象的理性认识;第二,"清如许"和"源头活水来",又补充了前面所描绘的感性形象。因此,这是从客观世界提炼出来的富有哲理意味的诗,而不是"哲学讲义"。用古代诗论家的话说,它很有"理趣",而无"理障"。

关于诗中的"半亩方塘",学界有两种说法:一说泛指;一说即福建尤溪城南郑义馆舍(后为南溪书院)之半亩塘。北宋宣和五年,朱熹之父朱松任尤溪县尉,去官后寓居于邑人郑义馆舍,七年后朱熹在此诞生。

寸阴是竞

偶　成

朱　熹

少年易老学难成,一寸光阴不可轻。
未觉池塘春草梦,阶前梧叶已秋声。

"尺璧非宝,寸阴是竞。"这首劝学诗,是对《千字文》中这句格言的诗性诠释。

首句说,年华易老而学问难成。这也就是庄子所说的"吾生也有涯,而知也无涯"。次句紧承上句说,因此,一寸光阴也不能轻易地放过。三、四两句,由议论转为形象描写:韶光过得飞快,转瞬春去秋来——还未等到枕上的池塘春草的清梦醒转过来,阶前飒然飘逝的梧桐落叶已经送来了秋声。

在写作手法上,本诗有四个突出特点:

一是,告诫年轻人要珍惜韶光,努力向学,不要年华虚掷,以至老大无成,不是空泛地说教,而是讲他自身的深切体悟。有学者考证,本诗是朱熹三十二岁那年写就的。他堪称是一位博古通今的大学问家,但是,却毫不满足,总觉得许多方面力有未逮,这从《朱子语类》一书中可以见到。本诗就是劝诫他人,兼以自勉。

二是,这种劝诫,既然是以诗的形式,就充分体现文学的特点,采用形象描写手法,但又不是为了形象而写形象,形象里融入作者的思想感情,所谓"体物写志"。

三是,把情与景有机地结合在一起,达到情景交融。像清代学者王夫之所言:"情景名为二,而实不可离。神于诗者,妙合无垠。巧者则有情中景、景中情。"

四是,诗人善于借用前人诗句中的优美形象,结合自己的深切感受来即景抒怀。诗中"未觉池塘春草梦",即用谢灵运"池塘生春草"为梦中所得的典故,既准确贴切,又意蕴深邃。钟嵘《诗品》中引《谢氏家录》:南朝宋著名诗人谢灵运在永嘉西堂,思诗竟日不就。寤寐间,忽见其从弟惠连,即成"池塘生春草"之名句。这里借喻春时,与下句的"梧叶秋声"相对。

寻源之悟

偶题三首(之三)

朱 熹

步随流水觅真源,行到源头却惘然。
始信真源行不到,倚筇随处弄潺湲。

在一般人看来,只要肯于花费时间、气力,溯流而上,寻觅溪源,这是不会有任何问题的。可是,朱老夫子却以其切身体验告诉我们,事情并非想象的那样简单。当你"步随流水觅真源"时,走啊,走啊,总算走到了溪流的尽头,却发现那儿其实并非溪水真源的所在;至于真正发源地究竟在哪里,谁也说不清楚,更寻找不到,于是,便有些惘然若失。这个时候,才悟解真正的溪水源头是行走不到的,也就是说,它是千流万派、无数泉源汇聚而成的,根本不可能一寻便得,一蹴而就。经过这么一番惕然开悟,达到别有会心,诗人便扶着竹杖,随处赏玩着潺潺流水而自得其乐了。

追踪真相,穷源竟委,人类的这种"寻源"本性,作为一种心理追求和心理满足,无疑是理论研究、科学发展的动力之源。黑格尔老人说,矛盾引导前进。人们就像追寻溪流的源头那样,时时刻刻,都鼓动着追求真理的欲望。应该说,真理有如溪流的源头,是实际存在着的;但是,要想觅得真源,又着实不易,起码应该做到两条:一是,从"万派归宗"角度看,需要总体把握,"以圆览之功,收会通之效",切忌执其一端,管中窥豹,以偏概全。二是,锲而不舍,不懈追求,铢积寸累,聚少成多,积之日久,自悟真源。诗人自己就曾有过这样的体验:穷理当"零零碎碎凑合将来,不知不觉,自然醒悟"。(《朱子语类》)

对于这首诗,有的学者做出新解:说是作者随着流水寻找溪水源头,可是走到源头却又感到惘然,因为找不到源头之水究是从何而来。由此而引出第三句的感触:世界万物之源是很难找到的。这里的万物之源,是指程朱理学的宇宙观。他们认为,世界万物由太极而生,所谓"太极生二仪,二仪生四象,四象生万物";那么,太极又是什么生的呢?是无极;无极又怎么来的呢?这就陷入了不可知论。恰如西方哲学家对人类的起源找不到答案时,便用"上帝创造了人类"来解释一样。正因为作者认为真正源头是找不到的,所以只能以"倚筇随处弄潺湲"作自我安慰来结束了。从程朱理学源头立论,言之亦自成理。

当代学者王先霈指出,诗的高境界、文学艺术的高境界和哲学的高境界是彼此重叠、彼此融合的,人生的高境界是诗与哲学的结合。朱熹的这首《偶题》,就是把哲学的诗意和文学的诗意融合在一起,人生的奥义在于某种终极性的追求,在于这种追求的过程性,把眼前一切活动与终极目标链接,倚着手杖,面对无尽地流淌的溪水沉思,面对不断变幻的世相沉思,这正是"此在"的诗意。

朱熹的哲理诗,十分耐读,手法精妙,艺术水准很高。它的妙处就在于寓理趣于形象之中。如同《国朝诗别裁·凡例》中所说的:"诗不能离理,然贵有理趣,不贵下理语。""理趣"与"理语"不同。"理语"是在诗中说理,是抽象的,议论式的;而"理趣"是运用形象来表达含蓄的道理,是趣味的,是诗性的,如盐溶于水,可以品味,却不见形迹。

涵泳工夫

读　书

陆九渊[①]

读书切戒在慌忙,涵泳工夫兴味长。
未晓不妨权放过,切身须要急思量。

诗人说,读书时最戒忌的是贪多求快,匆匆忙忙,一瞥而过;应该细细品味,慢慢消化,反复揣摩、研索,鉴赏、比较,这样才能真正理解书中奥义,同时也能培养起审美的兴味与情趣,体会出文字中更多的妙处。对于不懂的地方,不妨暂时放过,不必死死抠住不放,随着读书渐多,理解能力增强,难解之处自会逐渐理解。"切身"一句,学界有多种不同的解法:一是,读书固然不必求急,但是,如果是关乎切身的事,那就需要尽快地思考了;二是,为了形成自己的思想,这就需要抓紧进行深入的思考了;三是,对于切合自己实际,和自己的观点

[①] 陆九渊(1139—1193),号象山。南宋乾道年间进士。著名理学家、思想家和教育家,宋明两代"心学"开山之祖。

"碰撞"出火花的,必须"急思量","兔起鹘落",迅速鉴别、吸纳,从而丰富自己的思维成果。

《孟子·离娄篇》有言:"君子深造之以道,欲其自得之也。自得之则居之安,居之安则资之深,资之深则取之左右逢其原(源),故君子欲其自得之也。"大意是:君子依循正确的方法来加深造诣,就是要求他自觉地有所得。自觉地有所得,就能够掌握牢固;掌握得牢固,就能够积蓄深厚;积蓄得深厚,用起来就能够左右逢源,所以君子总是要自觉地有所得。之所以"戒慌忙"、"要涵泳"、"急思量",根本目的就是"欲其自得之也"。

题曰"读书",意在讲授个人"欲其自得"的切身体会,其中最关键的是"涵泳工夫",意为沉浸书中,涵咀意蕴,细细品味,慢慢消化。古人对此极端重视,论述颇多。朱熹认为:"涵泳玩索,久之当自有见","学者读书,须要致身正坐,缓视微吟,虚心涵泳,切己省察"。又说:"大抵读书,先须熟读,使其言皆若出之于吾之口;继之精思,使其意皆若出之于吾之心。然后,可以有得耳。"清代学者王夫之的经验是:"熟绎上下文,涵泳以求其立言之指(旨),则差别毕见矣。"而曾国藩则讲得更为形象、生动:"涵泳者,如春雨之润花,如清渠之溉稻","如鱼之游水,如人之濯足","善读书者,须视书如水,而视此心如花、如稻、如鱼、如濯足,则涵泳二字庶可得之于意之表也"。

后来更把涵泳工夫,广泛地运用于诗文评论和鉴赏中。鉴于艺术作品言理叙事,常常并非质直言之,而是采用比兴手法、隐喻、暗指,所谓"兴发于此而义归于彼",仅仅依靠理性判断有时难以奏效,因而需要沉潜其中,反复玩索、体味,以求获得个中三昧。

甘瓜苦蒂　物无全美

寄　兴

戴复古[①]

黄金无足色，白璧有微瑕。
求人不求备，妾愿老君家。

诗中以一位女子的口气，讲述一番深刻而又实际的处世量人道理。首先从黄金不会成色十足、白璧难免有小的斑点领起，引出对人也不应求全责备的结论，所谓"金无足赤，人无完人"。正是由于这位女子能够站在这样的高度来认识问题，所以，对丈夫的不足能够给予谅解，并且表示愿意与他白头偕老。

这是一首寄怀深远的寓意诗。诗人托意寄兴，实际是借题发挥，阐释识才、用才之道，对象是执掌铨衡的人。这里的"君家"乃一语双关，表面上是指夫家，实际上讲的是君王之家。旧时的士子都是

[①] 戴复古(1167—?)，一生不仕，曾向陆游学诗，语言通俗自然，是"江湖派"诗人中比较突出的一位。

"学成文武艺,售与帝王家"。大前提是需要取得君王的信任。

古代的哲人墨子有一句名言:"甘瓜苦蒂,天下物无全美。"人才也不例外。世上本无完人,因此,应该善用人之所长,而勿苛责其短。果能如此,则大批人才就会为知己者竭诚效力。

辩证法告诉我们,一切事物都在发展的过程中,从这个意义上说,都具有不完美性。我们可以也应该尽量追求完美,并逐步向完美的方向发展,但要一蹴而就,实现绝对完美无缺的境界,却无论如何也办不到。硬要苛求,势必演化成为闹剧,以至惨剧、悲剧。

美国著名作家霍桑的短篇小说《胎记》,写一位有高超幻想力的科学家爱尔默,娶了个美貌如花的妻子乔治娜,灯前对坐,"娇花"悦眼,自是欢愉不尽,但他却总觉得有一桩心事耿耿不能去怀。原来,乔治娜左颊上长了一个特殊的嫣红斑痕——胎记,尽管很小,但在这位惯于追求完美境界的科学家看来,总是破坏了美的魅力。他煞费苦心,想把妻子的可爱面颊改善得十全十美,毫无瑕疵。他曾研究出一种除斑的外用药剂,涂在妻子脸部的胎记上,但未能奏效;于是,又使用一种内服的强效药液,帮助妻子除治小小的斑痕。这种药的效果果然显著,胎记正逐渐变淡、褪色。可是,随着胎记的最后一丝红晕从面颊上消失,那个堪称"十全十美"的绝代佳人的最后一口气,也散入青冥,化为乌有了。

即便没有酿成人间惨剧,求全责备的后果也往往不妙。道理在于完美无缺的境界,好似一个封闭的系统,即使真的实现了所谓"止于至善"的完美无缺,那也只是表明,事物再也不能向前发展了,新陈代谢的功能失去了,生机活力也就到此终结了。

诗文最忌随人后

论诗十绝(选一)

戴复古

意匠如神变化生,笔端有力任纵横。
须教自我胸中出,切忌随人脚后行。

题目称为"论诗",自然是就诗歌的创作规律、艺术技巧进行论证,发表见解,提出要求。

作者指出,诗歌的艺术构思过程是神奇超妙,变化多端的。当其时也,诗人展开浩瀚的文思,发挥超妙的想象力,意象新奇,出神入化,下笔遒劲,纵横如意。作者在这里突出强调,写诗必须提倡独创性,要炉锤在我,独具匠心。"意匠如神"也好,"笔端有力"也好,一切都须出自自我胸中;而且,诗文最忌随人后,蹈袭固有的窠臼,跟在别人后面爬行,是平庸无能的表现。

立论的核心所在,是写诗必须有真情实感,必须表现创作个性。自古以来,我国的诗论就主张,诗言志,诗缘情,情动于中而形于言。

以此为圭臬,后代诗人反复强调:"自把新诗写性情","提笔先须问性情","天性多情句自工"。诗人内心有了真情实感,才有创作构思的依凭,才能具备"源头活水"。而性情是与个性紧相联结的。"心灵人所自有而不相贷"(王夫之语)。所以,每个诗人都须强调"著我"。清人张船山说:"诗中无我不如删"。袁枚说:"作诗,不可以无我","有人无我,是傀儡也"。如果不是"自我胸中出",又何来个性,何谈有我?

上竿难

咏缘竿伎

曹 豳[①]

又被锣声送上竿,者番难似旧时难。
劝君着脚须教稳,多少旁人冷眼看。

从字面上理解,这首诗是献给做杂技表演的爬竿艺人的。诗人关切地说,一阵急促的锣声,又把你送上了高竿,依我看,者(这)番攀高可比过去难上加难了。奉劝你千万要小心谨慎,每一脚都要放稳,须知,无数人正在下面冷眼旁观呢!

实际上,却是采用借喻手法,假托"咏缘竿伎"之名,以诗相赠一位出征的将领。史载,儒将赵葵早年随父抗金,多有建树。南宋理宗端平元年,朝廷议论收复三京(东京开封、西京洛阳、南京应天府),他便上疏请战,获得批准。在出征饯别会上,曹豳赋此诗为赠。

[①] 曹豳(1170—1249),南宋嘉泰年间进士。入仕四十余年,直言敢谏,廉正不阿,有"爱国诗人"之誉。

他深知此行所面对的敌人,是比金兵更加凶悍的蒙古骑兵,所以说"者番难似旧时难"。诗人本着强烈的爱国赤诚和深切关怀的情愫,忠告小他十六岁、雄心勃勃的赵葵,要他一定慎重对待,切莫麻痹轻敌,同时还要防备那些投降派恶意陷害,伺机反扑。事态发展的结局,果然未出所料,其时正值酷热的雨季,汴河堤坝溃决,洪水泛滥成灾,军粮运送没有跟上,以致遭受重创,溃败而归。赵葵本人受到降职处分。

即便是不联系这段史实,单是就诗论诗,也可以从这充满哲思理蕴、富有警示作用、形象生动的词句中,获得深刻的教益。

好花看到半开时

再和熊主簿梅花十绝(选一)

刘克庄[①]

色深乍捣守宫红,片细俄随蛱蝶风。
到得离披无意绪,精神全在半开中。

《后村诗钞》中,此诗题下原有小注:"(熊主簿)诗至,梅花已过,因观海棠。"熊主簿,身世不详,从诗题中得知,曾作过梅花诗,刘克庄与之唱和。但因梅花已过,此诗便改吟海棠。

前两句,描写海棠初放时的深红花色,刻画海棠花渐渐展开的形貌。但并非一般的叙述,而是进行形象描绘,且是动态性的:深红的花冠血色朱殷,宛如守宫红一般。古人捕捉壁虎,饲以朱砂,捣烂作深红色,制造一种药物,名"守宫红"。这里用以形容海棠花色。诗

[①] 刘克庄(1187—1269),号后村居士。宋淳祐六年,特赐同进士出身。不畏权贵,大胆直言,仕途上几经波折,先后被罢黜四次。诗受陆游、辛弃疾影响颇深,多感慨时世之作。

人用字十分考究,海棠色深后面用了一个"乍"字,表明是初放。接下来说,细细的花瓣迎风颤动,像是很快就会随着蝴蝶飞开似的,蝴蝶前面又用了一个"俄"字,说的是变化俄顷。

在着意铺陈、描写,蓄足了气势的基础上,三、四两句顺势转为议论,说半开的海棠精神俱足,最是招人喜爱,耐人寻味,含有余不尽之意;而一当它勃然盛开,花片便会离披而分散下垂,那就了无意绪了。"精神全在半开中",为全诗之主旨。

诗中通过形象刻画、艺术描写,意趣盎然地展现了一种深邃的哲学思想。中国古代哲人提倡"致中和",讲究适可而止,不为已甚,反对走极端;讲究有余不尽,留有余地,反对过满过溢。北宋理学家邵雍诗中,有"美酒饮教微醉后,好花看到半开时;这般意思难名状,只恐人间都未知"之句,寄怀深远。中外美学家也有"不到顶点"的说法,对此,德国文艺理论家莱辛做过充分而准确的阐释:"在一种激情的整个过程里,最不能显现它的好处的莫过于它的顶点。到了顶点就到了止境,眼睛就不能朝更远的地方去看,想象就被捆住了翅膀。"

官场中的"恐高症"

登六和塔

李宗勉[1]

经从塔下几春秋,每恨无因到上头。
今日始知高处险,不如归去卧林丘。

诗中说,多少年来,常常从杭州钱塘江边的六和塔下经过,总以找不到因由攀登上去为憾。今天总算有机会爬上去了,心中自然欣喜不置。可是,俯身往下一看,离地竟有那么高,觉得实在是太危险了。这时候才意识到,与其凭险登高,提心吊胆,倒真不如回去安卧林泉、脚踏实地为好。

诗人通过登六和塔这一日常生活细事,隐喻宦海浮沉,身居高官显位承受着巨大的风险,随时都面临着覆舟之惧。应该说,患这种"恐高症"的人,绝非孤立的个例,而是反映了封建士大夫的普遍心

---

[1] 李宗勉(？—1241),南宋开禧元年进士。居官严守法度,乐闻谠言。虽身居台辅,而家类贫士,时人誉之为"公清之相"。

理。宋人李若拙针对为官不易、做人实难,作《五知先生传》,谓做人当知时、知难、知命、知退、知足。时人以为真知智见。明朝进士许相卿,多次上书朝廷,针砭时弊,均不见用,遂归隐湖山,课耕力食。他有一句警语:"富贵怕见花开",意谓"已开则谢,适可喜,正可惧"。

当然,对于李宗勉的说法,有些人也未必认同。同样是登塔,同样也在浙江,清人郑赞元的诗,就抱持另一番见解:"隔水遥瞻最上层,俯涵波影亦崚嶒。昂头已近青云路,奋翮何人快早登。"关于他的身份,地方志记为"邑人",看来属于隐居乡野,未曾入仕之逸士,缺乏上列李、许诸公的切身体会,如同他自己所写的:"隔水遥瞻最上层",因而也就谈不上对于仕途、官场有什么戒惧了。

珍重未圆时

十四夜观月

林一龙[①]

只隔中秋一夕间,蟾光应未少清寒。
时人不会盈虚意,不到团圆不肯看。

诗中说,本来,离中秋只隔着一晚,按说,清寒的月光(传说月亮里有蟾蜍,故称"蟾光"),原本少不了许多。只不过世人不懂得事物盈虚消长、圆缺变化的道理,只愿赏识已成圆满的东西,因而不到月亮十分圆满,就都不肯去观看。其实,月盈则亏,物极必反,一切圆满的东西,都将转化为不圆满,倒不如在未圆之时来赏月,抱着期待、渴望、追求的心理,那才是更有意味、更有价值呢!

所谓"盈虚意",我们的老祖宗是看得最清楚的。《周易》中有"日中则昃,月盈则食,天地盈虚,与时消息","不可以盈,故受之以

[①] 林一龙,南宋咸淳年间进士。官至史馆检阅。性耿直,乐道人善。

谦"的警示。告诉我们,事物发展到一定程度,就会向相反的方向转化。大文豪苏东坡深谙此理,有词云:"月有阴晴圆缺,人有悲欢离合,此事古难全。"又说:"盈虚者如彼,而卒莫消长也"。——这样两相映照,就认识得全面了。

说到"观月",宋初的德聪和尚有这样一首禅诗:"轩前辘轳转冰盘,轩里诗成彻骨寒。多少人来看明月,谁知倒被明月看。"本诗有显、晦两层意蕴。显的意蕴,是说地上的人们热心地观赏着明月,而天上的明月,却在静默无言地俯视着众生。这已经带有禅的意味了;但不止于此,还有个如何观月的问题,这一点,诗人并未挑明,属于隐晦意蕴。观月,存在着迷、悟之分:迷则月我相悖,悟则月即吾心。在悟者眼中,明月就是一颗清澈明净的本心,心阴则月阴,心晴则月晴,心圆则月圆,心缺则月缺。月色如何,皆随汝心。苏东坡有言:"菊花开时乃重阳,凉天佳月即中秋。不须以日月为断也。"篱畔的菊花绽放了,有了重阳节的氛围,就当是九月九好了;"天凉好个秋","银汉无声转月盘",你就赏月好了,何必偏要等着八月十五呢。有菊花就是重阳,有月光就是中秋。可见,心与月从来没有远离过。

人生境界

看 叶

罗与之[①]

红紫飘零草不芳,始宜携杖向池塘。
看花应不如看叶,绿影扶疏意味长。

这是一首即景咏怀的佳作。诗中透过绿暗红稀、芳华消歇的自然景象,以一种略带感伤的情调,展示步入老境的人生况味,显现寄至味于淡泊方能持久的哲思理蕴。

诗人笔下是一番晚春景象:姹紫嫣红的繁花,已经纷纷凋谢了,路旁的青草也失去了往日的芳馨。这个时节,倒是适合携着手杖,朝着池塘走去,那里的清波映着绿叶扶疏的青林倒影,才真是称得上韵味悠长哩!"携杖"二字,暗示着人已濒临老境。

"暮年心事一枝筇"。对于老年人来说,象征春天的青春早成旧

[①] 罗与之,南宋诗人。因累试不第,遂归隐林泉,潜心性命之学。诗以风情胜。

梦,只有付诸余生忆想了。此刻,心性渐趋宁静,不再像从前那样,对于鲜花着锦、烈火烹油般的景象有着浓烈的兴趣,倒是觉得清波倒影,绿树荫浓,更是惬怀适意,所以用了"始宜"二字。当然,说是"始宜",终究带上了丝丝怅惘。不是吗?本来,溪水无心地流淌着,不涉人情,无关世事,可是,原本积极入世的孔老夫子溪旁闲步,看在眼里,却蓦然兴起岁月迁流、"逝者如斯"的慨叹。应该说,这也是人情之常啊。

"看花应不如看叶",这里含蕴着人生至理。繁花似锦,容易凋谢,而活力充沛的绿叶婆娑,则比较长远,而且同样能够给人以美感。如果跳出自然景观,扩展到社会人生层面,前人有"寄至味于淡泊"、"绚烂归于平淡"的说法。淡泊也好,平淡也好,都是一种人生境界,一种生存方式,反映出一个人内在的襟怀与外在的风貌,集中地表现为一种人生追求,精神涵养。这种宁静与淡泊,会使人显示智慧的灵光、超拔的感悟,以"过来人"的清醒与冷静,对客观事物作静观默察,持超拔心态。平淡不是消沉,乃是修养已深,思想和见解均已成熟,归返纯粹自然,而无丝毫做作。

其实,情注绿叶,也不只限于老年人,诗人一向是兴味盎然的。"春风取花去,酬我以清阴","绿树阴浓夏日长","梅花一时艳,竹叶千年色",都是脍炙人口的名句。而本诗由于作者在大自然中巧妙地捕捉到一种极为普通的意象,以含蓄深沉的笔调,表现出回归于平淡生活的独特感受,进而阐发出深刻的哲思理蕴,读来尤觉意兴悠然,耐人寻味。

陶然忘机

池　荷

黄　庚①

红藕花多映碧栏,秋风才起易凋残。
池塘一段荣枯事,都被沙鸥冷眼看。

　　作为咏物诗,开头两句,实写红荷盛开,繁花似锦和秋风乍起,落英委地,显现自夏至秋的季节更迭。面对这一变化过程,古往今来,诗人们一般都是联系社会人生,从青春已逝、繁华不再、人生易老、胜景无常角度,持感叹、悲伤、悼惜的态度。而黄庚却是别开生面,另辟新路,抛开池荷这一意象本身,去做旁观者的文章。三、四两句说,发生在池塘中的这一段花开花谢的荣枯故事,全都被池旁闲立的沙鸥冷眼旁观了。在这里,沙鸥被拟人化,似乎既有感知,又有领悟。那么,它究竟感知到什么呢?诗人却略过不说,交给读者去领悟。

---

① 黄庚,出生于宋末,入元未仕,放浪江湖,平生豪放之气发而为诗文。

在古代诗文中,沙鸥总是被文人骚客作为主体感情或情结的外在表现,亦即所谓意象,纳入作品之中。那么,沙鸥代表着一种怎样的标格、气质、形象呢?概言之,就是逍遥自适、冷对世情、远离尘网、陶然忘机。这有流传广远的历代诗文可资鉴证。诸如:"物我俱忘怀,可以狎鸥鸟"(江淹);"久被浮名系,能无愧海鸥"(刘长卿);"除却伴谈秋水外,野鸥何处更忘机"(陆龟蒙);而发抒得最充分、最明确的,还是陆游以"鸥"为题的七绝:"海上轻鸥何处寻,烟波万里信浮沉。今朝忽向船头见,消尽平生得丧心。"

弄清了这一点,我们再来探究"都被沙鸥冷眼看"的情事或者它所感知的内蕴就比较容易了。这个余地很大,可以作多方面解读。在沙鸥这个旁观者看来,四时更迭,草木荣枯,花开花落,全属自然现象,无关乎人事,用不着人们随之而欣喜悲伤、移情遣兴;再引申一步,世间盛衰成败,人生穷通寿夭,不以个人意志为转移,完全可以看轻看淡一些;而堪笑亦堪怜的,是那么多人竟然围绕着蜗角虚名、蝇头微利,拼搏终生,直至髓尽血枯。

在有意无意、然然否否之间着墨,含蓄、蕴藉,寄怀深远,正是本诗的妙处。

戒　虚

题　壁

无名氏

一团茅草乱蓬蓬,蓦地烧天蓦地空。
争似满炉煨榾柮,漫腾腾地暖烘烘。

这是一位无名诗人题写在石壁上的咏物诗。诗句通俗易懂,讲述的也是极为平常的现象,可是,却引起了诸多名家的关注。《宋诗纪事》引《许彦周诗话》云:"宣和癸卯(宋徽宗宣和五年),仆游嵩山峻极中院,法堂后檐壁间,有诗云云。其旁隶书四字云:'勿毁此诗。'寺僧指示曰:'此四字,司马相公(当是指司马光)亲书也。'"

诗人以形象化的语言,描绘了人们常见的两种事物:茅草燃烧时,红红火火,烟气腾腾,但转眼间,便烟消火灭,空无所有,所谓一哄而起,一哄而落;而火炉里慢慢燃烧("煨")的树根、木块("榾柮"),却能持续较长时间,而且热量很大。诗人用"争(怎)似"二字下了结论:看来,茅草是无法与之相比的。

"看似寻常却奇崛",诗中蕴涵十分丰富。它使我们联想到人情世态中的浮躁与扎实、短暂与持久、表象与本质等诸般道理,从而领悟到:应该老实做人,认真处事;重视实际,不务虚名;关注长远,循序渐进;勿为表面红火、虚假繁荣、瞬时荣耀所迷惑。

一失足成千古恨

油污衣

无名氏

一点清油污白衣,斑斑驳驳使人疑。
纵饶洗遍千江水,争似当初不污时。

诗中讲述的是尽人皆知、世所公认的事实:一点点油污黑渍,弄脏了洁白的衣裳,斑斑驳驳、花花点点,让人们无限地烦恼、疑虑。因为一经污染,纵令你用尽了千江清水反复漂洗,也不可能再像当初未被污染之时那么洁白,那么纯净。

这首即兴咏怀的短诗,语言通俗,作者失载,却颇有来头。宋代知名学者洪迈在其名著《容斋随笔》中,曾予引用,并附小序,说他十岁时,过衢州白沙渡,见岸上酒店败壁间,有这首题诗,觉得"殊有理致","甚爱其语,今六十余年,尚历历不忘,漫志于此"。到了清代,大诗人袁枚又把这首诗录入《随园诗话》(个别字有变化)。因而传播甚广。

现在,我们就来考究洪迈所说的"殊有理致",究何所指。作者着意之点,当是教人慎重立身行事,万勿失足,以免抱恨终身。前人有诗句云:"一失足成千古恨,再回头已百年身",警戒世人要慎重自持,防微杜渐。古圣先贤讲得就更严格了,提出要"正心诚意","吾日三省吾身","戒慎乎其所不睹,恐惧乎其所不闻。莫见(现)乎隐,莫显乎微,故君子慎其独也"。强调修身做人应从细微处入手,小节不拘,终累大德。当然,也还需要加说一句:万一不慎犯了错误,做了错事,也不应就此消沉下去,自暴自弃,"过而能改,善莫大焉"。

膏火自煎

麝 香

秦　略①

山麝逃风远谷藏,一山行过四山香。
脐堂自养千钧弩,枉怨虞人鼻孔长。

本诗以隐喻手法,形象地宣扬了老庄藏锋自保、韬光养晦的思想,寓意深长,富含哲理。

诗的喻体为山麝,通称香獐子。这是一种哺乳动物,形体似鹿而小,雄麝肚脐与生殖器之间,生有腺囊,能够分泌一种能发出特殊香气的麝香,为名贵香料与药材,因而经常遭到虞人(古代掌管山林之官,亦主苑囿田猎。这里指狩猎的人)的捕杀。

诗人说,山麝由于身上带着一种异香,因而时刻担心会被风传送出去遭到猎杀,于是,逃进深山远谷之中躲藏起来。但是,这种香气

---

① 秦略(1161—1227),金代诗人。屡试不第,年四十即不就举选,终身以诗为事。其诗尚雕刻,而不见斧凿痕迹,颇有自得之趣。

是掩藏不住的,一麝穿行,四岭皆香,最后还是被嗅觉灵敏的猎人嗅到了,仍然逃脱不了悲惨的命运。猎人的贪婪与狠毒,确也遭人恨怨,但致祸的根源还应在香獐自身上寻找。正是由于它的身上藏有特别贵重的香料,从而导致杀身之祸,这无异于在自己的肚脐眼内安置了千钧强弩,随时随地都埋伏下杀机。这么说来,也就无须怨恨狩猎者嗅觉灵敏,鼻孔太长了。

而种种喻体,最后的落脚处,往往都是现实社会中的人。中国古代哲人早就观察到了这种现象。《春秋左传·桓公十年》记载:初,虞叔有玉,虞公求旃(之)。弗献(不想给)。既而悔之,曰:"周谚有之:'匹夫无罪,怀璧其罪。'吾焉用此,其以贾害(致祸)也?"乃献之。

《庄子》中也讲:"山木自寇(山木成材,自讨砍伐)也;膏火自煎(油脂可燃,遭受熬煎)也;桂可食,故伐之;漆可用,故割之。"

这与本诗中的香麝"脐堂自有千钧弩",寓意是相同的。

为此,老子提出:"塞其兑,闭其门,挫其锐,解其纷,和其光,同其尘",意思是:塞住嗜欲的孔窍,闭起嗜欲的门径,不露锋芒,消解纷扰,含敛光辉,混同尘世。《庄子·则阳》篇中,也借孔子之口讲,处兹乱世,应该"自埋于民,自藏于畔"(意为隐居不仕),"声销","陆沉"(虽在陆地,而如同沉没于水),大智若愚。

动物当然是无理智、无思想的,但出于生存本能,许多野生动物倒也表现得十分"明智"。面对人类的疯狂捕猎,它们会机敏地实施自身保护的策略。西域产牦牛,尾长而劲,当有人射猎时,它们便忍痛自断其尾。蚺蛇被人取过胆后,幸而未死者,见人便主动显示它的创处,说明已经无胆可采。有些动物善于伪装,将自己隐藏得与周围生存环境浑然一体，比如变色龙以及某些蝴蝶、鱼类等，这样，它们的猎捕者就不容易发现了。

世乱莫还乡

还家五首(其一、其五)

王若虚[1]

日日他乡恨不归,归来老泪更沾衣。
伤心何啻辽东鹤,不但人非物亦非。

艰危尝尽鬓成丝,转觉欢华不可期。
几度哀歌仰天问,何如还我未生时。

历代诗人吟咏乡情、乡心、乡梦的诗作,不胜枚举,他们所悲诉的大都是"有家归未得"、"空有梦还家"的苦痛;而此组诗却一反常情,做的是回乡反而增添痛苦,甚至后悔不该回来的反面文章。说日日夜夜盼望着回乡,恨不得立刻就踏上家中的门槛;哪里想到,回乡一看,一切都大失所望,旧日的欢乐时光("华",时光),永远也不可能

---

[1] 王若虚(1174—1243),号滹南遗老。金章宗承安二年经义进士,为县令有惠政,诗文创作尤有可观。

期望它再现了,因而"哀歌仰天问","老泪更沾衣"。此刻的心境,只能用一个"悔"字概之——不仅深悔此行,甚至连当日投生到这个世界上,都满腔悔恨:"何如还我未生时。"

一般的人,离乡日久,回来一看,常有"物是人非"之感。英国长篇小说《简·爱》女主人公回到久别的桑菲尔德府,感慨系之,留下了一句名言:"无生命的东西依旧,有生命的东西已面目全非。"人是有生命的,所以说"物是人非"。可是,诗人此刻眼前所见,却是无论人还是物,万般景象全然非复旧观,一切都破败凋零,真是:"日暮途远,人间何世!"

"辽东鹤",典出古籍《搜神记》:"辽东城门有华表,忽一白鹤飞集,言曰:'有鸟有鸟丁令威,去家千载今来归。城郭如故人民非,何不学仙冢累累!'""何啻辽东鹤",意思是,何止(岂止)像辽东鹤所感叹的——它说"城郭如故",这里却是一切都不见了,因而百倍伤怀,千般失望。

其时处于金章宗统治后期,政局混乱,官场黑暗,腐败丛生,内外交困,又赶上旱魃作祟,哀鸿遍野。状元陈载曾上疏言事,从四个方面向章宗进谏,希望加以改革:边民苦于寇掠;农民困于军需;审决冤滞,一切从宽,纵容有罪;行省官员,例获厚赏,而沿边司县,曾不沾及,此亦违和气、致旱灾之由也。王若虚家乡藁城《乡土地理》也有记载:"吾邑当宋、辽、金时代之南北咽喉,往来要冲,一动干戈,则兵马蹂躏,一横征暴敛,则人民逃亡,因之土地荒芜,人口稀少。"上列种种,印证了诗中所伤心感叹者,皆有由也。

其实,也不仅是王若虚诗作中如此记述,其他一些同时代的诗人也有类似咏怀:"辽鹤归来万事空,人间无地著诗翁"(李纯甫);"兵戈为客苦思乡,春暮还乡却自伤"(辛愿);"白骨纵横似乱麻,几年桑梓变龙沙。只知河朔生灵尽,破屋荒烟却数家"(元好问)。说的都是世乱还乡的心灵痛楚。

前蜀诗人韦庄从人生感悟角度讲:"未老莫还乡,还乡须断肠。"既然"归来老泪更沾衣",那么,际兹世乱时艰,即便是垂暮之年,为了减少心中的痛苦,也该摒弃"落叶归根"之念,而不要仓皇回故里了。

见得真　道得出

论诗三十首(选一)

元好问[①]

眼处心生句自神,暗中摸索总非真。
画图临出秦川景,亲到长安有几人?

在《论诗三十首》中,元好问以七言绝句形式,对汉魏至唐宋的主要诗家与流派,进行概括性的诗艺评论,阐发其深刻的文艺见解。本诗为第十一首,是专门评论诗人杜甫的,属于全部组诗的精髓。

诗中说,杜甫由于对生活实境亲眼观察、切身体验,能够从内心深处激发出真情实感,因而写出的诗出神入化,神采飞扬;而有些诗人却是并无现实生活的感受,只是暗中虚拟,凭空架构,从而导致作品空虚、浮泛,脱离了真实。如今画图中临摹出来秦川丽景的倒是不少,可是,又有几个人曾经亲身到过长安!诗中的"秦川",指今陕甘

[①] 元好问(1190—1257),自号遗山山人。金宣宗兴定年间进士,金亡不仕,以遗民自居,遍游名城胜迹。为金代成就最高的诗人,也是著名的散文家、历史家。

两省秦岭以北平原地带,长安居其间,擅风物之胜。

作为伟大的现实主义诗人,杜甫最重大的贡献,是使中国古典诗歌走向社会生活,走向广大人民。这和他一生始终未曾脱离社会生活实际有直接关系。他从三十五岁到四十四岁,困守长安十年,政治失意,生活困苦,使他把个人际遇同"世上疮痍,民间疾苦"紧密联系起来,这是他的创作走向现实主义的关键时期。所以,元好问的诗中特意点出长安,是确有所指的。清人宗廷辅《古今论诗绝句》中指出:"景物兴会,无端凑泊,取之即是,自然入妙。若移时易地,则情随影迁,哀乐不同,而命辞亦异矣。少陵十载长安,长篇短咏,皆即事抒怀之作也。"

应该看到,本诗的更大针对性,还是宋人在学习杜诗中,忽视现实,以模拟为能事,"暗中摸索""闭门觅句"所产生的弊端。这对于后世的诗歌创作具有指导意义。当代学者贺新辉认为,元好问在这首诗中,提出了自己关于诗歌创作的主张——诗歌不是诗人脑中凭空虚构的,而是现实生活的反映。八百年前,元氏就有这种见解,实在是难能可贵的。唯其如此,他的诗歌创作才取得了令人敬佩的成就,执当时文坛牛耳三十年,被人视为北国诗人之翘楚,称之为"一代宗工"。

真实是诗的生命。清人查慎行有一句至理名言:"见得真,方道得出。"(《十二种诗评》)为此,元好问在诗中突出强调"眼处心生",特意标举杜甫的"亲到长安"。当代学者罗海燕指出,真,包有主体自然真性与客体固有天然不期而遇、自然融合的含义。真与天然,是元氏诗美论述的纲领,也是其论诗的出发点,既追求诗歌内容的真实,又追求表现手法即艺术形式的自然。这在很大程度上是源于庄

子。"真者,所以受于天地自然,不可易也。故圣人法天贵真,不拘于俗。"(《庄子·渔父》)

冷眼观世

杂著九首(之八)

元好问

昨日东周今日秦,咸阳烟火洛阳尘。
百年蚁穴蜂衙里,笑煞昆仑顶上人。

诗人以哲学思维,从辩证的观点,慨乎其言:世事存亡莫卜、沧桑无定,昨日还是东周的天下,今天已经变成秦朝了;不过,无论如何变来变去,他们的都城洛阳也好,咸阳也好,也都一例火化烟消,成为尘土。而世人,上寿也不过百年,却是一个个整天都像蚂蚁、蜜蜂那样,在狭小的巢穴里,闹哄哄地争名夺利,百般计较,乱腾腾地尔虞我诈,血火交拼。("蜂衙"二字尤其形象:群蜂早晚聚集,簇拥着蜂王,如同旧时官吏那样,到上司衙门排班参见。)想那逍遥世外、冷眼旁观的昆仑顶上仙人,看到这种堪叹亦堪怜的世相,真得笑死("笑煞")。

接下来,说"咸阳烟火洛阳尘"。"楚人一炬,可怜焦土"(杜牧《阿房宫赋》句),"咸阳烟火",指此;而洛阳,东汉定都之后,又在原有基础上,大建宫观苑囿、楼台殿阁;纵横二十四条大街,长衢夹巷,四通八达;帝族王侯,外戚贵胄,争修园宅,竞夸豪丽;崇门丰室,洞户连房,飞阁生风,重楼起雾,极尽奢华之能事。可是,经过汉末董卓人为性的破坏,顷刻间便全部化为尘土,"二百里内,无复孑遗"。

说到"洛阳尘",人们自然会联想到洛阳城北的邙山。由于"地脉"佳美,那些帝王公侯及其娇妻美妾,一瞑之后,便都齐刷刷、密麻麻地挤进这里来安葬,结果就出现了一个特别有趣的现象:无论生前是胜利者、失败者,得意的、失意的,杀人的抑或被杀的,知心人还是死对头,为寿为夭,是爱是仇,最后统统地都在这里碰头了。像元人散曲中讲的,"列国周秦齐汉楚,赢,都变做了土;输,都变做了土。"纵有千年铁门槛,终归一个土馒头。莎士比亚在一部剧作里,专门拉出理查王二世来谈坟墓、虫儿、墓志铭,谈到皇帝死后,虫儿在他的头颅中也玩着朝廷上的滑稽剧。元曲大家马东篱在套曲《秋思》中,沉痛地点染了一幅名缰利锁下拼死挣扎的浮世绘:"蛩吟罢一觉才宁贴,鸡鸣时万事无休歇。争名利何年是彻?看密匝匝蚁排兵,乱纷纷蜂酿蜜,闹嚷嚷蝇争血","投至狐踪与兔穴,多少豪杰!鼎足虽坚半腰里折,魏耶?晋耶?"宇宙千般,人间万象,最后都在黄昏历乱、斜阳系缆中,收进历史老仙翁的歪嘴葫芦里。

最后,附带说一件事:月前,我在《古代哲理诗的文化生成》讲座中,谈到了这首诗,一位大学生提问:东周的都城在洛阳,秦朝的都城在咸阳,如果原诗第二句,改作"洛阳烟火咸阳尘",不是更切合事实、讲求逻辑、顺理成章吗?我说:诗人之所以那样设置,当是出于格律、音韵方面的考虑,第二句应是"平平仄仄仄平平"(一、三两字可平可仄),如果那样一改,就成了"仄平平仄平平平"("咸"是平声),十分拗口,看来还是原来的好。

双重哀悯

哀被掳妇

聂碧窗①

当年结发在深闺,岂料人生有别离。
到底不知因色误,马前犹自买胭脂!

全诗都在"哀"字上做文章。哀分两个层次,首先,是作者对民妇的被劫掳表示哀怜。说被劫掳的深闺少妇,燕尔新婚之后本应过着"琴瑟和谐"的安乐生活,却由于战乱,惨遭劫掳,被迫别夫弃子,长路跋涉,历尽风霜之苦。这种哀是哀其不幸。接下来,又进入更深一层的哀叹、哀伤、哀痛。这位少妇竟然执迷不悟、忘记了自己是因为年轻貌美而惨遭劫掳的,结果,路上看到有卖脂粉的,仍然要买,以便更好地打扮自己。"到底不知因色误",这后一层的哀,便是痛其不悟,这种悲哀的程度无疑是更深的。如果说,前者灾祸源于外因;

---

① 聂碧窗,籍贯江西,元代道士诗人,南宋末年曾为龙翔宫书记。

那么,后者便是自取其祸。圣人有言:"天作孽,犹可违;自作孽,不可活。"悲夫!

  其实,堪资哀痛、自取其祸的,又何止是被虏妇,世间这类至死不悟,痴迷到底的人和事,可说是不胜枚举!诗人所要警戒世人的,当在于此。上世纪末,我曾参加一个葬礼,死者不过五十岁,生前嗜酒成性,患有严重糖尿病,饭前必须注射胰岛素。可是,他的用意却不在治病,而是喝酒。这样,腰间扎过了针,接下来便是开怀畅饮,连续三年,终致病情严重恶化,中年弃世。就此,我曾题写一首七绝,表达哀婉之情:"叹惜痴迷自作殃,死犹不悟益堪伤。一生未了香醪债,辜负哀言聂碧窗!"

残缺之美

月　岩

刘立雪①

世事从来满则亏,十分何似八分时。
青山作计常千古,只露岩前月半规。

诗人借助山岩遮月的景色,阐述世事盈亏、得失之间的辩证关系。一般的咏物诗,都是先写景物,然后即物明理;此诗别开生面,先讲一番道理,说世间的事物向来都是逢满即亏、物极必反的;所以,哲人主张"不到顶点"。之所以十分不如八分,就是因为八分尚有发展余地,而十分立刻就走下坡路了。诗人觉得光这么议论还不解渴,又举出眼前的自然现象来作为佐证,或者说,原本是从这一实物入手来发表见解的。他说,你看青山真有远见卓识,做出千秋万古的长远考虑,它就是不让满月露面,只将半钩新月显现在世人眼前。这里采用

---

① 刘立雪:元代诗人。生卒年不详。

的是拟人化手法。全诗援理入景,景理交融,极具说服力。月岩,有学者考证,在湖南道县。明代地理学家徐霞客曾写入《楚游日记》。

追求完美无缺,这是人的本性;但现实生活中却很难做到,绝大多数情况下,只是一种理想。正如苏轼词中所说:"月有阴晴圆缺,人有悲欢离合,此事古难全。"而且,美学中存在一种"不足而美"的现象;有的智者甚至会主动"求阙",晚清名臣曾国藩就给自己的书房取名"求阙斋"。阙者,空缺、亏损、未满、不足也。他说:"尝观《易》(丰卦)之道,察盈虚消息之理,而知人不可无缺陷也。日中则昃,月盈则亏,天有孤虚,地阙东南,未有常全而不缺者。"他在一生中最兴旺之际,可说是"鲜花着锦,烈火烹油"的鼎盛时期,给其九弟国荃写信,说:"平日最好昔人'花未全开月未圆'(北宋蔡襄诗句)七字,以为惜福之道、保泰之法,莫精于此。"

但是,这种认识并未被世人普遍接受。清代学者褚人获《坚瓠首集》记载:"会稽天依寺有半月泉。泉隐岩下,虽月圆满,池中只见其半,最为妙处。有僧凿开岩名'满月',殊可笑。杨升庵(明代著名学者)因题一绝云:'磨墨浓填蝉翅帖,开半月岩为满月。富翁漆却断纹琴,老僧削圆方竹节。'"这里列举了四种出于无知而做的大煞风景的蠢事,俗僧凿岩为其一种。他的做法之所以"殊可笑",是因其只知圆满为美,而不懂得"断崖吐月,才出半规"(宋人吕祖谦语)的残缺之美,给予人的启示会更深刻,更能发人深省。

公道自在人心

贾鲁治河

佚　名

贾鲁治黄河，恩多怨亦多。
百年千载后，恩在怨销磨。

这是一首题壁诗。

诗中的贾鲁为元代名臣，历任东平路儒学教授、户部主事、中书省检校官、行都水官，是一位著名的治水专家。史载，元至正四年，黄河于白茅口（在今山东曹县境内）决口，泛滥达七年之久，"平地水深两丈，千里蒙害，浸城郭，飘室庐，坏禾稼"，沿河民众背井离乡，卖儿鬻女，哀鸿遍野，景况极其凄惨。元顺帝遂任命贾鲁为都水监，总管治河防务。到任后，贾鲁沿河道往返数千里，考察地形，并绘制地图，于至正十一年四月，督率军民十七万，采取疏、浚、塞并举方略，奋战七个月，引河复归故道，"民百世受其益"。

整个工程告竣后，贾鲁被破格提升为荣禄大夫集贤殿大学士。

明代杰出的水利专家潘季驯,予以高度评价:"鲁之治河,亦是修复故道,黄河自此不复北徙,盖天假此人,为我国家开创运道。"

但是,当时由于险情严峻,工期急迫,工程艰巨、浩大,贾鲁在督责工役方面,十分酷刻,引起许多怨忿;一些官员也借机发难,弹劾他劳民伤众,滋生变乱。如果贾鲁当时缺乏应有的胆识,迁就一时浮议,就无法完成这项利国利民的千秋伟业。有人就此在贾鲁故宅壁间题写了这首诗,发抒感慨,并从中引申出一番深刻的哲理。明代学者蒋仲舒在引述此诗的同时,对贾鲁有所评说:"当时或以亟疾刻深,招致民怨,而其御灾捍患,则后世亦有公论。"(见《尧山堂外记》)

"后世公论"四字,道出了问题的实质。公道,站在时间老人的门口。功过得失,恩怨是非,一时可能还看不清楚,需要时间检验。——历史,无情而有情,严明而公正。

下编

明清及近代

有用与无用

春　蚕

刘　基[①]

可笑春蚕独苦辛,为谁成茧却焚身。
不如无用蜘蛛网,网尽蜚虫不畏人。

　　元初,著名学者郝经以"蚕"为题,写过一首七绝:"作茧方成便弃捐,可怜辛苦为谁寒？不如蛛腹长丝满,连结朱檐与画栏。"刘基的《春蚕》显然受到了郝诗的影响。

　　对比二诗,前两句或"笑"或"怜",都突出了蚕的终生苦辛与最后的焚身殉命,同样提出了"为谁"的问题,而刘诗更为冷峻。诗中说,这辛辛苦苦吐丝做茧的春蚕实在可笑,做成了茧子把自己裹在里面,不但没有得到什么报答,反而把命搭上了。"成茧却焚身",说的就是这种悲惨命运——皮蚕经过几次蜕皮,身体便会通体透明,这时

[①] 刘基(1311—1375),字伯温。元至顺年间进士,后为明朝开国功臣,封诚意伯。由于遭到宰相胡惟庸潜毁,忧愤而死。其诗沉郁雄浑,多忧时悯世之作。

就不再吃食,开始吐丝、做茧。养蚕人为了抽出蚕丝,把蚕茧浸在热水里。"焚身",意为丧身,指蚕在热水中被煮死。

二诗的后两句,着眼点呈现出明显的差异。郝诗强调了蜘蛛结网于朱檐、画栏之间的悠然游哉,怡然自得;而刘诗却提出了意蕴丰盈、发人深省的全新话题:从蜘蛛的"网尽飞虫不畏人",看出无用之为大用的深刻哲理。本诗说,看来,春蚕整天吐那有用的丝,真不如蜘蛛专织那没有用处的网,逮尽了飞虫,饱食终日,却一无顾忌,不担心遭人捕杀。

白居易"虫全性命缘无毒(意谓不能入药),木尽天年为不才",赵瓯北"木有文章原是病,石能言语果为灾"之句,阐发的都是无用可以全身,大用反能致祸的老庄思想。联系到朱元璋滥杀功臣,使许多人韬光养晦,不预世事,明哲保身,此诗当是针对时事有感而发。从这里,可以看出刘诗意蕴的超迈、深刻。事实上,如果不能胜出一筹,那么,只是重复前人,拾人牙慧,这样的诗完全可以不作。

鹦鹉能言的下场

鹦 鹉

方孝孺[①]

幽禽兀自啭佳音,玉立雕笼万里心。
只为从前解言语,半生不得在山林。

在这首咏物诗中,作者把鹦鹉作为主旨与形象的载体,说它声声鸣啭,悦耳动听,亭亭玉立在雕刻精致的鸟笼里,心中却想望着笼外的万里长空。只因为从前它懂得言语,善于学人说话,最后落得个锁在笼中被人玩赏的下场,再也回不到自由自在的山林了。

诗人抓住鹦鹉的这些典型特征,贴切逼真地着意描摹,并且找到与所寄情怀的切合点,由物及人,由实到虚,写出所要表达的思想意向。

本诗蕴涵深刻而丰富,起码可以从两个方面作深入的探究:

[①] 方孝孺(1357—1402),人称正学先生。明建文年间任侍讲学士,燕王兵入京师,命草即位诏,不从,被杀。文章纵横豪放,著有《逊志斋集》。

一是，着眼于"只为从前解言语"。"解言语"可以延伸到聪明巧慧，具有可用之材。《庄子·列御寇》篇有言："巧者劳而知者忧，无能者无所求。饱食而遨游，泛若不系之舟。"意思是：有技巧的人劳累，聪明的人忧虑，没有本事的人没有追求，吃饱了四处闲逛，就像没有被固定的小船，消闲自在。这是侧重在有为、无为方面。

二是，再延伸一步，从"半生不得在山林"方面解读。说，鹦鹉"玉立雕笼"之中，确无艰危、冻馁之虞，但是，为此而付出了失去自由的沉重代价——这自然是不值得的。同样也是侧重于得失方面，白居易有咏《洞中蝙蝠》一诗："千年鼠化白蝙蝠，黑洞深藏避网罗。远害全身诚得计，一生幽暗又如何？"即便是保全了性命，却是以"一生幽暗"为代价，又有什么意思呢！

诗人真是奇思巧运，妙绪无穷。也是从"解言语"的角度，在鹦鹉身上做文章，齐白石老人却是独出心裁，另辟蹊径，而绝不蹈袭前人。他写过一首题《樊笼八哥》画的七绝："鹦鹉能言命自乖，樊笼无意早安排。不须四面张罗网，自有甜言哄下来。"下面有个小跋："谚云：能巧言者，鸟在树上能哄得下来。"画家借助鹦鹉形象与诗文，讽刺社会上有些人自恃巧舌如簧、能说会道，以致为人所用，陷身樊笼；有些人则是缺乏应有的警觉，为甜言蜜语所迷惑，结果自投罗网；同时也警告世人：旧社会罗网四布，人心惟危，如不多加防范，就会误入花言巧语的圈套。一首字数不多的小诗，竟然包含着如此丰赡的意蕴，引发人们从多个角度进行解读，既显现了这位孤标特立的老画家的高深文学造诣，同时也揭示出中国古典诗歌的独特魅力。

纸上桃源

桃源图

沈 周[①]

啼饥儿女正连村,况有催租吏打门。
一夜老夫眠不得,起来寻纸画桃源。

作为美好理想的现实化,作为自由平等的社会、安宁富庶的家园的一种虚拟的典型,"桃花源"的意象一经面世,便成了千千万万人憧憬、向往、追逐的所在,更是历代诗人、画手驰骋才思、寄托心志的一个原型母题。画家沈周也不甘人后,不仅绘制了《桃源图》的画面,同时,还在上面题写了一首十分别致的七绝。

说它"别致",是鉴于本诗的构想比较奇特,可以"逆向切入"四字概之。名曰《桃源图》,诗中却没有一个字提及那里的仙乡胜境,触目可及的竟然全是现实中的污浊、动乱和苦难。

[①] 沈周(1427—1509),身历七朝,终身不仕。博学多才,以擅画闻名当世,与唐寅、文徵明、仇英并称"明四家";亦工诗,抒写性情,牢笼物态。

首句说，年饥岁馑，兵荒马乱，啼饥号寒、孤苦无告的人很多很多，简直是哀鸿遍野，村村相连。次句加深一层，说光有饥荒还不算，随之而来的是催租逼债的人一阵阵地敲门索要，更是雪上加霜，难以应对。第三句说，这样一来，弄得我整整一夜睡不成觉。言下之意是，我之所以夜不成寐，固然是由于外部环境的喧嚣吵闹，但更主要的还是因为愁苦盈怀，以及对于饥寒交迫的贫苦民众的忧虑与同情。第四句为全诗题旨所在，诗境陡然一转，由灾难深重的现实生活，转入画图中的虚幻世界——眼前别有洞天，令人眼睛唰地一亮。由于现实环境动乱、恶浊，又缺少回天驭日之力加以改变，那么，这位画家诗人只好寄希望于世外仙乡了。这样，《桃源图》便诞生了。

不要说这种纯粹属于"嘴上会气"的纸上桃源，即便是历史上由哲学家或天才诗人精心设计出来的"乌托邦"、理想国，又有哪个真正能够走出天国、植根大地呢？这是一个永远令人向往、也永远有待实现的梦幻。应该说，它的价值，不在于能否付诸实现，而在于它作为现实的对立物，具有一种对于残酷现实的批判意义。这也正是本诗的特殊作用。

就诗论诗，《桃源图》也堪称精妙：意在言外，具见匠心，运思奇巧，耐人寻味。我曾写过一篇《画家多擅诗文》的随笔，谈到画艺与诗文表面上看，一属造型艺术、空间艺术，一属音律艺术或时间艺术，一重形象，强调可见性，一关注情意，重视可感性，二者似乎歧途分向，不相兼容；实际上，就画家与诗人的艺术个性、创作追求来说，他们都是志在创新，"须教自我胸中出，切忌随人脚后行"，强调突破成规，独辟蹊径。诗文书画兼通，在中国古代原属常见现象，整个士子阶层，也包括专精绘事的画家，无一人不懂诗文，无一日不说诗文，无一画不入诗文,形成了画必题诗、诗画一体的特有现象。而从艺术规律看,诗画更是同源共生,若合一契。画家平时作画,讲究驱遣意象,写起文章来,同样也需要随处点染,幻成一片化境。中国画历来主张"迁想妙得","传神写照",贵在神似,所谓"意足不求颜色似",而不取简单模拟物象的做法。这和诗文创作是完全相通的。北宋哲学家邵雍有言:"画笔能使物无遁形,诗笔能使物无遁情。"掌握了绘画艺术,诗文创作如虎添翼;反之亦然。

虚舟无心

朴水渔舟

湛若水[①]

渔者乐水浅,鱼性乐水深。
渔鱼各有欲,虚舟本无心。

在我解读这首诗的时候,刚刚看过了沈从文的《湘行散记》,其中《鸭窠围的夜》一节中描绘的"水中的鱼与水面的渔人生存的搏战",以及作家回到舱中以后的思考,给我留下了深刻印象。文中所写的颇与本诗相似,那里也刻画了三种物事:鱼、渔者、船;所不同的是,诗中的鱼与渔者处于静态;船是空的("虚舟")。

我曾设想,完全可以使诗中的意象像散文中那样灵动起来。比如,通过拟人化手法,让"虚舟"具备知觉,以一位智慧老人的身份,在一旁冷眼观看水中的鱼与水面上的渔者之间"生存的搏战"——

[①] 湛若水(1466—1560),哲学家、教育家、书法家。明弘治年间进士,嘉靖初官南京祭酒、礼部侍郎。少时师事陈献章,后与王守仁同时讲学,各立门户。

渔人为了捕到更多的鱼,以便到集市上买柴换米,便希望水能浅些再浅些;而鱼,面对这样艰危的处境,便想深藏渊底,隐匿踪迹,因而希望水能深些再深些。看着这种场景,"虚舟"老人心想:你们之所以想望不同,心思各异,无非是因为各有打算,各有欲求;你看,我就不是那样,所以无需操心,也就无所用心。

这是一首具有多种喻体的哲理诗。本来,就是"诗无达诂",这类喻体而兼哲理的诗,更是可以有多种解读。记得前此曾看到青年学者湛柏欣的解语,令人一新耳目。他说,在诗中,"鱼"比喻独立于人的意识之外、未曾与人联系的自然存在物,可称为"自在之物","自在之物"存在的世界即"客观存在的物质世界";"渔"比喻被我们人类认识甚至改造的自然存在物,可称为"为我之物"。"为我之物"存在的世界,即受到人认识和改造的世界。作者要表达的是:如果没有人,没有人的认识和实践,这个世界就只有"自在之物",而没有"为我之物"了。由此可知,"心外无物"的"物",是指与人有联系的"为我之物",而非客观存在的"自在之物"。"虚舟"比喻天地,天地本来是"无心"的,是能够认识和改造自然的人,为天地立心。

自尊无畏

泛 海

王守仁[①]

险夷原不滞胸中,何异浮云过太空?
夜静海涛三万里,月明飞锡下天风。

明武宗正德元年冬,宦官刘瑾专权擅政,逮捕仗义执言的南京给事中御史戴铣等二十余人。王守仁不畏权贵,上疏论救,以致触怒刘瑾,被杖责四十大板,并贬谪到贵州龙场驿。放逐途中,刘瑾派爪牙尾随其后,企图伺机谋害。为了摆脱这种险境,避开特务的跟梢,过钱塘江时,王守仁使用"金蝉脱壳"的策略,搭乘一艘商船出海。不料,在海上遭遇一场风暴,生命危在旦夕。他却镇静自若,写下了这首七绝。

---

① 王守仁(1472—1529),明弘治年间进士,官至南京兵部尚书,封新建伯。著名思想家、文学家、军事家,陆王心学之集大成者。曾在故乡创办阳明书院,世称阳明先生。

前两句,叙事抒怀,说安危、生死原本没有留滞在胸中,完全置之度外,同浮云掠过太空,瞬息流逝,没有什么两样,集中体现诗人的处变不惊,沉着、坚毅地同死神搏斗的大无畏精神。后两句,把这种心境进一步引申开去,转为写景,展现一番光风霁月般的内心世界:在月明之夜,就像一位道行高超的游僧,手执锡杖,足踏天风,飞越三万里洪涛,飘摇自在,任意遨游。"飞锡",佛家语。原典讲,智者大师到了天台山,在两山之间,将锡杖(高僧手持的一种法器)一丢,遂跨乘而过。诗人借此表达其超然世外、淡观荣辱的洒脱心态。

纵观王阳明的一切修为,可以得出一个结论,就是内心无比强大。如同他在一首诗中所表白的:"人人自有定盘针,万化根缘总在心。却笑从前颠倒见,枝枝叶叶外头寻。""定盘针"在哪里?只在此心中,无须外求。章太炎先生评价王阳明心学时,曾以四字概之:"自尊无畏"。这在本诗中也得到了充分的体现。

诗中,心学与禅理,实景与虚境,合而为一;诗人洒脱的心境、豪迈的气魄、潇洒的情怀、沉毅的个性,融于一体;气势磅礴,豪迈奔放,境界洞开,思通万里,襟怀、风骨之外,还带有禅机理趣。

直话曲说

仙人掏耳图

徐 渭[①]

做哑装聋苦未能,关心都犯痒和疼。
仙人何用闲掏耳,事事人间不耐听!

徐渭是一个典型的悲剧人物,有人说他是"中国的梵高"。这种命运的出现,除了个人的性格因素,也确实和他所处的极端污浊恶劣的社会现实、时代环境有直接关系。在他不算短暂的七十三年生命历程中,看惯了重重叠叠的黑暗现实,经受了太多的精神刺激,饱尝了人生的苦难。这样,作为一位天才的艺术家,必然要把所思所感反映到文艺作品中去。他在题《宋人画睡犬》一诗中,有"不知酣睡何时觉,料尔都无警盗功"之句,意思是:现在是盗贼横行的世界,你怎么还忍心睡大觉呢?料想你已经完全丧失了"警盗"的功能了。但

[①] 徐渭(1521—1593),字文长,别号天池山人、青藤道士。为人狂放不羁,名才名艺,擅诗文、书画、杂剧,但终生怀才不遇,在乡间教学授徒为生。

最辛辣的讽刺还是这一首七绝。

作者苦心孤诣、惨淡经营,构思了一幅仙人在那里掏耳朵的画面,然后题诗其上,说现实社会中令人痛心疾首的事太多了,"事事人间不耐听"——不堪听,听不得。因此,只有装聋作哑,不闻不问,方为上策;可又常常苦于做不到,不忍心。看来,最理想的解决办法,就是让两只耳朵长久地堵塞着。而你这个仙人,真是不食人间烟火,不谙人生世事,怎么待着没事,竟然掏起耳朵来了?岂非咄咄怪事!

借日常生活现象,发泄对社会弊端的愤慨之情,嬉笑怒骂,尖刻辛辣。你掩饰,我揭穿;你造假,我求真。正话戏说,寓庄于谐,构思十分别致。

悲剧人生

题墨葡萄(五首选一)

徐 渭

半生落魄已成翁,独立书斋啸晚风。
笔底明珠无处卖,闲抛闲掷野藤中。

作为颇具中国艺术特色的题画诗,它把语言艺术的无形的诗同视觉艺术的有形的画,巧妙地融为一体,从而使画意与诗情相生相发,相互延伸,使意象、意境、意蕴更加深远,达到诗画一体的独特艺术境界。

一般的题画诗,多是从咏叹画面的景物入手,进而抒写自己的情志,寄托深沉的感慨,所谓即景抒怀,借题发挥。而徐渭的这幅水墨大写意的题画诗,却别开生面,抛开题目上的"墨葡萄",另起炉灶,索性直接谈诗人自己,仿佛画面上不是墨葡萄,而是半生沦落、四处碰壁、满腹牢骚的诗人自己,茕茕孑立在书斋前,临风啸傲,长歌当哭。实际上,是诗人以野葡萄自喻,沉痛地抒写他落魄失意,怀才不遇,胸藏"明珠"而无人赏识,只能"闲抛闲掷野藤中"的凄凉境遇、悲剧人生。诗圣杜甫晚年浪游巴蜀,流落荆湘,贫病交加,生计迫蹙,曾经嗒然兴叹:"百年歌自苦,未见有知音。"看来,徐渭在题画诗中所抒发的悲慨,也正是这种惨淡的情怀。

徐文长的一生,备极艰危凄苦,历经无数磨难,年轻时数试不第,尔后又坐牢七年,陷身囹圄之中,惨遭非人待遇,镣铐在身,行动不能自由,衣服不能换洗,以致满身生出虮虱。出狱后,被永远剥夺入仕资格,从此抛弃了一切功名心、青云路,甚至断绝了生存的希望,曾九次自杀,终未致死。徐渭原本就是一个个性极强、自由惯了的人,屡经挫折后,异端思想更其发展,因此在京居留时,放浪形骸、纵诞不羁,"视一世事无可当意者",根本不把上层权贵放在眼里,友人便常以"礼法"提醒和约束他,他怒气冲天地说:"吾杀人当死,颈一茹刃耳,今乃碎磔吾肉!"

当代学者陈刚指出:"在色彩斑斓的明代文化史上,徐渭之奇,世所公认。他的经历奇:九赴科举皆败北,三次从军,两度出塞,杀妻坐牢,终老布衣;他的个性奇:豪放、狂荡、傲岸;他的病奇:数度发狂,数度自杀;他的艺术成就奇:诗、文、书、画、戏曲、文论,无所不通,无所不精,凡所涉猎,无不惊世骇俗,各种艺术样式到了他手里,无不成了抒写个人情性、宣泄胸中磊落不平之气的凭借。……他以个人情性为最高存在的执着追求,他那孜孜不倦、至死不悔的人生实践,他那卓尔不群、敢笑敢怒的个体形象,显示了一股强大的闪耀着时代亮色的个性力量。无疑,这种力量具有历史的超前性和进步性。"

惨痛的人生,凄苦的身世,忧心忡忡乃至惶惶不可终日的艰危处境,造就并强化了他的抑郁、多疑、狂暴、易怒、眼空四海、极端自负的悲剧性格,最后发展到精神失控的地步。在性格与命运的激烈冲突中,他一步步走向死亡,无情地卷走了他的一切,包括奇绝一世的艺术天才。

在诗文、戏剧、书画等各方面,他都能独树一帜,给当世及后代留下许多艺术瑰宝,产生了深远影响。对于他的诗,袁中郎赞为明代第一。袁氏在《徐文长传》中,有过生动的描述:"其胸中又有一段不可磨灭之气,英雄失路托足无门之悲,故其为诗,如嗔如笑,如水鸣峡,如种出土,如寡妇之夜哭,羁人之寒起";清人王夫之对他的七绝尤为欣赏。他的剧作《四声猿》,受到同为16世纪新的社会思潮影响下的具备了新的思想模式、人格模式、生活模式的伟大剧作家汤显祖的极力推崇,汤氏曾语人曰:"《四声猿》乃词坛飞将,辄为之唱演数通。安得生致文长,自拔其舌。"其相引重如此;汤还曾邀请徐至南京会面,惜徐年老体衰,未能成行。至于绘画,青藤更在我国艺术史上独创新格,成就尤为特出,为郑板桥所拳拳服膺,极度倾慕,曾刻一印,自称"青藤门下走狗",近代艺术大师齐白石,对他也深为敬服。

看景不如听景

桃叶渡

徐　渭

书中见桃叶,相忆如不死。
今过桃叶渡,但见一条水。

徐渭的这首五言短章《桃叶渡》,可说是旖旎缠绵,风华毕现,一往情深。这和他的大量的凄怆、酸苦、愤激的诗作,恰成鲜明、尖锐的对比。

东晋年间,王羲之的第七子、著名书法家、诗人,风流倜傥的王献之,经常在南京秦淮河畔的一处渡口,与其爱妾桃叶相会,"桃叶渡"由此得名。

由于此间处于两河的交汇处,水深流急,翻船事故时有发生,王献之对乘船横渡秦淮河的桃叶放心不下,经常亲往渡口迎送,并作《桃叶歌》多首,表达其亲昵、爱怜的感情。其中第二首流传最广:"桃叶复桃叶,渡江不用楫。但渡无所苦,我自来迎接。"南朝陈沙门智匠最早把它录入《今古乐录》,后又载于北宋郭茂倩所编《乐府诗集》,并附说明:"《桃叶歌》者,晋王子敬(王献之字)之所作也。桃叶,子敬妾名,缘于笃爱,所以歌之。"

徐渭在诗中说,看了古代书籍中所记载的桃叶的遗闻逸事,感到美人仿佛还像活着一样,长时期地留存在记忆中、想象里;及至实地寻访那个名为"桃叶渡"的所在,已经踪迹无存,就仅仅剩下一条水了。从"但见"二字可以看出,诗人走笔至此,当会像"书圣"王羲之所言:"情随事迁,感慨系之矣"。

其实,何止桃叶渡一地一事,凡是同美女(包括其他人物)有关的往古遗迹,像浣纱溪、响屧廊、景阳宫、华清池等等,哪里不是如此!推而广之,扩展到一切名城胜迹,由于历代诗文吟咏,因而声闻遐迩,名传后世;但是,沧桑迭变,世异时移,待到后来人慕名而来,身临其境,已经面目全非,不可复识矣,结果是十个有十个要失望的。清初诗人邱石常过梁山泊,留下一首七绝,不禁慨然兴叹:"施罗(施耐庵、罗贯中)一传(《水浒传》)堪千古,卓老标题(李卓吾评点)更可悲。今日梁山但尔尔,天荒地老渐无奇。"

还有一种情况,就是文学的想象力作祟。东坡居士《赤壁怀古》词,有"乱石穿空,惊涛拍岸,卷起千堆雪"之句;《后赤壁赋》也说:"江流有声,断岸千尺","履巉岩,披蒙茸,踞虎豹,登虬龙,攀栖鹘之危巢,俯冯夷之幽宫",险峻达到"二客不能从"的程度。但几十年后,诗人范成大重寻旧迹,却在《吴船录》中记载:所谓赤壁,不过"小赤土山也,未见所谓'乱石穿空'及'蒙茸''巉岩'之境。东坡词、赋微夸焉"。清代文学批评家刘熙载也说:"东坡善于空诸所有,又善于无中生有。"(《艺概·诗概》)西方超现实主义画家奇里科则认为,对于每一种物体,都有两个视角:平常的视角,这是我们的时常的一般人的看法;另一种是精灵式的和形而上的视角,只有少数的个别人,能在洞彻的境界里和形而上抽象里看到。

总之,这都应了那句俗话:"看景不如听景"。想象中的景物,无论多么美好、动人,总是经不起实地游观、验证的。

村居野趣

暮秋村居即事

王世贞①

紫蟹黄鸡馋杀侬,醉来头脑任冬烘。
农家别有农家语,不在诗书礼乐中。

诗人晚年辞官村居,过着一种闲适自在、返璞归真、充满人情味的乡野生活,摒弃了儒家经典中所崇尚的功名荣禄,摆脱了官衙中的虚应故事、繁文缛节;与此同时,通过接触田夫野老,深刻体验到农民诚实纯朴的可爱品格。四句通俗易懂的诗,既是作者这种实际生活的写照,又是一种富有理趣的生命体验与人生感悟。

诗人即事写怀,衷心赞颂农家纯真质朴的生活形态。前两句写实,描绘农家真诚实在,盛情待客的场景。餐桌上菜肴极为丰盛,般

---

① 王世贞(1526—1590),明嘉靖年间进士,官至南京刑部尚书,后病归。与李攀龙、谢榛、宗臣等相互唱和,史称"后七子",而才望独高,所谓"当日名虽七子,实则一雄"(清代诗人朱彝尊语)。

般美味杂陈,既然有紫蟹黄鸡,自然少不了村醪米酒。主人殷勤劝饮,客人也脱略形骸。主客之间,无拘无束,一任天真。"侬",诗人自称。"头脑冬烘",意为迂腐、浅陋、俚俗、糊涂,乃诗人的自我调侃之语。那种情态,与陶潜《饮酒》诗中所描述的:"班荆坐松下,数斟已复醉。父老杂乱言,觞酌失行次",略相仿佛。

后两句述怀,发抒感想。显示诗人倦于功名利禄之后,在村居生活中,对于农民、农村的进一步的认识与理解,以及自己思想感情方面的变化。这些乡下民众,有直率的性格、诚朴的情操、务实的追求,也有自家特定的语言,它们都来源于长期的生产生活实际,是士大夫一贯遵循的诗书礼乐等儒家经典中所未曾有的。这是诗人感受最深的核心内涵,也是本诗的主旨所在。

咫尺天涯

送友人之白下

徐　熥[①]

春风吹柳万条斜,极目金陵隔暮霞。
不必相思当后夜,片帆开处即天涯。

　　送别,是古代诗文中常见的主题,自然都涉及当事人的心理描绘。最著名的有两篇:一是南朝江淹的《别赋》,中有"行子肠断,百感凄恻","意夺神骇,心折骨惊"之句,简直是形神毁丧,悲伤欲绝;再就是唐人王昌龄的《送柴侍御》:"流水通波接武冈,送君不觉有离伤。青山一道同云雨,明月何曾是两乡。"看了竟令人神清气爽,心胸豁然。徐熥的这首诗,该是介乎二者之间,既充满了送别友人时惯常出现的离情愁绪,又不显现撕心裂肺、肠断魂销、无比惨痛的心态。
　　诗的前两句,交代了与友人握别的时空环境:春天的傍晚,同友

[①] 徐熥(1580?—1637?),明万历年间举人。一生未仕,以诗自娱,作诗宗法唐人,尤以七绝擅场。

人站在绿柳垂丝的江岸上,眼望着晚霞辉映下的金陵("白下")方向,执手话别。后两句,抒写起锚扬帆、友人即将远去之际,诗人依依惜别的怅惘情怀。说不必等到"后夜"才相思无限——那时,行船已经远哉遥遥了;即便是在"片帆开处"的当下,已经有了天涯万里之感。"后夜",佛教用语中有初夜、中夜、后夜之说;现实生活中,后夜当指后半夜或后一夜(与前夜相对应)。

自从唐人刘禹锡吟出"莫道两京非远别,春明门外即天涯"的隽句之后,自宋迄清,诗人多以"天涯"二字状写远行情境,诸如"暗随流水到天涯","吟鞭东指即天涯","客行无远近,门外即天涯",不一而足。徐熥也未能脱去这一窠臼,但他巧妙地从时间(后夜与即刻)角度去写空间(白下与脚下)的情事,颇具匠思,翻出新意。同时,诗中景里含情,情中寓理,化抽象为具体,也很别致。

妙在疏

与儿子

金人瑞[1]

与汝为亲妙在疏,如形随影只于书。
今朝疏到无疏地,无着天亲果晏如?

顺治十八年,吴县新任县令任维初为追收欠税,鞭打百姓,激起苏州士人愤怒反抗。三月初,金人瑞与一百多名士人聚集孔庙,悼念顺治帝驾崩,借机发泄积愤,给江苏巡抚朱国治上呈状纸,控诉任维初,要求将他撤职。朱国治却为任维初遮掩回护,上报京城:称"诸生倡乱抗税,并惊动先帝之灵"。清廷为威慑江南士族,将金圣叹等多名士人逮捕,严刑拷问,后以叛逆罪判处斩首,是为"哭庙案"。

这是金人瑞被杀前写给儿子金雍的绝命诗。"人之将死,其言也善"。语句看似旷达、平淡,实则融进了舐犊深情,以至哀至痛之

---

[1] 金人瑞(1608—1661),字圣叹。明末秀才,入清后绝意仕进。为人狂放不羁,酷爱评点书籍,尤以评点《水浒传》《西厢记》等驰名。

情作最后的倾吐。寓意深厚,痛切感人。

诗中说,作为父子,平日间我们的关系是很妙的,妙在疏远而不密切;但在喜欢读书、评书这方面,则是形影相随,亲密无间。现在,我就要被处死了,从此你我将人天永隔,真是疏到无可再疏之地。且不知没有了父亲的你,还能不能安乐如常。此为"无着天亲"句之一解,《隋书》即有"吕布之于董卓,良异天亲"之语。二解:"无着"与"天亲"乃南北朝时印度两位高僧,唐王维诗云:"无着天亲弟与兄,嵩邱兰若一峰晴。"那么,这句诗就可解为:自己往时曾学大乘之法,宗仰无着、天亲,这次终于得以解脱一切烦恼,达到涅槃境界,也就什么牵挂都没有了。三解:也许作者当日顺手拈来,两方面含义兼而有之。

汉代的董仲舒有"诗无达诂"之说,意谓对《诗经》没有通达的或一成不变的解释,往往因时因人而有歧异。现代阐释学则改变了以往学者们绝对追索作者原意的观念,以期使学术问题实现社会化、平民化,使古老的学说焕发新的光彩。就追索原意来说,前者说的是"不能";后者说的是"不必"。在我看来,既然解读古代诗文,总应尽最大努力把握其原意——通过权衡众说,把自认为最贴切、最能反映原意的那一种说法提供给读者;即使不能"定于一",也应罗列诸说,请读者"择善而从"。

诗人对于儿子极为喜爱,曾许之为:"世间真正读书种子,亦是世间学道人也"。本诗也有期待儿子以全副身心投入读书、学道,将来有所作为的用意。至于"妙在疏"云云,也当属实情。钱锺书先生诗中即有"凋疏亲故添情重,落拓声名免谤增"之句。

行己有耻

怀古兼吊侯朝宗

吴伟业①

河洛烽烟万里昏,百年心事向夷门。
气倾市侠收奇用,策动宫娥报旧恩。
多见摄衣称上客,几人刎颈送王孙。
死生总负侯嬴诺,欲滴椒浆泪满樽。

在这首著名的咏史感怀诗中,涉及两位侯姓名人:一位是战国时的侯嬴。《史记·魏公子列传》记载:"公子(信陵君)从车骑(带着随从车马),虚左(古时乘车以左为尊),自迎夷门侯生(大梁夷门守城小吏侯嬴,年已七十)。侯生摄(整理一下)弊衣冠,直上,载(坐在)公子上座,不让,欲以观公子(考验其诚意)。公子执辔愈恭","侯生遂为上客"。后来,侯嬴以死相报;此前,曾接引市井屠者朱

---

① 吴伟业(1609—1672),号梅村。崇祯年间进士。明末清初著名诗人。

亥,帮助公子椎杀大将晋鄙,使其得以率晋鄙军救赵。诗题中"怀古",指此。另一位是诗人亡友侯朝宗。本诗原有小注:"朝宗归德人,贻书约终隐不出,余为世所逼,有负夙诺,故及之。"说的是:明亡后,吴曾一度归里隐居,闭门谢客。顺治十年,清廷有诏促吴出仕,侯致函力劝勿出;吴曾允诺,但迫于形势,还是出仕了。不久,侯即逝世,吴闻讯后,题诗凭吊,对负诺失约,深自痛悔。

诗中说侯嬴,谈古昔,同时照应朝宗,隐射现实,并且牵引着自己。首句,说的是战国时期与明清易代之际的社会动乱与时局变化。"河洛",黄河、洛水流域;侯嬴所在地大梁、朝宗家归德(商丘)均在此境内。次句,"百年心事",意为诗人一生心事都关注这里,用以领起下文。第三句,说的是朱亥椎杀晋鄙建立奇功;第四句,讲述"窃符救赵"的故实:魏公子接受侯嬴建议,请魏安釐王宠妾如姬盗出调兵遣将的虎符。如姬感念魏公子曾经为她报杀父之仇,依计而行。五、六句,为全诗之枢机所在,诗人慨叹世间受恩者多,而酬报者少。言下之意是,明末遗臣都曾深受国恩,像侯嬴那样被尊为"上客";而当鼎革之际,不但没有谁像侯嬴辞送魏公子那样为之"刎颈",反而纷纷变节,趋事新朝。诗人借侯嬴事发出感慨,"见朋旧虽多,而能如侯生之死不负诺者少也;然侯生能不负诺,而己则负诺于侯生,是以为之滴泪也。侯生为谁?嬴也,又朝宗也。'怀'字'吊'字,是一是二"。(清代靳荣藩《吴诗集览》)七、八句,反过来说诗人自己,既悔恨自责,更表示对于故交朝宗的深切悼念。"死生",死,指朝宗;生,指自己。"侯嬴诺",一语双关,既指侯嬴践诺,"自刭以送公子";又借指侯朝宗,说自己"有负夙诺"。"椒浆",祭奠用的以椒调制的酒浆。典出《楚辞》:"奠桂酒兮椒浆"。

诗中寓意丰厚，寄慨遥深。我们可以从古人的懿言嘉行中，领悟到祖国优秀传统文化的精蕴。诸如，恪守民族大义，看重人格、操守，知进退之节，明去就之分；谦卑自抑，礼贤下士，尊重人才；信守承诺，交友以信，立身以诚，言必信、行必果；知恩、感恩、报恩，"滴水之恩，当以涌泉相报"；等等。即便是诗人自己，虽然大节有亏，但其行己有耻、悔愧自责、看重人格的精神，也是很可取的。他在口诛笔伐变节朝士的同时，对于自己的失节行为，更是时刻进行着正义的拷问、由衷的忏悔、灵魂的救赎，愈到晚年就愈是哀痛欲绝，悔愧交加，这与同时期也是著名诗人的钱谦益形成鲜明的对比：钱的变节降清是主动的，而吴则带有被动性质；钱在相当长的时间内，没有一点悔愧的表示，吴则从不掩饰、辩解、推卸。他在《自叹》《过吴江有感》《过淮阴有感》，组诗《遣闷》，《贺新郎·病中有感》词和本诗中，尽多"故人慷慨多奇节；为当年沉吟不断，草间偷活"，"脱屣妻孥非易事，竟一钱不值何须说"，"我本淮王旧鸡犬，不随仙去落人间"，"忍死偷生廿载余，而今罪孽怎消除？受恩欠债应填补，总比鸿毛也不如"之句，深刻进行思想解剖，展示自己的悔过真心。知耻，是良知的先导；悔过，是立新的前提。这对于后人正确对待人生道路抉择，在生与义、去与就、取与舍方面，坚守节操，不忘初心，具有启迪和警示作用。

吴伟业与钱谦益、龚鼎孳并称"江左三大家"，又为娄东诗派开创者。长于七言歌行，初学"长庆体"，后自成新吟，称"梅村体"。《四库全书总目》评说："其少作大抵才华艳发，吐纳风流，有藻思绮合、清丽芊眠之致。及乎遭逢丧乱，阅历兴亡，激楚苍凉，风骨弥为遒上。"

尽信书不如无书

读史志愤

李 渔[①]

一部廿一史,谤声如鼎沸。
不特毁者冤,誉者亦滋愧。

诗人说,这二十一部史书("廿一史",指"二十四史"中去掉《旧唐书》《旧五代史》和《明史》),一经编出,就谤声不断,原因在于不尽真实,也有失公正。不仅书中所批评("毁")的含冤负痛,即便是受到赞誉的,也会心感不安,滋生愧怍。

为了解读本诗,可以参看作者在《笠翁别集·弁言》中的一段话:"子舆氏(孟子)曰:'尽信《书》(《尚书》)则不如无《书》。'旨哉斯言!是《书》之不可信也。三代(夏、商、周)已然,矧(何况)秦汉以后者乎?……予独谓'二十一史',大半皆传疑之书也。"

[①] 李渔(1611—1680),号笠翁。明末清初文学家、戏剧家、美学家。

周武王继位第四年，得知商军主力远征东夷，国都朝歌空虚，即率师伐商，进至牧野。商纣王闻讯，遂调动少量的防卫兵士和大批奴隶，前往迎战，结果遭致惨败。对此，《尚书·武成》篇记载："受（纣王）率其旅如林，会于牧野。罔有敌于我师（没有人愿意和我为敌），前徒倒戈，攻于后以北（向后边的自己人攻击），血流漂杵。"生活于战国中后期的孟子，认为其记载失真，说："尽信《书》则不如无《书》。吾于《武成》，取二三策而已矣。仁人无敌于天下，以至仁伐至不仁，而何其血之流杵也？"（《孟子·尽心》）这一论断得到了后世学者的认同。宋代理学家张载、朱熹等，还就此做了进一步发挥，强调读书要"有疑"，且在"无疑处有疑"；要"濯去旧见，以求新意"。因为怀疑方能开启觉悟之门，"疑乃可以启信"。

李渔所谓"传疑之书"，可从古籍《公羊传》"所见异辞，所闻异辞，所传闻异辞"之说中得到印证。其实，成文的历史，又有哪一种不是间接的传闻呢？东汉王充《论衡·艺增》篇，专门揭露了古代一些典籍"增溢其事以致失实"的现象："世俗所患，患言事增其实，著文垂辞，辞出溢其真，称美过其善，进恶没其罪。何则？俗人好奇，不奇，言不用也。故誉人不增其美，则闻者不快其意；毁人不益其恶，则听者不惬于心。闻一增以为十，见百益以为千。"

在古代经史中，经常会碰到所谓"事实正确"与"义理正确"的矛盾冲突，这就必然导致史官不能如实记述的倾向。《春秋·僖公二十八年》记载："天子狩于河阳。"狩者，巡所守也，意为巡行视察诸侯为天子所守的疆土。真实情况却是："五霸"之一的晋文公，命令诸侯国以朝周天子名义，在河阳举行一次会盟活动，同时也召呼周天子到场。出于"为尊者讳"，便做了如上表述。

伟大的思想家与革命导师,关于正确的史观多有论述:鲁迅先生指出:"历史上都写着中国的灵魂,指示着将来的命运,只因为涂饰太厚,废话太多,所以很不容易察出底细来。正如通过密叶投射在莓苔上面的月光,只看见点点的碎影。但如看野史和杂记,可更容易了然了,因为他们究竟不必太摆史官的架子。"李大钊先生有言:"二十四史"等等,"都是很丰富很重要的材料,必须要广搜,要精选,要确考,要整理。但是,它们无论怎样重要,只能说是历史的记录,是研究历史必要的材料,不能说它们就是历史。"毛泽东主席讲得最为斩截、透彻:"一部二十四史,大半是假的,所谓实录之类也大半是假的。但是,如果因为大半是假的就不读了,那就是形而上学。不读,靠什么来了解历史呢?反过来,一切信以为真,书上的每一句话,都被当作证实历史的信条,那就是历史唯心论了。正确的态度是用马克思主义的立场、观点和方法,分析它,批判它,把被颠倒的历史颠倒过来。"(引自芦荻《毛泽东读二十四史》)

船工智语

闻舟师相语

高 珩[①]

天风争顺逆,人事有参差。
昨我停舟处,知君得意时。

诗人巧妙地运用船工交谈的形式,即事明理,情理兼至,活泼生动。清代诗人沈德潜在《清诗别裁集》中评论:"读此诗,可以释人矜躁。"意思是恃才自负之徒,可以从中获取一些教益,从而矜平躁释,知所惕戒。

船工们议论说,同是行船,由于方向不同,有的趁了顺风,有的就遇上逆风。人事也是一样,贫富不均,祸福不同,有的行时,有的倒霉。还说行船吧,昨天我就遇上了顶头风,万般无奈,只好停泊;可是对你来说,恰好是顺风,一帆疾驶,最得意不过了。

---

① 高珩(1612—1697),崇祯年间进士,选翰林院庶吉士;清顺治朝授秘书院检讨,后晋升吏部、刑部左侍郎。生平所著,不下万篇。

清代中叶,诗人赵翼写过一首《顺风歌》,也是借助舟师话语,阐释与此相类似的道理:"深心最是老舢公,劝客休为顾盼雄。正饱帆时江一曲,顺风又作打头风。"

两首诗蕴含着同样的哲理:一是事物矛盾的多样性、复杂性,同处一种环境、条件,在彼为顺境,在此却为逆境;二是事物成长、发展,往往受到环境、机遇等客观因素制约,并非都是主观努力造成的;三是环境是不断变化的,所谓"三十年河东,三十年河西";顺风顺水的大可不必得意忘形,而遭遇困难、身处逆境的,也应振作精神,不必灰心丧气。

这样丰富而深刻的道理,并非出自饱学之士或哲人之口,而是体力劳动者凭借自身体验与阅历领悟出来的。这使人想起清人袁枚的一首诗:"阅历名场四十春,一言常自说津津。久居轩盖无佳士,不读诗书有俊人。"

斗士丰姿

绝句(六首选一)

王夫之①

半岁青青半岁荒,高田草似下田黄。
埋心不死留春色,且忍罡风十夜霜。

这是一首寓意深刻的咏物诗,诗人以草喻人,托物言志。说,小草的命运是惨酷的,半年青翠,半年枯荒,一当寒风掠地,不分高阜低地,都是无草不黄;而它们的生命力又是异常顽强的,环境尽管无比恶劣,它们总能年复一年地长存下去。其中的根本诀窍,就是把生命的根基与萌发的活力,深深地埋藏在根系里。"埋心不死留春色",这样,纵使遭遇寒风烈雪,也可以安然度过。不妨暂时忍耐一下,等待春天来临,最后照样能够发芽吐绿,茁壮成长。"且忍罡风十夜

---

① 王夫之(1619—1692),明清之际著名思想家,晚年隐居衡阳石船山,世称船山先生。清代学者刘献廷称:"王夫之学无所不窥,于《六经》皆有说明。洞庭之南,天地元气,圣贤学脉,仅此一线。"

霜"中的"罡风",原是道家语,用来称呼天空极高处的风,这里指强烈的风。"且忍"二字,极富感情特色。意思是暴力再强大,只要能忍耐一阵子,终究可以度过。

诗人年轻时曾积极投身反清起义,失败后,为保持名节,遁世隐居,对于朝廷的强制剃发和奉新出仕,以死相拒。作为前朝的遗老,他在六十七岁时让人画像,题句云:"凭君写取千茎雪,犹是先朝未死人。"言为心声。联系到这一系列思想修为,再来解读本诗,就可以加深理解其深沉的意蕴。

当代学者陈志明在赏评本诗时指出:"这是诗人对抗清志士的鼓励,也是诗人自己的立场、态度的剖白。王夫之本人即是一个'埋心不死'、永不屈服的斗士。"诗中"所咏者草,所写者心,寓情于物,富于象征性"。"王夫之在《夕堂永日绪论》中说:'无论诗歌与长行文字,俱以意为主,意犹帅也。'又说:'烟云泉石,花鸟苔林,金铺锦帐,寓意则灵。'这两段话,也正好是对这首有所寄托的小诗所作的恰当说明。"

西施心结

吴宫词

毛先舒①

苏台月冷夜乌栖,饮罢吴王醉似泥。
别有深恩酬不得,对君歌舞背君啼。

这首咏史诗的主角是美女西施。春秋末期,越国称臣于吴国,越王勾践卧薪尝胆,以谋复国;并采纳谋臣范蠡之计,将西施献给吴王夫差,用以迷惑吴王。吴王果然中计,对她百般宠爱,沉湎酒色,终于惑乱朝纲。诗中前两句,讲的就是这种情况。"苏台"即姑苏台,为吴王宴饮处。"夜乌栖",李白《乌栖曲》中有"姑苏台上乌栖时,吴王宫里醉西施"之句,毛氏化用此成句,对全诗起到衬垫作用。

关键之处在后两句,为全诗最精彩的所在。诗人深入到西施的内心深处,揭示其心理矛盾。西施入吴,担负着双重角色,也就是以

---

① 毛先舒(1620—1688),明末诸生。入清,不求仕进,从事音韵学研究。能诗擅文,与毛奇龄、毛际可齐名,时称"浙中三毛,文中三豪"。

双重身份、双重人格出现。作为颠覆吴国的政治工具,她时刻记挂着对吴王"惑其心而乱其谋"的庄严使命;而作为心地善良的年轻女性,褪除复国英雄的政治符号,完全以一个活生生的普通人面目出现,又时刻感受到吴王对她的真诚爱恋,不能不产生感恩之情。这样,就深深陷入了情感的冲突。于是,在吴王面前歌舞承欢,而背着吴王却又为自己的欺蒙而痛哭流涕。

历代吟咏西施的诗文难以计数,而毛先舒却能从全新的视角,别出心裁,做出独特的分析、论断,因而受到著名诗人王渔洋的赏赞,说:"意未经前人道过"。

到了乾隆时期,大诗人袁枚踵其意而增华,从"捧心而颦"方面做文章,有诗云:"吴王亡国为倾城,越女如花受重名。妾自承恩人报怨,捧心常觉不分明。"诗人站在西施的角度,作内心的独白:说我身受厚恩,却为越王报怨,终竟不能心安理得。与此同时,还有女诗人陈长生《题捧心图》:"眉锁春山敛黛痕,君王犹是解温存。捧心别有伤心处,只恐承恩却负恩。"虽也清丽可读,但与毛、袁相较,则已瞠乎其后矣。

神闲就是神仙

月下演东坡语(二首选一)

汪琬①

自入秋来景物新,拖筇放脚任天真。
江山风月无常主,但是闲人即主人。

诗人晚岁闲居,秋宵手扶竹杖("拖筇")出游,清风拂面,月色皎洁,般般景物纷呈眼底,心胸为之豁然。这时他记起了东坡先生《前赤壁赋》中的那段话:"天地之间,物各有主,苟非吾之所有,虽一毫而莫取。惟江上之清风与山间之明月,耳得之而为声,目遇之而成色,取之无尽,用之不竭。"心有所感,遂加以发挥演绎("演东坡语"),进一步阐明了审美主体的思想精神状态对于感知客体、获得美感的决定性作用。

东坡先生创造性地指出,天生万物,都是各有其主的,大自然中

---

① 汪琬(1624—1691),顺治年间进士,康熙时授翰林编修,纂修《明史》。工诗文,古文与侯方域、魏禧并称三大家。

惟独清风、明月属于一切人,人人都可得以享用,而且取之不尽,用之不竭。汪琬在此基础上,做了进一步的引申与发挥——江山风月并无常主,就是说,它的主人可以随时发生变化,即便是同一个人,也会随着情况的改变而改变。唯一不变的是,只有闲人(根本在于心定神闲),才能成为江山风月的真正主人,也就是俗话所说的"神闲就是神仙"。否则,即使你整天投闲置散,放浪逍遥,如果心为物役,患得患失,照样还是与江山风月无缘。诗人演东坡语另一首七绝的结末两句是:"人间何处无风月,欠个闲人似我闲",说的也是这个道理。

当代学者陈志明指出:"诗人从亲身的生活体验中提炼出来的'但是闲人即主人',富于哲理性,从物我关系上说明了审美主体的状况对于把握客体,获得美感的重要性。对审美过程中主客体关系的探讨,在先秦以来的美学思想中早已有之,但诗人并不是在作理论上的简单重复,而是以极富于情韵的笔调,通过诗的意境加以表现。由于抒情议论的成分与叙事相结合,实写与虚写相统一,全诗就显得既亲切感人,而又丰富深刻。"

早知如此　何必当初

落　花

宋　荦①

昨日花簌簌,今日落如扫。
反怨盛开时,不及未开好。

古代文人见落花而伤怀,大多因移情所致,看到花谢花飞的苍凉场景,往往想到自己的境遇,感叹青春易逝者有之,悲慨人生无常者有之,忧思红消香断、落花成寂者亦有之;有些人甚至把爱情的流逝、生命的困顿、理想的破灭,都和落花联系起来。诗人宋荦也是一位多情种子,当他面对庭前开得热热闹闹的花树,不过两天时间,便落英缤纷,枝空如扫,不禁悲从中来,顿生一种凄婉、怨怼之情,觉得与其这样繁华转瞬成虚,还真不如索性就不开放为好——如果没有当初的粲然盛开,自然也就不会有现在这般凋残败落了。

---

① 宋荦(1634—1713),任江苏巡抚时,被康熙帝誉为"清廉为天下巡抚第一"。尊崇宋诗,创作上常常规仿苏轼。

一般的诗都是恨怨零落,而宋荦的诗却是恨怨花开,这比宋代诗人辛弃疾的"惜春长怕花开早,何况落红无数",更推进了一层,表露出一种"早知如此,何必当初"的决然心态,真是生面别开,奇绝妙绝。不过,它的发明权应该记在晚唐诗人王枢的账上,他在落花七绝中,早就吟出:"花落花开人世梦,衰荣闲事且持杯。春风底事轻摇落?何似从来不要开!"诗人开罪于春风,问得明快,结得痛快。

　　王枢之作原是一首和诗——晚唐严恽的《落花》诗:"春光冉冉归何处,更向花前把一杯。尽日问花花不语:为谁零落为谁开?"这也是一首好诗,"花不语""为谁开"云云,皆属未曾经人道语。(至于"泪眼问花花不语,乱红飞过秋千去"之句,那是后人的了。)而王枢的过人之处,在于他能跳出原诗的窠臼,另辟蹊径,在佳作如林的落花诗中,拓开一方新的天地,从而获得了创新性的成果。

泣血悲歌

题荆山石壁

陆次云[①]

寄语山灵听啸歌,连城再刖叹如何。
人间碧眼应难遇,莫产琼瑶误卞和!

在这首咏史诗中,诗人借荆山题壁,寄语山神,抒发其对世间真才不被识别、重用的悲慨,表示出深重的失望和强烈的不满情绪。荆山,在今湖北南漳县西部,山有抱玉岩,传为楚人卞和得璞处。

诗的本事是,春秋时楚人卞和,在荆山发现一块玉璞,当即认出这是一块真正的美玉,于是,便把它献给了楚厉王。厉王找来玉工察看,玉工说是一块顽石,厉王遂以欺诳罪,砍掉了卞和的左脚。待到武王即位,卞和拄着拐杖又去向皇帝献璞。玉工仍然鉴定为石头,结果,武王又把卞和的右脚截去了。(诗中的"再刖",指此。)楚文王登

[①] 陆次云(1636?—1690),以拔贡生官江阴知县,有善政。载酒征歌,风雅好客,一时名士至江阴者,必过访燕集。

极后,卞和想到忠而获罪,识宝无人,便抱着璞玉痛哭于荆山之下,整整哭了三天三夜。文王得知后,命令玉工把这块石头剖开,果然是一块稀世的美玉,制成玉璧,名之为"和氏璧"。战国时,为赵惠文王所有,秦昭王愿以十五城易之。由于这块宝玉价值连城,后遂称为"连城璧"。

宋初诗人钱惟演,曾以"泪"为题,吟诗寄慨:"荆王未辨连城价,肠断南州抱璧人。"而到了陆次云的笔下,就变得更为激切了,他把泪水化作啸歌。啸歌的古意:撮口作声曰啸,吟咏曰歌。《诗经·小雅·白华》有"啸歌伤怀"之句。说是啸歌,实则唱的是令人哀痛欲绝的悲歌:山神("山灵")啊,你可再不要出产琼瑶美玉了,人间已经遇不到能够识别真才的慧眼("碧眼")了,到头来,徒然使得卞和之类的"愚人"跟着遭灾受罪,那又何必呢?

写这首诗,诗人是怀着满腔悲愤、万种哀思的,但慑服于当时文字狱的淫威,只好压住火气,转弯抹角地申明态度。话说得很巧妙,很委婉,但批判的力量还是十分强大的。妙在借题发挥,意在言外,耐人寻味。

为千古文人吐气

疑冢

陆次云

疑冢累累漳水头,如山七十二高丘。
正平只有坟三尺,千古安眠鹦鹉洲。

诗中写了三国时期两位历史人物的坟墓。一是遍布在漳河岸边的曹操的疑冢,一是鹦鹉洲畔的祢衡(字正平)墓。整个文章就是从这里做出来的。

冢,就是埋骨其中的坟墓吧,何来"疑冢"?原来曹操生性多疑,担心死后会遭仇人掘墓报复;而他本人也曾有过盗掘汉梁孝王墓以筹军饷的经历,于是,临终前精心策划,置备七十二具棺材,在安葬的那一天,从邺城的东西南北四门,同时抬出、安葬。这样,在漳河边上便出现了七十二座累累高耸的土丘,世称"疑冢"。

"疑冢"之说,近世学者多持怀疑以至完全否定态度。但自宋代以来,从王安石开始,陈昌言、京镗、罗公升、范成大等诗人却都把它作为一个热门话题,而且坐实其事。就中以俞应符的七古,批评得最为激烈:"生前欺天绝汉统,死后欺人设疑冢。人生用智死即休,何有余机到丘垄。人言疑冢我不疑,我有一法告君知。直须发尽冢七二,必有一冢藏君尸。"诗人终究还是天真,其实,完全有可能七十二座全是假的。

清人陆次云的诗,却是从一个崭新的视角,拉着两个墓主对比,说曹操生前机关算尽,死后还忧心忡忡,用心良苦。"累累"二字,一是说明疑冢之多,二是形容疑冢之高。诗人说,你看人家祢正平,只有三尺孤坟,却是千古安眠,这与曹操死后也不得安宁,恰成鲜明的对照。

祢衡,汉末名士。博闻善辩,恃才傲物。建安初年,孔融荐之于曹操,但他称病不肯去。曹操有意羞辱他,封为鼓手,却反被祢衡裸身击鼓,痛骂一番。曹操气愤不过,原想一刀斩之,但又怕遭人讥议,就采取借刀杀人的策略,把他遣送给刘表,刘表也受到了祢衡轻慢,但也不愿担杀名士的恶名,便又把他送给江夏太守黄祖,最后死在黄祖手中。"诗仙"李白有一篇题为《望鹦鹉洲怀祢衡》的古诗,开头四句说的就是这段故实:"魏帝营八极,蚁观一祢衡。黄祖斗筲人,杀之受恶名。"说的是,曹操经营天下,显赫一时,而祢衡却以蚁类视之,足见其个性之傲岸和胸襟的博大。黄祖乃才识短浅之徒,心胸狭隘,不能容物,结果因杀害祢衡而获得恶名。

陆次云的诗,把曹操的"疑冢"和祢衡的三尺孤坟作为引线,最后牵引出它们的墓主。诗人对横绝一世、雄视八极的魏武帝和无权无势的小人物、不过是一介书生的祢正平,通过巧妙对比,进行一贬一褒,做出历史性的评价。清人沈德潜评论此诗时,郑重地写下了六个字:"大为文人吐气"。堪称剥皮见骨,一语破的。

故交不忘

钓　台(四首选一)

洪　升[①]

逃却高名远俗尘,披裘泽畔独垂纶。
千秋一个刘文叔,记得微时有故人。

诗中讲述了汉光武帝刘秀(字文叔)与隐士严光(字子陵)的故事。严光少有高名,曾与刘秀一同游学,及刘秀即帝位,便隐身桐庐县富春江畔的钓台,避而不见。"远俗尘""独垂纶",说的就是上述情况。而光武帝却是不忘故旧,始终思念严光,却遍寻不得。后有人告知:"有一男子,披羊裘,钓泽中"。光武帝遂派人往请,经过数次周折,才勉强请来。二人共叙友情,甚至同榻而眠,但严光仍是不肯

[①] 洪升(1645—1704),字昉思。清代著名戏剧家、诗人。生于世宦之家,北京国子监肄业,科举不第,白衣终身。因其名作《长生殿》传奇在佟皇后丧期演出,被革去监生,后返回故里。十五年后,曹寅在南京排演全本《长生殿》,洪升应邀前去观赏,返回钱塘途中,于乌镇醉酒,失足落水而死。

入仕,坚持渔钓终生。

后两句,诗人赞赏光武帝富贵不忘故交、珍视友情的可贵精神。其中有两个关节点:一是"千秋一个",千年一遇,极言其少,因而尤为可贵;一是"记得微时(卑贱而未显达之时)有故人"。中国古代就有"贫贱之交不可忘,糟糠之妻不下堂"的名言警语。可是,世上多人却是"贵易(更换、改变)交,富易妻",只能共苦,不能同甘,可与共贫贱,而不能同富贵。刘秀虽然贵为君王,仍然能够不忘老朋友,所以值得称赞。

与此形成鲜明对比,"贫贱交情富贵非"(黄庭坚诗句)的事例,史上也有记载。秦末农民起义领袖陈涉为王之后,从前几位一起佣工的老伙伴前来见他,直呼他的名字。宫门守卫不肯通报,他们便趁陈王外出时,把车辆拦住,陈王便把他们载回王宫。几个人在宫中出出进进,日益随便、放肆,常常跟人讲些陈涉的一些旧事。有人就对陈王说:"这几个人愚昧无知,专门胡说八道,有损于您的声望与威信。"于是,陈王就把他们杀掉了。见此情景,陈王的故旧知交便都纷纷离去,再也没有人亲近他了。(《史记·陈涉世家》)

光武帝在位三十三年,大兴儒学,推重气节,厚待功臣,崇尚节俭。司马光在《资治通鉴》中说:"自三代既亡,风化之美,未有若东汉之盛者也。"

无谓的拼争

蚁　斗

查慎行[①]

国手围棋分黑白,村儿斗草计输赢。
转头一笑全无味,不解当场抵死争。

诗中列出古代流传下来的两种游艺活动:一种是两人对阵的策略性的围棋游艺(古时称为弈);一种是称作斗草(也叫斗百草)的古代民间游戏——儿童们竞采花草,比赛多寡、优劣,常于端午节举行。诗人从观看蚂蚁争斗、打架,联想到高档的国手对弈,低俗的儿童斗草,当场都是丝丝计较,步步争夺,像煞有介事似的;可是,过后转过头来一想,觉得实在并没有什么兴味,真不懂得当时抵死相争究竟是为了什么。

类似的诗,还有一些,像王安石的"莫将细事扰真情,且可随缘

[①] 查慎行(1650—1727),号初白。康熙年间进士。诗学宋人,功力颇深,善用白描手法。

道我赢。战罢两奁分白黑,一枰何处有亏成";白居易的"焦螟杀敌蚊巢上,蛮触交争蜗角中。应似诸天观下界,一微尘内斗英雄"。都是过来人的解悟。

人间事怕回头想。查氏诗中有一个关键词,就是"转头"二字,它与"当场"是相对应的,说的是,认识的升华需要拉开一定的时空距离——事后去看,或者站在高处去看;而身在其中,囿于视野的局限与功利的考量,往往会沉酣不悟,所谓"当局者迷"是也。

明代"状元学者"杨升庵,正是基于这一点,才在晚年创作的《临江仙》词中,抒发了一番风波后的感慨。其中有"滚滚长江东逝水,浪花淘尽英雄,是非成败转头空。青山依旧在,几度夕阳红"之句,里面渗透着他从自身的颠折遭际中所获得的真切、实际的生命体验。同样有个"转头"过程。此刻,开始以淡泊超然的心境回思往事,想到当年由于"议大礼"案触怒了嘉靖皇帝,结果远戍云南三十余年。当年拼死相争的皇上称生身父亲为皇考还是皇叔的所谓"大礼议",现在看来,不过是"相争两蜗角,所得一牛毛",真个是"古今多少事,都付笑谈中"了。

盛极而衰

二月朔日碧桃盛开

查慎行

无数绯桃蕊,齐开仲月初。
人情方最赏,花意已无余。

作为一位诗人,查慎行对于道论、艺术论(或今天所说的哲学、美学)未必做过刻意的研究;但他在这首寥寥二十字的小诗里,却能借助二月初一碧桃盛开这一普通景象,出色地阐释并引人思考一些耐人玩索的人生哲理和审美课题,着实令人叹服。

前两句,诗人作为审美主体,对眼前的花开似锦这一美的形态,做了直接的感知与表述;后两句,则是运用自己本来就有的生活经验和价值判断,把它投射到审美对象当中去,这里既包括情感因素,也蕴含着理性剖析,从而获得对客体对象的深刻理解。

这种理解是客观的、理性的、冷峻的,里面渗透着对世路人生的深沉感慨,启发人们思考一些有关盛衰、荣瘁、盈虚、消长等重大理论课题。比如,当你面对"红杏枝头春意闹"、"桃之夭夭,灼灼其华"的喧腾景象,想没想到接下来就是落英满地、盛极而衰呢?再比如,在"人情方最赏"之际,想没想到此刻恰是"花意已无余"之时呢?也许有人觉得,盛衰、成败这个题目太大,就是说,离个人生活实际比较远,那么,不到顶点、戒满忌盈,凡事留有余地、讲究分寸、不搞绝对化这些应时处世原则,还是每天都会接触到的。

本诗的妙处,不仅在于即小见大,像《周易》中所说的"其称名也小,其取类也大";而且,能够如钱锺书先生所言:"不泛说理,而状物态以明理","拈形而下者,以明形而上","理之在诗,如水中盐、蜜中花,体匿性存,无痕有味"。就是说,诗并非不能说理。而是不作理语,忌讳"理障"。诗的丰富内涵和深层意蕴,不是借助语言显露于外,而是通过形象描摹和读者的细心玩味,从而体味到蕴涵于内的道理。

两个不眠人

吴宫词

庞 鸣①

响廊移得苎萝春,沉醉君王夜宴频。
台畔卧薪台上舞,可知同是不眠人。

春秋末年,越国被吴国征服,越王勾践沦为臣虏,忍辱含垢,执牧养之事,形同奴婢,伪装忠诚,谄事吴王夫差,逐渐取得信任,三年之后放归会稽。而勾践志在复仇,乃苦身劳心,夜以继日,累薪而卧,不用床褥;又悬胆于坐卧之所,饮食起居,必取而尝之。又接受谋臣献计,从苎萝山下觅得绝代美女西施,教以歌舞,精研容步,教习三载,技态尽善,然后饰以珠帻,乘以香车,敬献吴王。夫差一见,惊为仙女下凡,魂魄俱醉,予以专房之宠。特意为她建馆娃宫于灵岩之上,还设计了响屐廊(屐乃鞋名),凿空廊下之地,将多口大瓮铺平,上覆厚

---

① 庞鸣(1692年前后在世),字逵公。清代诗人。

板,令西施步履其上,铮铮有声,故名"响屟"。从此,夫差日夜沉湎,荒淫无度,酣歌醉舞,不问朝政,最后终于为越国所灭。

弄清上述本事,这首七绝就容易解读了。前两句是说,西施离开浙江的苎萝乡,来到姑苏的馆娃宫,从此,吴王夫差便沉湎酒色,荒淫怠政了。重点在后两句,为全诗之纲领。这里拉出两个不眠之人,他们在同一时间里,怀有不同的价值取向,从事不同的活动——越王勾践卧薪尝胆,以图强国复仇;吴王夫差却醉生梦死,沉湎酒色,荒淫宴乐。正所谓:共处一室,迹近路人,势同水火,心分吴越。

全诗形象鲜活,对比强烈,含蓄蕴藉,婉而多讽。孰是孰非,作者不加评点,留给读者判断。不仅醒世觉迷,意蕴深刻,而且手法十分高明。

初次吟哦此诗,觉得声韵、格律、结构,似曾相识。原来,晚唐诗人罗隐有一首七绝《偶题》:"钟陵醉别十余春,重见云英掌上身。我未成名君未嫁,可能俱是不如人?"同样是说两个人:一是罗隐自己,十试不第,落拓无成;一是旧日相识妓女云英,独身未嫁,岁月蹉跎——彼此彼此,都是"不如人"的。虽然两首七绝内容毫无共通之处,但韵律、结构十分相似。学术界有"异质(不同意旨)同构(相同或相似结构)"之说,可以借用过来,阐释两诗的艺术特点。

眼前语是奇绝语

出 关

徐 兰[①]

凭山俯海古边州,旆影风翻见戍楼。
马后桃花马前雪,出关争得不回头?

诗人为清宗室安郡王幕僚。清初,西出祁连、北征塞外的军事活动颇多,此诗当为诗人随军出塞时所作。诗人通过出关前后目中所见的景色,着意点染了出征士卒怀恋乡土的感情色彩。题曰"出关",那么,究竟是长城的哪个关口呢?从诗句中的"凭山俯海"看,应为山海关;但有学者考证,康熙年间,西征噶尔丹,安郡王率兵前往,系由居庸关至归化城,然后沿河西走廊西行,这样,就应该是出居庸关。

就诗歌创作看,有的(当然属于个例)也可能并不拘泥于具体物

[①] 徐兰(约1660—约1730),字芬若,号芝仙。著名诗人。康熙年间入京为国子监生,后以幕僚身份随安郡王出塞。

象,比如黄庭坚的诗句"斜谷铃声秋夜深",按照史书记载,唐明皇夜雨闻铃并不在斜谷,可是诗人就这么说。在这方面,似乎文学艺术拥有一点"特权",这样,东坡"黄州赤壁",王维"雪里芭蕉",也就不足为怪了。

下面书归正传。诗人从马上见到的出关景象写起——旌旗闪处,雄关威峙,戍楼高耸,这里背倚群山,面临大海,属于古长城的边关。接下来,由所见进入所思:此时虽然已是早春,但关外仍然雪漫峰峦,银装素裹;而抛在身后、渐行渐远的村野,却还到处盛开着桃花。面对这两种差异鲜明的景色,对于关内,行人争得(怎能)不频频回首,深情地留恋!

笔下纯为眼前景色,却造语奇突,使情与境熔为一炉,而且富有意蕴,颇具理趣。清人沈德潜《清诗别裁》中赞誉此诗:"眼前语便是奇绝语,几于万口流传。此唐人边塞诗未曾到者。"

写法上亦颇具特色:开头两句写景,一呈静态,一呈动态,在渲染气氛、状写环境方面,已见功力;而后两句的议论、感慨,尤其出色。作者笔下的马后、马前的桃花和雪,作为两种意象,分别代表着判然有别的节候,反映截然不同的世界,一红一白,一暖一寒,相映成趣,堪称奇思妙笔。

这使人联想到,徐兰在另一首《归化城杂咏》中的诗句:"祁连呼吸与天通,不与人间节候同。后骑解衣风柳下,前军堕指雪花中。"在高耸云天的祁连山的障蔽下,山北山南,节候特异,一方冰寒冻掉指头,一方燠热,需要披襟迎风。二诗可谓同一机杼。

惶恐滩头说惶恐

惶恐滩口号

赵执信[①]

斜阳一线系金船,鸦轧桡声尚满川。
何处人间不惶恐,羡他高雁入云天。

惶恐滩,在江西省万安县境内,为赣江十八滩的最后一个锁口,江水湍急,暗礁林立,令人望而生畏。可是,诗中所写的却是另外一番景象。诗人说,当江船经过这一著名险滩时,但见西斜的日光穿过阴云,露出澄黄一线,像是给整条船镀上了一层金色;耳畔橹声轧轧,撩乱川谷。本来,应该是"惶恐滩头说惶恐",可是,却一反常态,不仅看不出惊心动魄、气沮神伤的精神状态,而且,还依稀透出一定程度的诗意。原来,诗人此刻已经由水路上的艰难险阻,联想到了人世间、社会上、仕途中的险恶处境。这样,自然界的风波险阻,也就不在

[①] 赵执信(1662—1744),康熙年间进士,授翰林院编修,官至右赞善。被革职后,五十年间,终身不仕,徜徉林壑。论诗强调以意为主,言语为役。

话下了。接下来,很自然地导出后面两句:人生在世,简直是步步艰辛,处处惶恐。这样一来,倒是觉得自由翱翔于万里云空之上的鸿雁,是最令人艳羡的了。

早在几百年前,文天祥就在七律《过零丁洋》中悲吟了:"惶恐滩头说惶恐,零丁洋里叹零丁。"是呀,"何处人间不惶恐"呢!那么,读者也许会问:较之激流险滩,宁静的池沼中,总该安稳得多吧?诗人对此摇了摇头。他有一首《戏题池内鱼罾》的七绝:"藏得丝纶就碧波,微风不动杀机多。鱼虾匿影知何计?星月都将入网罗。"连星月都在网罗之中,又何谈鱼虾呢!写到这里,诗人大概连展翅云天的高雁也未必称羡了。

赵执信一向主张"诗之中须有人在"。显然,这两首七绝中,都分明闪现着作者的身影,简直是呼之欲出。作者十四岁中秀才,十七岁中举人,十八岁中进士,少年得志,平步青云;但到二十八岁时,突然大祸临头,因在康熙帝的佟皇后丧葬期间,观看洪升所作《长生殿》的演出,结果被劾革职,此后即终生困顿潦倒,故其胸中常有一股郁勃难舒之气,遇有机会,就会喷发出愤慨不平之鸣,表现出一种尖锐的抗争性。

世间没有双全法

情　歌

仓央嘉措①

曾虑多情损梵行,入山又恐别倾城。
世间安得双全法,不负如来不负卿。

作为出色的诗人,仓央嘉措曾写过很多细腻真挚、富有文采的情歌,属于经典性的是拉萨藏文木刻版《仓央嘉措情歌》,共六十六首,如今已被译成二十多种文字,本诗是其中的第二十四首。

"诗言志,歌咏言。"这首情歌纯真、如实地倾诉了诗人内心的矛盾冲突。他说:我曾反复地思虑:任凭爱情的潮水放纵奔流,就会使我的修行轰然损毁;可是,如果我毅然斩断情丝,遁入深山修行,又觉得辜负了这美貌倾城的情侣,实在于心舍不得。人世间,怎么能寻找

---

① 仓央嘉措(1683—1706),为第六世达赖喇嘛,中国少数民族才华出众的诗人。1697年,被当时的西藏摄政王第巴·桑结嘉措认定为五世达赖的转世灵童,1705年被废,次年在押解途中圆寂。

到两全其美的办法——既能不违如来佛祖的法度,不致辱没了佛门,又不辜负所爱的人的深情?诗中"如来"二字,系梵语。《金刚经》:"如来者,无所从来,亦无所去,故名如来。"一般指佛陀。

活佛的身份,使他无法和心爱的情人结合在一起,他的多情爱恋也不容于世俗礼教,于是,年纪轻轻的他,就只好为情而殒命。诗中写尽了为情所苦的无奈与烦恼。但也因此,在艺术的天国里,作为诗人的他,绽放出一朵朵卓绝千古的奇葩。他的诗歌已经超越民族、时空、国界,成为世界范围内宝贵的文学遗产。

本诗原为藏文,汉译者曾缄,早年就读北京大学文学系,为国学大师黄侃弟子。

不独人亡物亦亡

湖楼题壁

厉 鹗①

水落山寒处,盈盈记踏春。
朱栏今已朽,何况倚栏人。

此诗为诗人悼念亡妾朱满娘而作。

首先说明了题诗的时间和地点,记述了满娘在时,以轻盈、秀美的步态,同他一起冒着料峭的春寒,在杭州西湖之滨踏青的情景。"水落山寒",既是交代节候特点,又烘托出诗人此刻苍凉的心境。这样,自然而然地就生发出下面的慨叹。一般都说,人亡物在,物是人非。英国文学名著《简·爱》的女主人公,重回故地桑菲尔德府,目睹迥非旧貌之惨景,曾喟然叹道:一切没有生命的依然存在,而一切有生命的已经变得面目全非了。而此处却说,"朱栏今已朽"——

---

① 厉鹗(1692—1752),号樊榭。康熙年间举人。浙派诗词重要作手。其百卷《宋诗纪事》为士林所重。

物也亡了,这就更向前递进一层。"何况倚栏人!"自是必然得出的结论:连无生命的木石都已经毁烂,更何况是有血有肉的人!

　　本诗后两句,当是从苏轼诗"雕栏能得几时好,不独凭栏人易老"中化出;当然,如果再往前追溯,也可说是自唐代诗人欧阳詹的五言诗中脱胎而来。欧阳詹在太原结识一位名唤李倩的艺妓,分别后,他写了一首《寄太原所思》,前四句云:"驱马渐觉远,回头长路尘。高城已不见,况复城中人。"二诗都是追怀所爱美人的,表现手法也有相似之处;但厉诗选取了新的视角,营造出新的意境,进行了形象鲜明、音韵铿锵的艺术创造,从而避除了蹈袭之嫌。

白发无公道

白　发

翁志琦[①]

朝来揽明镜,白发感蹉跎。
毕竟无公道,愁人鬓畔多。

本诗特点,是做古代名诗的翻案文章,同样富含理趣。

诗人说,早晨起来,手拿着镜子一照,眼见自己两鬓已经霜白,深感岁月蹉跎,光阴虚度。唐人杜牧说,"公道世间惟白发,贵人头上不曾饶",其实是不确的,毕竟还是穷愁之人白发多,哪里存在什么公道!

说到驳诘杜牧之诗,翁氏并非始作俑者,早在宋代,有人就曾发问:"白发何曾解公道? 逡巡也避贵人头。""逡巡"一词,引自西汉贾谊《过秦论》:"逡巡而不敢进",意为有所顾虑,而徘徊不前或者

[①] 翁志琦,字式金,康熙时诗人。

退却。

这就产生了疑问:为什么白发会逡巡、规避贵人头呢?回答说:因为相对地看,贵人条件优裕,不用愁吃愁穿,烦恼要比穷贱之人少得多。在日常生活中,人们常说:"愁一愁,白了头;笑一笑,十年少。"所以,有人说,白发是愁出来的。大诗人李白不是说了吗?"白发三千丈,缘愁似个长。不知明镜里,何处得秋霜?"

那么,接下来就出现了第二个疑问:为什么愁人就白发多呢?从字面、字形上看,"愁"是一个形声字,"愁为心上秋";词人也说:"愁便是,秋心也。"(宋代史达祖)就心理科学、病理科学来说,精神紧张,抑郁不舒,烦恼丛生,都足以催生白发。愁属于心,表现为一种不良的心理情绪。这还是站得住脚的理由。

求人不如求己

篱　竹

郑　燮[1]

一片绿阴如洗,护竹何劳荆杞。
仍将竹做篱笆,求人不如求己。

丛竹翠篠涓涓,绿荫清凉如洗,需要精心护持,一般的都是用荆杞之类带有钩刺的野生灌木作为护栏,以免遭到摧折、破坏。可是,板桥道人却别出心裁,认为与其求人,不如求己,索性就用竹子做成篱笆,就地取材,同样可以起到保护作用。这完全是从日常实际出发,属于生活实录;可是,其中却蕴含着寄怀深远的人生哲理。

"求人不如求己",本是一句俗语,但它的来头却是不小。早在两千五百年前,孔老夫子就有"君子求诸己"之说。而老子的弟子、

---

[1] 郑燮(1693—1765),字克柔,号板桥道人。康熙年间秀才、雍正年间举人、乾隆年间进士,曾任山东范县、潍县知县,同情民间疾苦。因得罪豪门罢官,晚年躬耕自食卖画度日。性狂放,落拓不羁。诗书画俱工,为"扬州八怪"之一。

大约与孔子同时的计然（文子），就讲得更明晰了："怨人不如自怨，求诸人不如求之己。"宋人笔记《贵耳集》记载："（宋）孝宗幸天竺，至灵隐，有辉僧相随"，"见观音像手持佛珠。（孝宗）问曰：'何用？'（辉僧答）曰：'要念观音菩萨。'问：'自念何甚？'（自己念自己，做甚么？）曰：'求人不如求己。'"另有一则佛门故事：一日，一个人遇到了难事，就到观音庙去拜观音，他看见一个长相非常像观音的人，也杂在人群中参拜，便问："你是观音吗？"那人答道："我是。"此人大惊："那你为什么拜自己？"观音答道："因为我也遇到了难事，但我知道，求人不如求己。"儒、道、释三家，对于同一个问题的认识，竟然如此浑然一致，毫无疑义，这在学术界或日常生活中，还是并不多见的。

从哲学原理上分析，矛盾（也包括问题、困难）是普遍存在的，矛盾是事物发展的动力。内因是事物发展的根本原因，外因是事物发展的必要条件。而解决矛盾有赖于主观与客观、内因与外因的协调、配合。就中，主导方面，或曰起决定作用的，是主观，是内因，即所谓"求人不如求己"。但这里只是强调自身的主导作用，并非一概否定外在条件。诗中"不如"二字，是就比较而言，只是说明主次之分，没有全盘否定"求人"的意思。只有将"求己"与"求人"结合起来，即在大力提高自身能力与素质的前提下；充分发挥外在因素作用，才能取得事业的成功，实现既定的目标。

别开生面的竹颂

题画竹

郑　燮

一节复一节,千枝攒万叶。
我自不开花,免撩蜂与蝶。

　　对于"岁寒三友"之一的竹子,前人做了大量文章,有的吟咏它直干凌空的气势,有的赞赏它中空外直的风格,有的写它的云水襟怀和清森气度,板桥道人却别具怀抱,从它的只吐叶不开花方面加以品题,顿觉生面新开,出奇制胜。咏物寄兴,富含哲理,堪称妙品。
　　诗人抓住竹子一般不开花(竹子开花后,会成片枯死)的特点,形象地阐发其立身处世的人生态度,同时也是书写一种人生感悟与生命体验。说的是竹子,实际上句句都在写人生,也是为自己画像。寥寥二十字的小诗,具有极为丰富的蕴涵——
　　从人性特点或者弱点角度看,老子有言:"不见可欲(不显耀可贪的财物),使民心不乱。"又说,缤纷的色彩使人眼花缭乱,珍稀的物品引诱人行为不轨。因此,有道之人但求安饱,而把声色、感官之娱弃置一旁。"不开花",对外可以免除声色的炫耀,对内也有利于防止心灵的惑乱。卑之无甚高论,就是避免麻烦。

从事物发展规律看,人是自己命运的主宰,所谓"自求多福"。古人早就说了:"物必先腐也,而后虫生之","人必自侮,然后人侮之","天作孽,犹可违,自作孽,不可活。"招蜂惹蝶,以色相示人,必然自找苦吃,招灾引祸。特别是人在成功成名、位高权重之后,往往会招来金钱、美色的诱惑,如果缺乏清醒的认识与足够的警觉,就会陷身其中,不能自拔。本诗突出强调了主观因素的作用,是富有积极意义的,极具现实的箴规、针砭价值。

从人生追求、价值取向来说,古往今来,凡是心怀远大目标、有志献身国家民族的人,在声色货利面前,总能正身律己,坚守原则,珍重节操,秉持一种定力。而且,淡泊自甘,不慕荣华,不媚俗,不张扬,不出风头,不哗众取宠。即使歪风邪气袭来,遭遇到"蜂蝶"的滋扰,由于自己正气凛然,贞洁自持,也能够不为所动,予以有效的抵御。

我们还可以从中认识到艺术与科学的区别。从植物学角度看,竹子不开花,与害怕招蜂惹蝶没有联系;但作为诗歌艺术,采用拟人化手法,却可以这样写。同样道理,唐人的"岸花飞送客,樯燕语留人","无情最是台城柳,依旧烟笼十里堤",都属诗人的拟人与移情之笔。

旷达自信

暮 春

翁 格①

莫怨春归早,花余几点红。
留将根蒂在,岁岁有东风。

古代文人,每当看到林花谢了绯红,匆匆春又归去的萧瑟场景,常常黯然神伤,怅憾不已。慨叹盛景不长、繁华难再者有之;责怪风雨无情,任意摧折百花者有之;自伤自恨留春无计、回春乏术者亦有之。可是,翁格这个地位较低、也没有见过更大世面的落拓文人,却从事物发展规律着眼,面对枝间稀稀落落的数点残红,毫不感伤、怨嗟、颓唐,而是抱着一种乐观向上的态度,说不要埋怨春天走得太早,转眼间风吹花落,残红委地;应该相信,年年岁岁,都有浩荡的东风,只要花树的根蒂还在,到了一元复始的春天,依旧会繁花满树,紫万

---

① 翁格,字去非,江苏吴县人。秀才。

红千。

寥寥四句,篇幅短小,语言也通俗易懂,其中却寄寓着深刻的人生哲理。前两句,说的是春去春来,花开花谢,都是自然现象,无关乎人意的悲喜哀乐。言下之意是,既然不以人的意志为转移。那也就不必像古人那样,"逸少(王羲之)临文总是愁,暮春写得如清秋"。(金圣叹诗句)后两句,说的是事物发展变化中主观客观、内因外因所起的作用。内因在事物发展变化中起着决定作用,因而,只要"根蒂在",就有了保障,有了根据;但也需要一定的外在条件,得到风吹雨润,它便会不失时机地重新开花。

据资料记载,翁格出身于苏州洞庭东山的一个商人家庭,在明代隆庆、万历年间,祖上以经营致富,资财巨万,但是,到了他的父亲这一辈,家道中落,产业变卖一空。他写作这首诗,是否意在从中得到慰藉,或者用以教诲家人,不得而知。

彩云易散

悼金夫人

赵艳雪①

逝水韶华去莫留,漫伤林下失风流。
美人自古如名将,不许人间见白头。

关于此诗的本事,据成书于乾隆初年的查为仁《莲坡诗话》记载:"辛丑(康熙六十年)仲春,余遭'炊臼之痛',同人和《悼亡诗》甚多,中有佟蕉村姬人艳雪七绝一首,句云:'美人自古如名将,不许人间见白头。'用意新异。"此事亦见载于袁枚《随园诗话》。其中,"炊臼之痛"指丧妻,典出唐代段成式《酉阳杂俎》:"贾(经商)客张瞻将归,梦炊于臼(在舂米的器皿中做饭),问王生。生言:'君归,不见妻矣。臼中炊,固无釜(谐音无妇)也。'贾客至家,妻果卒已数月。"

---

① 赵艳雪,康乾时期津门才女,诗人佟蕉村之姬人。冰雪聪明,风雅能诗。

因为是唱和悼亡诗,所以首句先从逝者金夫人说起。金名至元,字含英,与查氏结褵未及一载,遽尔云亡。次句讲到查氏,"林下",是说他困居乡里。查为仁十九岁中举后,被诬入狱,九年后获释,成婚。夫妻二人诗酒谈宴,琴瑟和谐,可惜好景不长。"失风流"指此。为仁有《七夕》一绝:"漫说双星怅别离,年年还有鹊桥期。人间一奏孤飞曲,地老天荒无会时!"备极伤恸。

赵诗的精彩之处,在三、四两句。之所以说人世间的美女和名将都不能(不宜)长寿至老,这可以从三个层面加以阐释——

首先,本诗是专为悼惜美人的,"名将"云云,只是陪衬,重点还是伤美女之早逝,哀红颜之薄命。女诗人着墨的重点,在于世间美好的事物都是极易消逝的。这可以说是千古同心,人情所向。于是,就有无数诗人同声慨叹:"大都好物不坚牢,彩云易散琉璃脆。"(白居易《简简吟》)"留不得。光阴催促,奈芳兰歇,好花谢,惟顷刻。彩云易散琉璃脆,验前事端的。"(柳永《秋蕊香引》)"最是人间留不住,朱颜辞镜花辞树。"(王国维《蝶恋花》)而唐人杜荀鹤说得就更妙了:"不假东风次第吹,笔匀春色一枝枝。由来画看胜栽看,免见朝开暮落时。"(《题花木障》)索性就把它画下来,那比栽在地上旋开旋落要好得多。

其次,推演开去,从自然属性来剖析。无论是美人还是名将,其存在基础都是和年轻联结在一起的。年轻貌美,美女吃的是"年轻饭"。中央电视台播放的《电影传奇》,常常有同一演员在不同年龄段的场景,看了真是令人沮丧。当日朱颜秀发、美目流盼、光彩照人的妙龄女郎,一变而为白发苍苍,皱纹满脸,目光呆板,老而且丑。如果没有花容月貌,那明星还怎么当?古希腊神话说:阿波罗答应满足女先知(女巫)的任何请求,女先知所希望的是永远不死,但却忘记了请求永葆青春。这样,她果真长寿了,但是,伴随着光阴的飞逝,她变得越来越衰老、越来越丑陋了,以致人们问她最后还有什么愿望,她说:只求一死。至于名将,驰骋疆场,立功绝域,也同样离不开年轻,"年少万兜鍪","英雄出少年"。"廉颇老矣,尚能饭否?"何谈上阵杀敌!君不见京剧《赶三关》中丑角莫老将军,一出场就唱起:"白盔白甲白旗号,白胡白须白眉毛,白吃白喝白挑眼,白打白闹白扯搔"吗?"莫老"也者,莫要年老之谓也。美人和名将一样,都经不起岁月的消磨,英雄老去,美人迟暮,终竟是莫大的难堪。

再次,从社会政治层面讲,在旧时代,名将也好,美女也好,都是封建君主手中的政治工具,风险性无时不在,无比巨大。他们虽然活得风生水起,耀眼荣光,称得上人间麟凤,却根本不能像平常人一样过上普通日子,大都是命途多舛,甚至不得善终。就美女来说,色衰爱弛,已成定律;而"红颜未老恩先断"的也所在多有。至于名将,"男儿要当死于边野,以马革裹尸还葬耳!"(东汉马援语)"醉卧沙场君莫笑,古来征战几人回";更不要说,功成名就之后,还要面临"烹狗藏弓"的悲惨下场了。

艳雪的丈夫佟鋐,字蔗村,长白人。家世贵显,而他独脱屣轩冕,放情诗酒。侨居津门西郭外。因其爱妾艳雪,色艺兼擅,筑楼贮之,名艳雪楼。园内风景极佳,海棠花尤负盛名。其后园亭荒废,渐成街巷,人称佟家楼大街。津门布衣金玉冈有《过佟蔗村艳雪楼故居》七律:"共沿流水到篱根,鸟雀喧喧最小村。几点红芳遮破屋,满庭青草闭闲门。缥缃散尽残书帙,樵牧唯余旧子孙。艳雪犹名楼已废,海棠一树最销魂!"语语沉痛,不胜今昔之感。

记得当年

咏落叶

刘 芳[①]

堆怨堆愁委地深,西风衰草乱虫吟。
此时狼籍无人问,谁记窗前借绿阴!

前两句写眼前所见。先说落叶本身,满满地一大堆,里面深深地掩埋着愁思怨意。以拟人化、性格化手法出之,好像落叶也具备人性,有情怀,有感慨。实际上,是提供给读者一个发问的由头:为什么会这样?次句写落叶的外在环境:凛冽的西风,枯黄的衰草,昼夜哀鸣、令人心碎的鸣蛩。这一句承上启下,既是衬托落叶的愁怨,又为下一句"狼籍"二字张本。"狼籍",也作"狼藉",形容杂乱不堪、乱七八糟的样子。

后两句,抒发感慨,为全诗立意所在。说落叶现在是飘零委地,

---

① 刘芳,字春池,曾任金陵织造府计吏,贫而且老,诗兴不衰。

狼藉不堪,人们都不屑一顾;可是,不要忘记,过去它们却是浓阴耸翠,绿满窗前的,许多人都曾从中受益,只是现在无人记起罢了。

《随园诗话》引述此诗时附注:"春池富时,有穷胥(小吏)倚以生活,后竟负之。故咏《落叶》。"而我,则愿意跳出作者一己之丝恩发怨,从更开阔的角度加以解读。诗人咏叹落叶,实际上是抒写人生感慨。它启发读者思考、研究:如何处理人情世故、对待客观事物,涉及社会学、伦理学、心理学等诸多方面的课题。

这里只举一个方面的事例:我在一篇文章中专门谈过:"不能忘记老朋友,常想平生未报恩。"

中国古代也有"贫贱之交不可忘,糟糠之妻不下堂(不能抛弃共过患难的妻子,下堂指赶走)"的俗谚。史载,齐景公看到大臣晏婴的妻子老而且丑,便要把自己的女儿嫁给他。晏婴予以谢绝,说:"我这妻子确实老丑不堪了,但我与她一起生活了几十年,她也曾有过年轻貌美的时候啊!人年轻时就寄寓着衰老,美貌时就寄寓着丑陋,她已将终身托付于我,而我也接受了她的托付,不能因为君王的恩赐,就背弃她的托付啊!"

"谁记窗前借绿阴!"蕴涵丰富,寄慨遥深。

良工不示人以璞

遣兴（二十四首之五）

袁　枚[①]

爱好由来下笔难，一诗千改始心安。
阿婆还是初笄女，头未梳成不许看。

诗人说，我作诗一向"爱好"，顾惜体面，要求标准高，因此，轻易地不肯下笔；即使写了出来，也要无数次地改来改去，这样才觉得心里宁帖。好像那些刚成年的女孩子（"初笄女"。古代女子成年，称及笄），总是刻意打扮，头没有梳好，绝对不肯见人。我这个"老婆婆"（"阿婆"）也是一样，诗没有改好，是不肯拿给别人看的。

这里有三个关键词，都是关乎诗文创作的：一是"爱好"。事先确立一个很高的标准，绝不马虎从事；二是"心安"。袁枚有两句诗：

[①] 袁枚（1716—1798），字子才，号简斋、随园老人。乾隆年间进士，入翰林院，后官江宁知县。挂冠后，辟建园林于小仓山，号随园。为诗提倡抒写性情，创"性灵说"，影响颇大，为乾嘉年间之泰斗。

"欧阳当日文名重,更要推敲畏后生。"说的是,欧阳修晚年还在不断修改平生所写文章,用思甚苦。夫人不解地问:"何苦这样认真,难道还怕先生责怪吗?"他回答说:"不怕先生责怪,只怕后生们讥笑啊!"而袁枚则是求得自己心安,这是更加自觉的意识。三是"头未梳成不许看"。拿出来的必须是成品,所谓"良工不示人以璞"。

诗人此时已经七十六高龄,身为诗苑文坛泰斗,早已名满天下,但还是如此坚持严肃认真的创作态度,精神十分可嘉。

在诗的写法上,也很有特色,构思新巧,造语奇突,不落俗套;叙事、说理,形象生动,饶有风趣。

重在解用

遣兴(二十四首之七)

袁 枚

但肯寻诗便有诗,灵犀一点是吾师。
夕阳芳草寻常物,解用都为绝妙词。

这是一首讲授写诗经验和体会的论诗绝句。

诗人说,诗是随处皆有、无所不在的,只要你肯去寻找就行。关键在于"心有灵犀一点通",要有性情,有灵机。所谓"兴会所至,容易成篇"。"灵犀一点",袁枚论诗注重性灵,此即指性灵。犀,通称犀牛。旧说,犀角有白纹如线,直通两端,因以灵犀比喻心意相通。

夕阳、芳草,本来都是平常不过的景物,可是,由于诗人具有一双善于发现美的眼睛,能够从中找出与人心性相通之处,并且巧于驱遣意象,神与物游,能用会用,这样,便都成了诗文中的绝妙好词。比如,唐诗中"夕阳无限好,只是近黄昏","曲中人不见,江上数峰青",五代词中"记得绿罗裙,处处怜芳草",就是佳例。

在这里,诗人突出强调了创作主体的能动作用,亦即创作者的内在精神世界的能动性。艺术家以其敏锐的感受、丰富的情感、卓绝的想象力和强烈的创新意识,通过能动的审美创造,来完成对于现实对象的复杂而微妙的心理加工。在他看来,寻常事物均可入诗,只在你能够"解用"。朱光潜先生在《谈美》中有言:"想象,仅是平常的材料之不平常的新综合。"这样,就能挖掘出全新的意境,就会有超常的艺术发现,就能化寻常为奇崛。

诗中着意点出"解用"二字。何为"解用"?它是对应着"寻常物"提出来的,直接关乎艺术创造能力。要使"寻常物"成为"绝妙词",有三个关节必不可少:

一曰敏感。这与"灵犀一点"是相通的,敏感才能在寻常生活、寻常景色、寻常事物中,捕捉到美的瞬间、美的意象,这就需要慧眼独具,即法国著名雕塑家罗丹所说的"善于发现美的眼睛"。

二曰解悟。不仅能够发人所未发,见人所未见,还需善于联想、发挥,由想象构成意象,由意象再到语言、声律,从而完成对于客观对象的微妙的心理加工。这在很大程度上,表现为《文心雕龙》中所说的神思:"观山则情满于山,观海则意溢于海","寂然凝虑,思接千载;悄然动容,视通万里"。

三曰功力。不独写诗为然,一切美好事物,都是"成如容易却艰辛"。俄国大画家列宾有一句反映切身体验的名言:"灵感是对艰苦劳动的奖赏。"人脑,这个神奇的存储器,存储了客观世界的大量信息。随着思维活动的不断深化,信息的不断丰富,联系也日益紧密与连贯。这时如果受到某种激发和启迪,就会使存储的信息活跃起来,各种联系豁然贯通,迸发出灵感的火花,出现构思活动中质的飞跃。

这种心理现象看似难以捉摸,其实,它的基础正是艺术家长期刻苦的生活实践与艺术实践。所谓"长期积累,偶然得之","得之在俄顷,积之在平日"。钱锺书先生有言:"人性中皆有悟;必工夫不断,悟头始出。如石中皆有火,必敲击不已,火光始现。然得火不难,得火之后,须承之以艾,继之以油,然后火可不灭。故悟亦必继之以躬行力学。"

全在一个"养"字

养马图

袁　枚

养马真同养士情,香萁供奉要分明。
一挑刍草三升豆,莫想神龙轻死生。

这首题画诗的着眼点,全在一个"养"字。诗人说,要想侍弄出一匹良马,主人就须怀着古时养士的心情,诚心诚意、尽心竭力、恭恭敬敬地供养,而不能像饲养一般牲畜那样,马马虎虎,只求填饱肚子了事。否则,就休想在关键时刻为你出生入死,得其拼力相助。

诗中的"香萁",应是供祭祀用的粱谷。《礼记·曲礼》:"黍曰香合,粱曰香萁。"有学者释为豆秸,似不妥。萁,确有此义;但此处谈的是供奉,应取《曲礼》之义。何为"供奉"？祭祀、奉养之谓也。

韩愈在《杂说四》一文中,早就讲了这个道理:"马之千里者,一食或尽粟一石,食(饲)马者不知其能千里而食也。是马也,虽有千里之能,食不饱,力不足,才美不外见,且欲与常马等不可得,安求其能千里也！"刘禹锡的杂文《说骥》中讲了这样一个故事：一位堂兄送给他一匹良马，但他不识货，只用普通的方法喂养。不久，因为生病等着钱用，便把这匹马卖给了一个姓裴的人。在一位朋友的指点下，裴某得知这并非一匹常马，只是因为口齿尚嫩，锐气深藏，又兼过去饲养失当，所以一般人看不出它的奇才异质。经过新主人一段时间的精心照料，后来这匹马果然长成一匹名马。两篇文章都是以养马喻养士，阐明识才、育才、用才的道理。要之，并非世无良才，关键在于当政者是否采取了科学的方法与正确的态度。

诗中用语十分考究：不曰马，而曰"神龙"；不说饲养，而说"供奉"，其间充溢着一种敬重、虔诚的心情。显而易见，诗人是用隐喻的方法，倡导一种重知遇、讲礼数、用真情的养士观。亚圣孟子一语破的："君之视臣如手足，则臣视君如腹心；君之视臣如犬马，则臣视君如国人；君之视臣如土芥，则臣视君如寇仇。"世之求士、养士者，可不慎欤！

瞎忙 空忙 苦忙

箸

袁 枚

笑君攫取忙,送入他人口。
一世酸咸中,能知味也否?

本诗借箸咏怀,讥讽筷子在筵席间始终忙碌不停,恣意攫取,可是,最终全都纳入他人之口;结果,尽管它一世都在酸咸之中,却并不知味。

寥寥二十个字,寄寓了深邃的意蕴。读者从诗中可以联想到,世上有些人,心为形役,为追逐名利而劳形苦心、钻营奔兢,最后失去了自我;还有一些人缺乏清晰的目的性,整天只是瞎忙,如同筷子,不停地运作,却不晓得"为什么";有些人脑袋长在别人头上,不肯开动脑筋,思其所以然;反映在读书上,"学而不思则罔",有些人终日手不释卷,却空劳目力,到头来"食而不知其味",结果一无所获。

鉴于此诗具有诙谐、嘲谑的特点,有的学者把它归入谐趣诗。古代确有一些以筷子为题材的谐谑之作。《魏书》中记载一则谜语:"眠则俱眠,起则俱起;贪如豺狼,赃不入己。"谜底便是筷子。这是入了"二十四史"的。明代诗人程良规的《咏竹箸》诗,同样是咏叹筷子:"殷勤问竹箸,甘苦乐先尝;滋味他人好,乐空来去忙。"从正面理解,诗人是以拟人化手法,赞颂筷子甘心为他人付出,不辞劳苦的精神;而从反面看,则是隐含着对于空耗岁月的无意义人生的尖刻讽刺。

这类谐趣诗,大体上有三个特点:一是,"浅辞会俗,皆悦笑也"(《文心雕龙·谐隐》);二是,喻比指事,别有寄托,意在言外;三是,含蓄隐曲,谑而不虐,"温柔敦厚"的传统诗教决定了它:"善戏谑兮,不为虐兮。"(《诗经·卫风·淇奥》)

神韵当先

品　画

袁　枚

品画先神韵,论诗重性情。
蛟龙生气尽,不若鼠横行。

　　诗中说,品评诗画,首先要讲真情、重灵性和关注精神、气韵。那类了无生气、空有其表的病态蛟龙,绝对抵不上活蹦乱跳、横行恣肆的小老鼠。诗人把一个比较深奥的美学鉴赏问题,讲得简单明晰,且又形象生动。

　　就绘画来说,所谓神韵,很大程度上是讲神似,而非形似。东晋画家顾恺之认为,形神互相依存,离了形的神无法存在,而脱了神的形生机全无。但形似只是第一步,神似才是最高境界。苏轼的"论画以形似,见与儿童邻";陈与义的"意足不求颜色似,前身相马九方皋",讲述的都是同一道理。不仅描绘人物是这样的,对于山水画,袁枚也有类似观点。他说,不能拘泥于再现对象的形似,而应追求一种笼千山万水于笔下方寸之地的神似之美。当然,在他看来,"品画先神韵",首先要强调的,还是真性情、真感受,这同他的诗论是一致的。

关于诗与性情,袁枚有大量论述:"诗,性情也","诗者,心之声也,性情所流露者也","提笔先须问性情","有必不解之情,而后有必不可朽之诗"。而在讲性情的同时,他还不忘强调"灵气"、"灵机"、"灵根"。对此,日人铃木虎雄在《论性灵之说》中指出:"性灵,盖取性情底灵妙的活用。"核心所在,是作诗要真实生动,灵动活脱;直抒怀抱,作肺腑之谈,不可装腔作势,切忌"假模假式",以致生机净尽,顿失本色。记得一位音乐评论家说过:"一流阵容的唱片与三流演出的现场,选择哪一个?我当然要选择后者。"

各有各的活法

咏苔二首

袁 枚

白日不到处,青春恰自来。
苔花如米小,也学牡丹开。

各有心情在,随渠爱暖凉。
青苔问红叶:何物是斜阳?

诗中创造了一个形体微小、地位卑下、环境恶劣,但绝不气馁、充满自信,意志力、进取心都很强的形象。它就是苔藓类的低级植物,终生生长在阴暗潮湿之地的青苔。

前一首开头两句,说的是青苔生长的环境阴暗潮湿,"万物生长靠太阳",可是,它却终生享受不到阳光的温煦,但它并没有因为环境恶劣而丧失生存的勇气,灰心绝望,照样生发出盈盈绿意,饱绽着生命的活力,焕发着青春的光彩。三、四两句,采用欲扬先抑的手法,说它开花微小,形如米粒;但是,它并不自惭形秽,而是不卑不亢,也像"国色天香"的牡丹那样,同样地开得坦然自在,从容大方。

这使人想起唐代诗人虞世南的那首《咏萤火》五绝:"的历(鲜明、亮丽)流光小,飘摇弱翅轻。恐畏无人识,独自暗中明。"说萤火虫的光十分微茫,翅膀也很纤弱,在大千世界里可说是无足轻重。但它们却并不自卑自贱,总是在暗夜里不停地飞翔着,放射出微茫的光亮,以执着而强烈的意志,宣示着自己的存在,显现着自身的价值。

俄国著名小说家契诃夫说得好:"大狗叫,小狗也要叫。"万物生而平等,小狗的叫唤也好,青苔的开花也好,萤火虫的放光也好,都是生命的本能,更是生命的权利,它们共同地体现着一种令人瞩目、令人叹服的进取精神。

后一首的核心内蕴,是"各有心情在",各有各的追求,各有各的活法。世间无论多么卑微的生命,也有它灿烂的一刻。对别人而言,这一刻也许微不足道,但对它自己而言,甚至可以说是一切。诚然,青苔确是卑微、鄙陋、平庸,没法同牡丹的富丽堂皇媲美,但它也能以一己的自立自强,而傲视周围的一切。生命的进程中,充满着差异性与不平衡性,有完美,也有残缺;有辉煌,也有暗淡。青苔终生不知阳光为何物,有如"夏虫不可以语冰",视野狭窄,处境卑微;但既然是生命,就有理由存在,也一定有本能存活下去。这是生活中的辩证法。

过来事怕从头想

重登永庆寺塔

袁　枚

九级浮图到顶寒,十年前此倚阑干。
过来事怕从头想,高处人休往下看!

诗人曾于乾隆十四年、二十六年,先后两次登临永庆寺塔("浮图"),均有诗作。但其所在地点,并未标出。后来读其《戊子中秋记游》一文,始知即在金陵,而且离随园比较近。

一、二两句,叙述十二年间两次登上九级高塔的情景。先从空间上说,"到顶寒",极写塔身的高峻,为后文"休往下看"张本;后从时间上说,正是前后两次登塔的经历,引出了"过来事"、"从头想"的话头。

三、四两句,讲述登塔过程中产生的富于哲理性的感悟。与一、二两句恰相颠倒,改为先从时间上说,凡事都怕回头想。前次登塔,袁枚三十岁刚过,还很年轻。而今时移世异,人事沧桑,"此情可待成追忆,只是当时已惘然"。旧梦重温,带来的总是惆怅;即便是美景温情,赏心乐事,回思即意味着早已失去,也会怅惘、心伤。正如本人所写的:"从来白发伤心处,最是青年得意时。"后从空间上说,高处不敢往下看。登高,眼界顿开,最是适合望远,前次登临,即有"一层两层风力猛……塔高如天竟无顶。身不登高眼不明,江山历历似围屏"之句。可是,待到登上塔尖,再往下看,感觉就不同了。原来是一步步地往上攀登,属于量的逐渐积累,并没有怎么在意;现在身处顶端,陡然俯视,飞塔凌霄,下临无地,自然动魄惊心。两句诗讲的都是生活中的实际感受,却寓有深邃的理趣。

这是一首典型的哲理诗,它在意蕴与写法上与禅意诗有所不同。诚然,禅意诗大多也都富有哲思理蕴,但与哲理诗展现形式有异。宋代诗人孙觌的《枫桥》七绝,大约属于禅意诗,也是抒发旧游重到的心灵体验:"白首重来一梦中,青山不改旧时容。乌啼月落桥边寺,倚枕犹闻半夜钟。"说的是青山依旧,古寺犹存,月亮还是那个月亮,钟声仍是那样的钟声,可是,听钟声的人已经改变了,"白首重来",无复昔日的青春年少,心情也不是当日的壮怀激烈,而是历尽沧桑的如梦如烟的晚境苍凉。

禅意诗,不着痕迹地融入诗人对生命、生存、生活的一种直觉体悟。禅机禅理,只可意会,难以言传。日本著名禅学专家与思想家铃木大拙有个形象的说法:"当我举起手时,其中有禅;但是,当我说'我举起了手'时,便没有禅了。"(《禅与生活》)当代学者古石指出,禅意诗在禅意的表达上,更注重的是呈现,这种呈现是一种直接、直观的细节呈现;而哲理诗在哲理的表达上,更注重的是表现,着重反映作者对社会生活"刹那间"富有诗情的内心体验和主观感受,带有较强的经验认知和主体意识。虽然也重视形象表达、意境营造,讲究理、象、情三者有机结合;但因大多是以我观物,总体更偏于理性和理趣,具有较为浓厚的理性色彩,"思"的痕迹较重。

"冷应酬"

遣 兴

袁 枚

安老原应百事休,谁知晨起便生愁。
征名索序兼题画,忙煞人间冷应酬。

袁枚于乾隆、嘉庆年间,执诗坛之牛耳达半个世纪,名闻四海,又兼撰写《随园诗话》,"粉丝"遍布全国各地,而且像滚雪球一般,越滚越大。晚年时节,向他求字索诗的人踏破门槛,甚至连东瀛日本都有人前来求购。他曾写诗自嘲:"诗人八十本来稀,挥翰朝朝墨染衣。越是涂鸦人越要,怕他来岁此鸦飞。"对此,他既感到心烦,又是相当得意的,正如诗中所述:"譬如将眠蚕,尚有未尽丝。何不快倾吐,一使千秋知。"显然,这种繁忙也满足了他的好名求胜之心。

《遣兴》诗中描绘的正是这种状况。他说,为了健康长寿,安度晚年,人老了,百般杂务都应该统统放下;可是,我却做不到,早晨起床之后,便开始发愁,这一天里,上门请求赠诗、题画、作序、签名的,一拨儿接着一拨儿,应接不暇,忙得不可开交。他在这种无休止的"应酬"前面加个"冷"字,料想是指挂冠、退职之后,文化人之间的所谓"雅兴"、"雅趣"之类应酬活动,用以区别官场、市井间那种宴请、叩拜、逢迎的鄙俗与热络。

　　诗人的这种体验,有其个体的特殊感受,但所涉及的认识价值却有一定的普泛性。一是所谓"名人之累"。不独袁枚自己,凡是名人都难以摆脱这种处境。王安石也曾有"晚扶衰惫寄人间,应接纷纷只强颜"的烦恼。实际上,一当成为公众人物,便不再属于自己。不要说,当朝宰相或者文坛座主,即便是普通人也不例外。人才尚未崭露头角时,往往无人注意;而一当取得了某些成就,在社会上出了名,又会来个一百八十度的大转弯,采访、照相、编辞典、下聘书,包括一些庸俗的捧场和商业性的借光炫耀,弄得终日不堪其扰。

　　二是如何认识"老有所为"。现在人的平均寿命有所增长,以六十岁退休计算,至少要有二十年时间,可以在绚丽斑斓的黄昏晚景中,继续演奏着生命真实的凯歌。只是应该注意从自身的实际情况出发,有所为有所不为。老树十围,亭亭如车盖,浓荫匝地,是柔枝幼干所代替不了的;但是,开花吐蕊,临风摇曳,却与千年古树无缘。人到晚年,远离了工作岗位,并不等于无所事事,只能隔着窗子闲看飘飞的雪花,或者拄着拐杖漫踏阶前的黄叶,需要做而且能够做的事情依然很多很多。古人早就有"老马识途","乡有三老,万般皆好"和"落红不是无情物,化作春泥更护花"的说法,表明了老年人无可代替的特殊作用。当然,我这样说,绝不意味着老年人还要异想天开,贪求无厌,不知止足。"及其老也,血气既衰,戒之在得"。孔老夫子的意思是，人到年老了，气血已经衰弱，便要警戒自己，切莫贪求无厌，这是从实际出发的剀切之言。

珍惜当下

夜　吟

孙啸壑[1]

有灯相对好吟诗，准拟今宵睡更迟。
不道兴长油已没，从今打点未干时。

哲理诗写作的基本径路，不外乎"悟出"与"悟入"两种方式。诗人从生活实践、生命体验中感悟出来的理蕴，可以称为"悟出"；而以理观物，将自己的感悟纳入客体中去，通过揭示客体的内在特征，展示某种哲思理趣的，则为"悟入"。孙啸壑的这首七绝，显然属于前者。

诗人说，把油灯点燃起来，一室通明，正好可以坐下来朗吟诗篇；为此，今宵准备晚些时候入睡，以便多抽出一些时间挑灯夜战。没想到，兴味虽长，而灯油却早早地熬干了，以致全盘打算统统落空。看

---

[1] 孙啸壑，乾隆年间名士，工诗，善画，精于琴艺。

来,人间事事都应早做安排,"常将有日思无日,莫到无时想有时"。

随园老人在《诗话》中,收录此诗,并加一评语:"余爱其末句,颇近禅悟,故录之。"何谓"禅悟"? 人们一般理解是洞达了禅理;但实际涵义,要复杂得多。禅的本意是静虑、冥想,悟与迷对称,指觉醒、觉悟。悟是意义的转化,精神的转化,生命的转化,含有解脱的意义。

我们这些凡夫俗子,且从人生经验、生命体悟角度加以解读。中国古代哲人庄子有一句名言:"吾生也有涯,而知也无涯。以有涯随无涯,殆已!"人生是一次单程之旅,对生命的有限性和不可重复性的领悟,原是人生的一大苦楚。这应包括在佛禅提出的"人生八苦"之中,它当属于"求不得"的范围。由于时间是与人的生命过程紧相联结的,一切作为都要在这个串系事件的链条中进行,所以,古往今来,人们对于时间问题总是特别敏感,备加关注。古人说:"恨不得挂长绳于青天,系此西飞之白日。"然而时间是个怪物,你越是珍惜它,它便越是在你面前疾驰而过。在与时间老人的博弈中,从来都没有赢家。人们唯一的选择是抓紧"当下"这一段或长或短的时间。过去已化云烟,再不能为我所用;将来尚未来到,也无法供人驱使;唯有现在,真正属于自己。与其哀叹青春早逝,流光不驻,不如从现在做起,珍惜这仍在不断遗失的分分秒秒。

但可惜的是,许多人在青春年少时并不知惜取韶光,直到年华老大,百事无成时,才痛悔前尘,但为时已晚。世间许多宝贵的东西,拥有它的人常常并不知道珍惜,甚至忽视它的存在;只有失去了它的时候,才真正认识到它的可贵,懂得它的价值。如同百万富翁体味不到"阮囊羞涩"的困境一样,青少年中很多人不能充分理解中老年人惜时如金、奋力拼搏的急切情怀。

"从今打点未干时",寄寓着过来人的沉痛反思与顿悟。诗人以哲学的眼光、生动的形象,揭示了人生的真谛,内涵丰富,寄慨遥深。

良人岂料作凉人

韩城行

吴 镇[①]

良人远贾妾心哀,秋月春花眼倦开。
忍死待郎三十载,归鞍驮得小妻来。

清代诗人吴镇出生于甘肃临洮,乾隆年间曾任陕西韩城教谕。此诗当是纪实之作,而内容却具有某种典型性、传奇性。因而不妨看作是一篇二十八字的微型小说,题目就叫《空闺泣血》。

"小说"中有三个人物:无良男子、弃妇(自称为妾)、小妻(实际的妾)。古时丈夫,称为良人。《孟子·齐人有一妻一妾》章有言:"良人者,所仰望而终身也。"通篇以守家妻子口吻述说:丈夫出外远行经商,我在家里独守空闺,那个滋味真是人情所不能堪,简直像死过一回那样。什么春花秋月,什么美景良辰,对于我来说,都是空花

[①] 吴镇(1721—1797),自幼天资颖悟,乾隆年间中举,先后任陕西耀州学正及韩城县教谕。

幻境，连眼睛都不想睁开看一看，根本没有那份心思，那份情致。就这样，忍死犯难，足足苦熬了三十个年头，苦等着丈夫能够远行归来。这一天，总算等到了，外面传来了丈夫回归的信息。我略整荆裙，轻梳鬓发，高高兴兴、急急忙忙，赶紧跑到路旁去迎接。哎呀，哪里料到，马鞍上还驮着一个娇媚的少妇，风情万种地坐在丈夫的身后。我的心立刻就碎了。天哪！

在这个弃妇身上，闪现着《诗经·卫风·氓》中由于"士也罔极，二三其德"而遭到遗弃的卫女的身影，《琵琶行》中"春花秋月等闲度"的商人妇的晶莹泪花。看得出来，这并非个别的、孤立的、偶发的人生惨景，就是说，所谓"痴心女子负心汉"这类人性悲剧的背后，总是深藏着深远的社会、经济、文化基因——这正是旧时代妇女受压迫、遭屈辱、被摧残，成为政治斗争牺牲品、封建礼教殉葬物，沦为妾媵婢妓下场的真正根源。

前面说到《卫风》中的《氓》，其实，同是在《诗经》中，还有《邶风》中的《谷风》，《小雅》中的《谷风》，也都属于弃妇词。女子都是劳动妇女，丈夫原本是农民，开始共同过了几年"贫贱夫妻百事哀"的日子，待到家境富裕，妻子也年老体衰了，丈夫便改变心肠，将她遗弃。《谷风》诗中，女子悲诉："将（正当）恐将惧，维予与女（汝）；将安将乐，女（汝）转弃予。"意思是，正当忧患之时，只有我救助你；等到你富贵安乐了，便将我一脚踢开。韩城妇大约也是如此。如果"良人"开头那些年就心存异念，她还能"忍死待郎三十载"吗？

这就提出一个环境条件能够改变人的问题。西哲指出：人是环境的产物；孟子亦有"居移气"（地位和环境可以改变人的气质）之说。过去我们谈得较多的是封建君主如越王勾践、汉帝刘邦等可与共患难不可与同富贵,其实,这种现象在普通人群里也不是没有的。如何认识环境条件可以影响人、改变人,这是一个值得认真讨论的问题。

最后,题小诗一首:"思妇竟然成弃妇,良人岂料作凉人!早知世上居移气,宁嫁村夫委路尘。"

开到十分花事了

题王石谷画册(其一)

蒋士铨[①]

低丛大叶翠离离,白玉搔头放几枝。
分付凉风勤约束,不宜开到十分时。

清初著名画家王石谷(王翚),运笔构思,迥出时流。诗人借助为他题画,在赞美其高超的艺术表现力的同时,抒写了个人的哲学见解和独特的审美感受。诗句蕴藉、活泼,熔画意、诗情、理趣于一炉,手法十分高明。

开头两句,紧贴着画面上的玉簪花做文章,先写低丛大叶、翠色纷披的花叶,再描绘形似女子首饰玉搔头的花蕊。"玉搔头",为高贵女人玉制的发簪,当年汉武帝的李夫人曾以玉簪搔头,故而得名;后来又被大诗人白居易写进《长恨歌》里:"翠翘金雀玉搔头"。画家

---

① 蒋士铨(1725—1785),字心余。乾隆年间进士。与袁枚、赵翼并称"江右三大家",共同领导了乾嘉诗坛。论诗主性情,格调高雅,意境阔大。

所画的是大量的花蕊正含苞待放;而刚刚开放的不过几枝。应该说,这是玉簪花蓄势待发、生命力最旺盛、花容最美丽的时刻。

诗人之所以这样描写枝叶、花朵,不过是铺排造势,以便隆重地推出下文。三、四两句说,赶紧吩咐萧飒的金风,快快对玉簪花加以约束吧——不能让它任着性子,这么肆意地开下去了!为什么呢?一切事物都是盛极必衰,鲜花开到十分,正是它的生气行将耗尽、美丽逐渐消失之时,等待着它的必然是枯萎、凋残。言念及此,我们对于诗圣杜甫"繁枝容易纷纷落,嫩蕊商量细细开"(《江畔独步寻花》)之句,就有切实的理解了。

"不宜开到十分时",还使我联想到佛教禅师的"法演四戒"。佛典记载:佛鉴禅师应请,前往舒州太平寺做住持,临行前,五祖法演对他训示说:当一个住持,有四件事要特别注意,第一,权力不可用尽;第二,福气不可享尽;第三,规矩不可管尽;第四,好话不可说尽。为什么呢?赞美的话说太多了,人心就会产生变化;规矩如果过于严格,会迫使人去钻旁门左道;好处自己享用尽了,势必被人孤立;如果无限扩张权力,祸事必定会发生。佛鉴听了,深为敬服。

到了明代,著名文学家冯梦龙从适应世俗需要出发,在《警世通言》中,又对"法演四戒"加以修改充实。仍然是四句话:"势不可使尽,福不可享尽,便宜不可占尽,聪明不可用尽。"而晚清名臣、著名政治家、思想家曾国藩,则针对当时所处的险恶处境,在家书中写道:"余蒙先人余荫,忝居高位,与诸弟及子侄谆谆慎守者,但有二语,曰'有福不可享尽,有势不可使尽'而已。福不多享,故总以俭字为主,少用仆婢,少花银钱,自然惜福矣";"家门大盛,常存日增一日而恐其不终之念,或可自保。否则颠蹶之速,有非意计所能及者","吾兄弟当于极盛之时,预作衰时设想,当盛时百事平顺之际,预为衰时百事拂逆地步"。

  上述种种,讲的都是物极必反、不到顶点、勿走极端的道理,体现了中华传统文化中的人生智慧。

妙在模糊

题王石谷画册(其二)

蒋士铨

不写晴山写雨山,似呵明镜照烟鬟。
人间万象模糊好,风马云车便往还。

诗人赞颂王石谷的山水画,说他专写雨山而不写晴山,意在撷取一种模糊的美学效果。画面上的雨里山峦,宛如明镜上呵出一层水汽,照映出来的美女发鬟一般的烟云,朦朦胧胧,迷迷蒙蒙,留给人们无限的想象空间。看来,人世间的万般景象,还是以模糊为好。正是这种烟鬟弥漫、扑朔迷离的情境中,那风一样的马、云一般的车更便于纵横驰骋,去去来来。魏晋时的《吴楚歌》有"云为车兮风为马"之句,这里属于借用。

诗人在这里谈了两个方面的审美体验。其一,指出了写景的不二法门。他以写山为例:晴山一览无余,没有多少施展笔墨的空间;而雨山,如烟似雾,亦实亦虚,看也看不透,写也写不真。这时的景色更具诗思美蕴。南宋诗人杨万里有《小雨》七绝:"雨来细细复疏疏,纵不能多不肯无。似妒诗人山入眼,千峰故隔一帘珠。"道尽了山峰在雨的珠帘笼罩下的空灵、迷蒙、曼妙、神奇之美。

其二,以哲学思维,从宏观层面上,总结出艺术创造、审美感受的一种规律性认识。"人间万象模糊好",这是艺术创造中普遍适用的一条经验。南朝文学家鲍照《舞鹤赋》中有"烟交雾凝,若无毛质"之句,展现在我们眼前的,是舞鹤的似有若无、"返虚入浑"的唯美境界。概言之,就是着意提倡一种朦胧之美。何谓朦胧?一般认为,是指模糊、虚幻、空灵、缥缈、若隐若现、若即若离的状态。而朦胧之美,是艺术家审美过程中的一种视角体验和心灵感受。

落实到各种艺术门类,作为一种诗情画意的审美意境,古有"诗贵曲,画贵蓄,书贵藏,学贵悟"之说。音乐主张空灵飘逸,"余音绕梁,三日不绝";诗词强调含蓄委婉、余韵悠然,"曲终人不见,江上数峰青","二十四桥仍在,波心荡,冷月无声";书法重视气韵神采,"点划狼藉,使转纵横,乍显乍晦,若行若藏"(孙过庭语);而表现最突出、活动天地最广阔的则是绘画,画家们在光色气雾,时空幻化中,在似与不似之间,在静与动、明与暗、虚与实、近与远的叠合、对比中,施其所长,尽其能事。今人徐悲鸿名画《漓江烟雨》,正极朦胧之妙。其他,如郑板桥画竹,似似非似;齐白石画虾,似真非真;黄胄画驴,似形非形。在他们的笔下,太阳是变形的,花草是奇异的,线条是扭曲的,意境是朦胧的。

诗人很讲究词义,说"人间万象",而未说"人间万事",既是突出美学欣赏这一主题,同时也讲究话语的分寸把握——如果说"万事",那么,科学技术或者社会人文方面的良知、大义,必然也包括在内,一概提倡朦胧、模糊,就不尽合理了。

　　当然,从诗人的身世、阅历看,"模糊"云云,存在着发泄牢骚、愤世嫉俗,即如郑板桥所谓"难得糊涂"的因子,但这仍然停留在待人处世以及仕途经济层面,而与丧失原则、同流合污、不分是非、不负责任划清界限。

人生难得一知己

寄随园先生

蒋士铨

鸿爪春泥迹偶存,三生文字系精魂。
神交岂但同倾盖,知己从来胜感恩。

《随园诗话》记载,袁枚前往扬州,路过南京北郊燕子矶宏济寺,发现两首题壁绝句,甚为欣赏,但诗后只署"苕生"二字,不知其为何人。遂将两诗录下。归访年余,承熊涤斋告知,其人姓蒋,名士铨,乃江西一位才子。这样,他们就互通音信了,但是,其时还未曾见面。本诗就是蒋士铨寄给随园先生以表达诚挚谢意的。

第一句,引用苏东坡诗句"雪上偶然留泥爪,鸿飞那复计东西"的典故,说他的诗句偶然存留下了痕迹,结果入了先生的法眼;第二句,"三生文字"系指他的题壁诗中"现身莫问三生事,我到人间廿四年"之句。佛家称前生、今生、来生为三生。"系精魂",意为幸被先生念。全句的言下之意,是自己对此感恩不尽。第三句,概括地描述他们之间的交往。说古人有"倾盖如故"的说法,我们神交已久了,岂止是等于倾盖相逢,意为情感更是深厚得多。最后点出主题,知己之遇超出一般的感恩多多。此为全诗之要领所在。

之所以得出"知己从来胜感恩"的结论,在于感恩与知己虽然同为人际交往中的"正能量",都是值得充分肯定的,但二者处于不同的层次,体现不同的境界。感恩的对象、范围可以是非常广泛的,可说是遍布于人生的各个时段、各个场合,大而至于命运、际遇、事业的支持,小而表现为举手投足之劳、嘘寒问暖之意;而知己就不同了,"人生得一知己足矣",平生不可能遇到很多。更主要的在于,知己处于更高境界,涉及精神境界、志趣、抱负,需要志同道合;而感恩却不必要求精神的契合、情志的相通,随便一件日常细事,只要予人以帮助,都可获得感激与报答。诗中,蒋士铨对于袁枚,当然也是抱着感恩的态度,但他却是上升到知遇之恩、文坛知己甚至人生导师的高度,这就不同凡响了。

这里讲知己胜过感恩,只是就层次而言;其实,能做到感恩,知恩图报,有恩必报,又何尝容易!世上受恩深而淡忘如遗,甚或反目成仇、恩将仇报的也数不在少。有感于此,清人何献葵《题千金亭》诗云:"空亭千古对平波,野渡斜阳犹客过。莫怪无人留一饭,报恩人少受恩多。"清代名著《阅微草堂笔记》中载有这样一个故事:献县的一个县官,对待下属官吏及差役极有恩德。县官死后,家属还在官府里,官吏和差役没有一个去慰问的。勉强喊了几人来,都凶恶地对着他们,不再像早先那样。夫人愤慨,在灵柩前十分悲伤地哭泣,疲倦了就打起瞌睡来。迷迷糊糊中,见县令对自己说:"这类人没良心,这是他们的本性。我希望他们感谢我的恩德已经大错了,你责怪他们忘恩,不又错了吗?"夫人忽然醒来,于是,不再埋怨责怪了。

　　古有明训:"人有恩于我,不可或忘也;我有恩于人,不可不忘也。"说的是,施恩不应望报;而受恩者则不可忘怀,所谓"滴水之恩当以涌泉相报"。这是我们中华民族固有的传统美德与社会公德,不应等闲视之。

切忌人云亦云

论诗(五首之三)

赵 翼[1]

只眼须凭自主张,纷纷艺苑漫雌黄。
矮人看戏何曾见,都是随人说短长。

创新的一个重要体现,就是要独具只眼,抒写性灵,张扬个性,别出心裁。这也是"性灵派"诗论的一个核心论点。这首诗所强调的,就是诗人观察问题、表达见解、写作诗文,要有自己独立的见解,不能随声附和,人云亦云。"漫雌黄",意为随便品评、议论。雌黄,矿物名,晶体,橙黄色,可制颜料。古人抄书、校书,常用雌黄涂改文字,因此,称乱改文字、横加批评为"妄下雌黄"。

诗人以"矮人看戏"的生动比喻,辛辣而风趣地讽刺了文坛诗苑中常见的说长道短、漫下雌黄的现象。"矮人看戏"二句,源出《朱子

---

[1] 赵翼(1727—1814),号瓯北。乾隆年间进士。长于史学,诗文兼擅,与袁枚、蒋士铨齐名。论诗主张推陈出新,倡导独创,反对模拟,喜议论,善用典。

语类》。朱熹在解读《论语》中"吾道一以贯之"时,说道:"后人只是想象说,正如矮人看戏一般,见前面人笑,他也笑,他虽眼不曾见,想必是好笑,便随他笑。"而朱熹所依据的,又是他的叔祖、文学家朱弁在《曲洧旧闻》中所言:"秉笔之士所用故实,有淹贯所不究者,有蹈前人旧辙而不讨论所从来者,譬侏儒观戏,人笑亦笑,谓众人决不误我者,比比皆是也。"

其实,古人对于这种群从趋同的日常习惯,特别是创作、批评中的缺乏创见、人云亦云、盲目跟风现象,一贯持批评态度,以至形成了与"矮人看戏"相近的许多成语。诸如"鹦鹉学舌"(宋代释道原《景德传灯录》:"如鹦鹉只学人言,不得人意。");"拾人牙慧"(比喻拾取别人的一言半语当作自己的话,东晋时殷浩说他外甥:"康伯连我牙齿后面的污垢还没有得到,就自以为了不起");"一犬吠形,百犬吠声"(东汉王符《潜夫论·贤难》说,一只狗叫,许多狗闻声也跟着叫,形容一些人不辨虚实、真伪,随声附和,盲目跟从);等等。

本诗中赵翼所论,是与其诗文必须创新的主张完全一致的。在《瓯北诗话》中,他曾针对元好问批评苏东坡"百态新"的论断,尖锐地指出:"'新'岂易言?意未经人说过则新,书未经人用过则新。诗家之能新,正以此耳。若反以新为嫌,是必拾人牙后,人云亦云。"

宵小能量大

一 蚊

赵 翼

六尺匡床障皂罗,偶留微罅失讥诃。
一蚊便扰人终夕,宵小原来不在多。

作者说,为了对付蚊虫叮咬,本来挂上了蚊帐,严格加以防范,只因偶然的疏失,留下了缝隙,所谓"百密一疏",使得一个蚊子乘隙钻了进来,结果终夜遭到骚扰,不得安眠。看来,坏人或者小人,能量都是蛮大的,即使只有一个,也会闹得你不得安宁。

宋代诗人曾几也有一首《蚊蝇扰甚戏作》:"黑衣小儿雨打窗,斑衣小儿雷殷床。良宵永昼作底用?只与二子更飞扬。……挥之使去定无策,葛帐十幅眠空堂。朝喧暮哄姑听汝,坐待九月飞严霜。"蚊蝇作祟,驱除无策,只好寄望于九秋的严霜了。

诗人小中见大,通过生活中一件细微的疏忽所造成的失误,悟解出两个重要经验教训,或者说人生哲理。

一是，小和大的关系。对于"六尺匡床"上满挂着的蚊帐来说，一个"微罅"，确是很小的漏洞。但是，正是由于这个很小的漏洞，使得整个蚊帐失去了防范的效力而成为废物。中国古籍《韩非子》有"千丈之堤，溃于蚁穴"之语；在外国，也有同样内涵的谣谚："少了一枚铁钉，掉了一只马掌。掉了一只马掌，失去一匹战马。失去一匹战马，败了一场战役。败了一场战役，毁了一个王朝。"说的是，1485年，英王理查三世与亨利伯爵在波斯沃斯展开决战。此役将决定英国王位归于谁手，结果是英王失败了——作为前线总指挥，他的战马由于马掌脱落，在关键时刻跌倒了。此外，还有"蝴蝶效应"等，讲的都是因小失大的道理。所以，汉代刘向《说苑》中有"患生于所忽，祸起于细微"的警语。

二是，多和少的关系。向来，"宵小"的能量都是很大的，所以不在多少。南宋诗人杨万里到潮州去，夜宿海阳馆，由于蚊子作祟，终夜不能入睡，因作七绝："腊前蚊子已能歌，挥去还来奈尔何。一只搅人终夕睡，此声原自不须多。"赵翼此诗，当是受此影响。

加之，"小人无耻，重利轻死。不畏人诛，岂顾物议！"（邵雍《小人吟》）正由于"无耻"，他便可以无所不用其极；而且，他在暗处，使你防不胜防。赵翼所面对的，只是"一蚊"，并非曾几诗中成群结阵、轰轰喧闹的蚊蝇，那就已经"终夕"无法入睡，看得出它的破坏作用的巨大。"宵小由来不在多"之句，警示意义尤为深刻。

本诗运用比喻手法，即事明理，寄怀深远。诚如当代诗评家沈金浩所分析的："比喻常常可以造成形象生动的效果。它的基础是本体与喻体之间的相似性。巧妙的比喻往往还能带来一个联想空间，增强本体的可感效应，使读者在理性的认知之外，又感觉到许多东西。"

"第一个历史活动"

江边鸥鹭

赵 翼

觅食终朝傍水湄,晚来戢羽静无为。
始知鸥鹭闲眠处,也在谋生既饱时!

前两句写海鸥、鹭鸶这两种水鸟的生活形态。当它们饿着肚子的时候,整天傍着水湄辛勤地寻觅鱼虾,以求饱腹;到晚上吃饱了,便收敛起翅膀("戢羽"),悠闲地待在沙滩上,无所事事。后两句由此生发议论:鸟类和人一样,只有到了生活有了保障,起码是不致饿着肚皮,才能静下心来,闲适地充分品味生活的乐趣。

诗中因小见大,阐释了社会发展中一个普通而重大的原理。就个体的人来说,必须首先解决生命存活的基本物质需要,而后才能谈到其他方面的需要;而从社会历史发展来说,只是到了在满足社会成员生存需要并且有所剩余之时,部分成员才有可能从事物质生产以外的精神文化活动。也正是为此,马克思、恩格斯才把物质生产活动

称为人类生存的"第一个历史活动","一切历史的第一个前提"。（引自《德意志意识形态》）

回过头来，再说鸥、鹭。以此类题材入诗，宋人极多，但多是从闲适角度着墨，诸如"日闲鸥鹭自飞鸣"（王令）、"日斜鸥鹭满兼葭"（张耒）、"沙头鸥鹭更相亲"（吴芾）、"鸥鹭无情亦有情"（释宝昙），不一而足；但到了清人赵翼笔下，却独具创见，别有寄托。这固然反映了"性灵派"诗人的风格特点；而更主要的还是其思想的深刻，也有赖于现实生活的真实感受与生命体验。

清朝主子以科举等手段牢笼士子，但所给予的物质待遇甚低。即以乾隆时代的一些诗人为例。黄景仁家庭生活极度窘迫，从他的诗句中就可看出："寒甚更无修竹倚，愁多思买白杨栽。全家都在风声里，九月衣裳未剪裁"，"一梳霜冷慈亲发，半甑尘凝病妇炊。寄语绕枝乌鹊道：天寒休傍最高枝"。那么，身处储材之地的翰林院、地位也堪称显赫的张问陶，又怎么样呢？生活之艰困出乎人们意料。"谋生凭禄米，计月望官钱"，"忍饥辞债主，烹雪祭财神"；有一首诗标题就是"夏日酒贵，衣装典质殆尽"。这在他的专门记述三年翰林生涯的《京朝集》中，随处可见。赵翼本人的生活条件，与他们大体相近，类似诗句也常见于《瓯北集》中。由此可见，他的这首七绝，亦属有感而发。言外之意是，就连江边的鸥鹭，若要"戢羽"、"闲眠"，也都得在"谋生既饱"之时；至于那些除了自身需要，还要奉老育幼的寒门士子，当然就更不用说了。

重视"自致角色"

草花略灌,辄欣欣向荣,乃知贱种尤易滋长也

赵 翼

> 草花谁灌汎泉清,偶荷滋培倍发荣。
> 始悟六朝中正品,用寒人转奋功名。

作者从草花长势蓬勃、生机旺盛的自然现象,领悟到出身微贱的人更会奋力拼搏,更易取得成就的道理。说,没有谁给草花着意灌过清泉,它从来都是自生自长,靠天照应的。只要偶尔得到一点点培植,就会加倍地繁荣、滋长。从这里悟解到"九品中正制"的弊端,只从出身于豪门世族的人士中选拔、任用官员,结果,官吏不思进取,造成执政能力低下,吏治日益颓废、腐败;反过来,倒是那些出身寒门的人士,更加奋力功名,渴求上进。

"九品中正制",是魏晋南北朝时期重要的选官制度,它上承两汉的察举制,下启隋唐的科举制,在中国古代政治制度史中占有重要的地位,是中国封建社会三大选官制度之一。在豪门世族极为注重

家世、谱系的情况下,"九品中正制"把门第出身作为品评人才、选拔官员的首要标准,划分地方人士为九个等级(品),朝廷按等选用,结果形成了"上品无寒门,下品无世族"的局面。

社会学中有"先赋角色"与"自致角色"之说。前者是指建立在血缘、家庭等先天因素基础上的社会角色,通常无须努力而自动获得,因此也称自动角色、归属角色;而后者与之恰相对应,需要凭借自己努力而获得,所以称为自致、自获角色。由于需要通过自身努力来获得,凭"竞争上岗",自然就要刻苦上进,奋力拼搏。这就是赵翼所说的"用寒人转奋功名"的道理。

诗人早年孤苦贫困,中期仕宦参军,壮岁归隐田园,他对底层与上层社会均有亲身经历和深切感受,所以,诗中多有独到的发现、准确的判断,本诗即其显例。

异化劳动的成果

闲阅史事六首(选一)

赵 翼

运石飞砖造塔忙,冯熙计虑亦深长。
塔成但见高千尺,谁见人牛死道旁!

《魏书》本传记载,冯熙为北魏王朝著名外戚,乃冯太后之长兄,在为洛州刺史时,为政并不仁厚,却虔信佛法,自出家财,在各个州镇修建佛塔多达七十二处。而这些塔寺大多建筑在高山峻阜之上,运输材料艰难,施工条件恶劣,造成民工与耕牛大量死亡。有的僧人加以劝止,而冯大人却说:别看现在怎样艰难,等到工程告竣之后,人们所见到的只是佛塔,又有谁知道民工、耕牛大量死亡的事呢?

本诗所阐述的,就是这一史实。

应该指出,冯熙为政,原本多无足观,特别是到处造塔,劳民伤财,民不堪命,更是应予谴责和否定的;——这种奴役性、强制性的劳动,按照马克思的说法,属于"异化的劳动"。"对工人来说是外在的东西,也就是说,不属于他的本质;因此,他在自己的劳动中不是肯定自己,而是否定自己,不是感到幸福,而是感到不幸,不是自由地发挥自己的体力和智力,而是使自己的肉体受折磨、精神遭摧残。……他的劳动不是自愿的劳动,而是被迫的强制劳动"。可是,诗中却说他"计虑深长",似乎难以理解。原来,这里反映了一种辩证思维,一种历史的规律性。从唯物史观来看,作为客观存在的劳动者的创造物,无论其为德政下产生的,还是虐政下产生的,总是以其不朽的文化价值或者实用价值昭然展现在世人面前,而且会千秋万代地传流下去;不会因为它们的筹建者的是非功过、德与非德,以及当日血泪交迸的创造过程,而招致损毁,销光蚀彩。

当代哲学家陈先达教授从历史与现实的差异和异化劳动的两面性的角度,对此类社会现象做过精辟的分析。他说:"历史与现实不完全相同。人们游览金字塔,赞叹古埃及人的创造力,但并不介意有多少万奴隶以生命的代价创造了这个奇迹。同样,人们参观长城、十三陵,以及北海、颐和园,决不会想到这是多少劳动者的血和泪。历史留给后人的是成果,而不是创造过程;是创造性的辉煌,而不是辉煌背后的血泪。因为历史是已经逝去了,而永存的是人的创造力。尽管异化劳动是非人的,但异化劳动的成果却可以是动人的。这是审美价值和历史史实的重大区别。"

诗人谈老

出　遇

赵　翼

形容不照镜生尘,只道神衰面未皴。
出遇故人俱老丑,始知我亦丑中人。

我国古代大诗人中,得享高寿、进入耄耋之年的,最著名的有三位,陆游活了八十六岁,袁枚八十三,赵翼八十八,高居魁首。三位诗人又都写了大量谈老的诗。陆游是"老骥伏枥,志在千里",用他自己的话说,属于"老不能闲真自苦"的类型,因而不时地咏叹"壮士凄凉闲处老","骨朽成尘志未休"。而袁枚谈老,却是常常以诙谐出之。比如他写老态:"作字灯前点画粗,登楼渐渐要人扶。残牙好似聊城将,独守空城队已无。"还有一首《夜坐》:"斗鼠窥梁蝙蝠惊,衰年犹是读书声。可怜忘却双眸暗,只说年来烛不明。"都是充满情趣的。而同为"性灵派"主将的赵翼,同样是风趣、诙谐,却找了一个新颖、独特的角度。他不像袁枚那样,直接说自己如何老态龙钟,而是借助一个客体,一个对照物,映衬他的陋貌衰颜。看过以后,不禁为此老点赞:啊,灵思妙绪,真会做文章!

他说,平时没有照镜子的习惯,以致镜面尘封,因而也未觉察到自己如何衰老,只是认为不过是心倦神疲而已,面部不致有多大变化。可是,当他外出遇见一些老朋友,他们一个个都已老丑至极;这时,他才知道,作为其中的一员,年岁、经历均无大的差异,自己也肯定是丑陋难堪了。

古人有"与老无期约,到来如等闲"(刘禹锡),"老似名山到始知"(陈古渔)之诗句。说的是,对于老的觉察、认知,来源于切身体验。最典型的是大词人辛弃疾,大约五十岁上下吧,他就曾低吟:"不知筋力衰多少,但觉新来懒上楼"。懒于登楼,确是年岁未必特别大而身体十分衰弱的人最显著的感觉。在这方面,赵翼讲述得也十分细致。不独形体、面貌方面,也包括目力、精力。你看他的这首七绝:"两目虽存力减前,临文敢怨视茫然。自从六岁攻书起,我已劳他七十年。"赵翼谈老,较之袁枚,更有深度,不只是描形拟态,形象、有趣,而且饱含着情感,尽量给出一些供人思索玩味的理蕴。且看他在五十八岁时写的一首《老境》:一开头就说,他少时对柳下惠"坐怀不乱"的修为表示怀疑,认为事实未必存在:"柳下自言耶?真伪未可判;女出告人耶?亦难作定案。"那么后来呢?"今我老境来,始信语非谰。从前好风怀,久作春冰泮,即令伴横陈,味已嚼蜡换。"意思是,年老以后,什么色情、风怀都涣散无余了,即便是与年轻女郎横陈同榻,也已经味同嚼蜡了。

白居易有一首《醉中对红叶》的五绝,也是纯然出自切身体验,而生面别开:"临风杪秋树,对酒长年人。醉貌如霜叶,虽红不是春。"说的是,自己长年嗜酒,犹如晚秋临风的霜叶,脸上总是红扑扑的。可是,霜叶虽然也是一色艳红,毕竟不是春色、春光;人的醉貌,尽管两颊也出现朱颜年少般的酡红,但终究失去了年轻时那样的心性与情致。清人刘宏煦在《唐人真趣编》中评论:"言老迈之迥非少年也。感慨欲绝。奇情至理,得之眼前。此所谓'会心处初不在远'也。"

说是"醉中",实际上诗人是清醒的,话说得明白而实在。有人考证,白傅此诗写于贬谪江州期间。那么,诗人仅用二十个字,便把政治上失意之后,情怀悒郁,借酒浇愁的境况与心态,借助形象,活灵活现地反映出来。与此类似,苏东坡贬谪中也曾作诗云:"儿童误喜朱颜在,一笑那(哪)知是酒红。"当然,也不只有贬谪中的白乐天与苏长公,许多唐宋诗人都喜欢以醉酒、红叶为题,抒发情感。比如郑谷和无己,也都有"衰鬓霜供白,愁颜借酒红","发短愁催白,颜衰酒借红"之句。

应该说,古人这些体会都是切实而真切的。有些文友发现杜甫、苏轼等古代的诗圣、文豪张口"野老",闭口"老夫"感到不可理解,甚至认为是矫情,所谓"为赋新词强说愁";其实,从根本上讲(如果不是别有寄托),他们所述都属实情,韩愈就说过:"吾年未四十,而视茫茫,而发苍苍,而齿牙动摇"。大抵旧时文人骚客失意者居多,生计艰难,却又呕心作赋,面壁穷经,"焚膏油以继晷,恒兀兀以穷年",自然心神劳损,未老先衰。这些绝非个别现象。

原来樵子是仙人

题《春山仙弈图》(七绝二首)

赵 翼

花落空山了不知,为他胜败未分时。
神仙已遣名心断,闲气犹争一局棋。

局中算劫正劳神,早有闲观局外身。
袖手不来轻下子,烂柯人乃是仙人。

这是两首题画诗。所谓"春山仙弈",源于一个古代传说:晋时有一位叫王质的人,这天到石室山去打柴。看到一童一叟正在石上下围棋,于是,把砍柴用的斧子放在旁边地上,驻足观看。看了多时,童子说:"你该回家了。"王质回身去取斧子,却发现斧柄(柯)已经腐烂。王质大感惊异。回到家里,全已面目皆非,谁也不认得他,提起一些事,村中几位老者都说是几百年前的事了。原来他遇到了神仙,入山方半日,人世几百年。(南朝梁任昉《述异记》)

从两首诗中,大体可知画面上的景物:两位仙人对弈,互争胜负,殚精竭虑,难解难分,以致连"花落空山"都不知道。与此形成鲜明对比的是,旁边站着观棋的那位樵夫,悠然自得地袖手旁观,既不插言"支招",更不伸手"动步"。诗人就此,分别在两首诗的后面,发表议论,做出判断:一是,既然成仙得道了,名心早已了断,怎么还会斗这份闲气,争这一局棋呢?言下之意,算不上真正的仙人。二是,这个樵夫("烂柯人"),袖手旁观,置身局外,观棋不语,倒是可以说:不是仙人,胜似仙人。

由于"烂柯"故事早已深入人心,因而许多诗人都把它纳入创作题材,仅我阅读所及,唐宋诗中就达百首以上。其中最多的是借以感叹世事沧桑,浮生若梦,像"怀旧空吟闻笛赋,到乡翻似烂柯人"(刘禹锡),"仙界一日内,人间千载穷。双棋未遍局,万物皆为空"(孟郊),"樵斧烂柯人换世,碧桃花影未曾移"(杨明),"只恐烂柯人到,怕光阴、不与世间同"(张炎);再就是,着眼于围棋,当然最后也是落脚于世事的,像"痴人逐物回头少,看到棋终恐烂柯"(刘克庄),"烂柯人去弈秋死,通国善弈谁知名"(李仲光),"袖剑客同楼上醉,烂柯人看洞中棋"(陆游);还有从避世角度来做文章的,像"弈罢空怀烂柯客,云深多失避秦人"(潘正夫),等等。而赵翼却能冲出重围,自出机杼,独具只眼,异想天开,掀翻一千余年的定案,偏要怀疑:既是仙人,怎么还会"闲气犹争一局棋"?倒是局前袖手、超然物外的旁观者,意态非凡。目光犀利,见解独到,意蕴深邃,允称骚坛高手。

暗中难防

咏 蚊

汪启淑[1]

乍停纨扇便成团,隐隐雷声夜未阑。
漫道纱厨凉似水,明中易避暗中难。

古今咏蚊诗甚多,如果有兴趣,大概编一本《咏蚊诗集》是完全做得到的。由于这种小动物身躯虽小,危害人却直接而又普遍,常常是"终夜不堪其扰",因而许多诗人,援笔成章,大加挞伐。唐人吴融洋洋洒洒地给出二十六韵,中有句云:"不避风与雨,群飞出菰蒲。扰扰蔽天黑,雷然随触舻。"极写蚊虫出征的阵势。陌花馆主人的《黄莺儿》小曲,细致地描写了蚊虫的"作案"情景:"恨杀咬人精。嘴儿尖,身子轻,生来害的是撩人病。我恰才睡醒,他百般作声。口儿到处胭脂赠。最无情,尝唊滋味,又向别人哼。"而政治家范仲淹和

---

[1] 汪启淑(1728—1799),号秀峰。官至兵部职方司郎中。清代诗人,性情古雅不群,喜考据,酷爱收藏书籍、印章。

清人单斗南的《咏蚊》诗,则是郑重其事地从利害关系方面进行研判:"饱去樱桃重,饥来柳絮轻。但知求日暮,休更问前程。""性命博膏血,人间汝最愚。嚼肤凭利嘴,反掌陨微躯。"

面对蚊虫肆虐,大诗人陆游有些无奈,五古中有"不如小忍之,驱逐吾已隘"之句。明人方孝孺则表现得比较洒脱:"喧喧秋后蚊,白日嚼我肌。我虽病无力,扫扑亦易为。怜汝营一饱,未得死及之。且复纵遣去,天运自有时。"他的意思是等待着秋冷风寒来报复它。闲翻古籍,看到南唐一位叫杨銮的人写的打油诗:"白日苍蝇满饭盘,夜间蚊子又成团。每到夜深人静后,定来头上咬杨銮。"笔者见此,胡卢而笑,也随之口占一首《赤壁鏖兵》:"饱餐卧伏聚层层,拍扑乒乒劲有声。血污粉墙成赤壁,深宵斗室大鏖兵。"

汪氏这首七绝,前两句说的是:蚊子太多了,轰响如雷,纨扇频摇,总算稍有收敛;但刚刚停下,便又成团结队地飞了回来。意在为三、四句做出铺垫——只好把蚊帐放在清冷的月光下面,因为明中易避,暗里难防。乍看,写的是蚊虫活动特征,实则隐喻那些宵小之徒,以及对付他们的手段、策略。这样,诗就超出一般的叙事描写,而赋予了理性蕴涵,诗外之意多于诗内之意。与前面赵翼的《一蚊》中所阐明的"宵小由来不在多",可谓异曲同工,都是托物寄怀,借题发挥。从这里,可以悟解哲理诗的突出特点以及写作方法。

一往情深

题兰(二首选一)

宋 湘[①]

楚山无语楚江长,留得骚人一瓣香。
风雨劝君多拂拭,世间萧艾易披猖。

作者经行楚地,感慨丛生。先从自然景物写起:楚山寂然森列,楚水浩荡奔流,时间已经流逝得很久很久了。接下来,笔锋一转,导出社会人文蕴涵——此间,伟大爱国诗人屈原的流风遗泽却今古长存,你看那山间溪畔的香兰,不就是诗人当年所珍惜、所爱慕、所滋育的吗?最后,作者满怀深情地说,香兰置身荒野,日夜经受着漫天风雨的侵凌,自不必说;更糟糕的是,身旁还有披猖无忌的萧艾肆意侵凌,我们可要多加爱惜、精心护持呀!诗人真情灼灼,一副尊贤惜士的火热情肠跃然纸上。

[①] 宋湘(1756—1826),字焕襄,号芷湾。嘉庆年间进士。为人襟怀豪迈,才气倜傥。

"留得骚人一瓣香","骚人"指屈原;"瓣香"为佛家语,喻崇敬的心意,用在这里,意为屈原对兰花衷心景慕。屈原爱兰、慕兰,《离骚》中尽多"结幽兰而延伫"、"揽茹蕙以掩涕兮"、"余既滋兰之九畹兮"之句。"萧艾易披猖",说的是小人得势便张狂。萧艾、艾蒿一类植物,典出《离骚》。它是与香兰相对应的。

　　在这首咏物诗中,诗人运用了高明的表现手法:本来,诗的主旨是借助题兰来抒怀寄志,表达爱惜、护持人才之情,那就不妨随便找个郊野所在,甚至完全可以直接拈出兰花,劈空设论,不必具体交代地点;但是,宋湘却是借助典型地域、典型人物来说事。如同一说赏梅,人们会立刻想到孤山的林和靖;一说采菊,脑子里便会涌现出东篱下的陶渊明。由于和屈原联系起来,这样就加重了兰花的分量与迥异寻常的人文价值。了解宋湘的人都知道,他"于古人每喜自比屈宋",甚至连姓名都和屈原、宋玉挂上了钩。所以,一写到楚山楚水,就把爱惜兰花与"瓣香骚人"紧紧地联结在一起,原是顺理成章的事。

　　再者,作为咏物诗,它的情感生成与抒写方式,以物喻人本为常用形式;但宋湘却做到了三重设喻:一是以香兰、萧艾分喻贤士、小人;二是用易遭风雨特别是披猖无忌的萧艾侵凌的香兰,隐喻贤才的遭遇;三是请出两千年前的"骚人"屈原来为香兰护法,发抒其爱惜文士、护持贤才的强烈感情,深得风人之旨。

夤缘云路上　总有下山时

游山诗

钱　泳[1]

踏遍高山复大林,不知回首夕阳沉。
下山即是来时路,枉费夤缘一片心。

题曰"游山",实际上讲的是人生。诗中提出了一个关于出处进取的发人深省、颇富哲思的课题。

前两句叙事,说游山的人不知疲倦地攀登高山,深入长林,一味地奔驰向前,忘记了时间,也顾不上坐下来喘口气。偶然一回头,才觉察到原来已经是斜晖脉脉、红日西沉了。言外之意是,不管你爬得多高、走出多远,也需要踏上归程、重回原路了。

后两句转为议论,接着上面的话头:既然"下山即是来时路",那

---

[1] 钱泳(1759—1844),号梅溪居士。一生未事科举、未曾入仕,足迹遍及大江南北。历乾隆、嘉庆、道光三朝,为著名学者,工诗词、擅书画。所作《履园丛话》,以内容丰富、资料翔实、文笔流畅著称。

就是说:怎么上来的,还得怎么下去——来时是一步步地爬上去,现在还要一步步地走下来。"枉费"云云,暗含着"早知如此,何必当初"之意。这里的关键词是"夤缘"二字。"夤缘"也者,攀附权贵,拼命向上巴结之谓也。

诗人以游人登山时需要攀藤附葛、拼力爬高的实情,借喻世人为了升官发财,钻营奔兢,厚颜无耻地奔走权门,攀龙附凤,极尽勾结、攀附之能事。结局是,或因势家倾败,"鸡飞蛋打";或因本人被罪,倾家荡产;或因衰亡殄瘁,万有皆空,反正就是"下山"了。到头来,"枉费夤缘一片心"!

诗人在《履园丛话》中有一段话:"每见官宦中有一种夤缘钻刺之辈,至老不衰,一旦下台,恍然若梦,门有追呼之迫,家无担石之储,在此人固自甘心,而其妻子者将何以为情耶?余尝有《游山诗》云(从略),盖为此等人说法耳。"

袁枚《随园诗话》记录有儿童诗:"二童子放风筝,一童得风,大喜;一童调之曰:'劝君莫讶东风好,吹上还能吹下来。'我深喜之。""吹上还能吹下来"与"下山即是来时路",义理相近,而其妙处皆在蕴涵着哲思理趣。

下编 明清及近代 | 395

造化欺人

南唐杂咏

郭 麐[①]

我思昧昧最神伤,予季归来更断肠。
作个才人真绝代,可怜薄命作君王。

南唐,"五代十国"之一,定都金陵,历时三十九年,经历烈祖李昪、中主李璟和后主李煜三代君王。诗人咏叹南唐旧事,重点说的是后主李煜。在中国历史上,李后主作为不幸的君主与有幸的才人,兼具亡国之君、失败的政治家与绝代词人、才华盖世的文艺家的多重身份。

诗人说,我读南唐史籍,深潜而静思("昧昧而思之",语出《书经·秦誓》),最感神伤气沮;待到实地踏勘金陵故迹,行旅归来(《诗经·魏风·陟岵》:"予季行役,夙夜无寐"),就更是肠断心酸了——

---

① 郭麐(1767—1831),号频伽。有"神童"之誉。嘉庆年间贡生。工辞章,以轻俊胜,好饮酒,醉后画竹石是其一绝。

那位堪痛又堪怜的李煜,确实是一位绝代的文学天才,可惜他时乖命薄,竟然做了一个末代的待罪君王。大约与郭麐同时代的赵秋舲,在《金陵杂咏》中,亦有"南朝才子都无福,不作词臣作帝王"的慨叹,也是为李后主等亡国之君(还有陈朝的后主陈叔宝),投错了门,走错了路,抒发惋惜之情。

  从人尽其才、才尽其用的角度来说,这些诗讲的都属于真理性认识。确实是造化欺人,历史老仙翁把他们放错了位置。笔者曾在一篇文章中说,如果安排李煜为金陵诗词学会会长、赵构为汴京书画院院长,确实是适才适所,最恰当不过了。但是,事情还有另外一面的道理:不妨设想,如果李煜未曾经历天崩地坼般的人生巨变,缺乏后半生的生命体验,那么,他后期的词作还能涌流出那痛入骨髓的家愁国恨的悲哀,还能实现这种独有的、真实的情感宣泄吗?著名学者唐圭璋在《李后主评传》中做过剖析:李煜"身为国王,富贵繁华到了极点,而身经亡国,繁华消歇,不堪回首,悲哀也到了极点。正因为他一人经过这种极端的悲乐,遂使他在文学上的收成也格外光荣而伟大。在欢乐的词里,我们看见一朵朵美丽之花;在悲哀的词里,我们看见一缕缕的血痕泪痕。"

社会新变的期待

新 雷

张维屏[①]

造物无言却有情,每于寒尽觉春生。
千红万紫安排着,只待春雷第一声。

诗中含有丰富的哲思理蕴,其中包括对于大自然的深情赞颂和阳春将到的喜悦之情;也透露着对于春天的呼唤和对新雷的期待,体现出朦胧的社会新变、除旧迎新的时代要求。

当年孔老夫子说过:"天何言哉?四时行焉,百物生焉。"诗人也在这里说,天(所谓"造物",也就是大自然),寂静无言,却有知觉,有情感,每当寒气将尽,就会顿觉春意萌生。这使人联想到宋代学者张栻的那首《立春偶成》七绝:"律回岁晚冰霜少,春到人间草木知。便觉眼前生意满,东风吹水绿参差。"在这里,诗人将自己的心情同自

[①] 张维屏(1780—1859),道光年间进士,后退隐乡居。鸦片战争开始后,在爱国热情驱使下,写出一些反对卖国投降、歌颂反侵略斗争的著名诗篇。

然界的变化融合起来,深情无限地呼唤着:全新的春天快快地降临人间吧!群芳百卉、千红万紫都已经准备就绪了,只等待着春雷一响,就会竞相开放。

诗人热情饱满,笔致流畅,清丽可喜;而且,匠心独运,寓理于情,体现了灼热的生命气息、浓烈的革新愿望与深刻的哲学、美学思想的有机结合。

恩格斯指出,和在社会历史领域内进行活动的全是具有意识的、追求某种目的的不同,在自然界,没有任何事情是作为预期的自觉的目的发生的。可是,在这里诗人却说"造物有情",似乎既有感知,又有意愿。原来,他是运用了美学上的移情手法,赋予大自然以人的生命、情感、个性。这里的移情,是指主观情感移置于客观物象,使客观物象人格化;或者说,把自然物象作为心灵世界象征的对象,使人的情感与外物相契合。移情,一般都是通过拟人、借代、象征和寄情于物、身与物化等手法来实现。其作用是使诗中的客观景物充溢着感性生命形态的律动,使得诗人眼前景物与心中意向融为一体,从而增强诗歌的魅力与感染力。

这种客观事物的人格化与主体情感的客体化的统一,为诗人运用比喻、联想、想象等手法,创造了有利条件。在诗人的笔下,不仅所呼唤的社会,是体现着诗人情感、意向的新的形态的社会;而且,连带着自然界,也是脱离了那种原生态的与人类毫不相关的天然形态,同样具有人的情感、人的意愿,成为经过有意识地改造、加工的人化自然。"人化自然"一词,是马克思论述人与自然的关系时所使用的术语,指的是人类活动改变了的自然界。在人类社会的发展进程中,随着人的本质力量以体力和智力形式对象化于其中,自然界也在越来越广泛的意义上,实现自然的人化,成为人化自然,形成人工生态系统,形成依人的意愿而变革的自然环境。

献身不惜作尘泥

己亥杂诗(三一五首之五)

龚自珍①

浩荡离愁白日斜,吟鞭东指即天涯。
落红不是无情物,化作春泥更护花。

龚自珍力主变法革新,并无情地抨击时弊,因而不断遭受官僚大地主顽固派的压制与打击,居京二十载,一直浮沉下僚,终于道光十九年,毅然辞官南归。于农历四月匆促离京,九月中旬又返回迎接眷属,往返途中,将所思所感以诗记之,杂述见闻、感想,共三百一十五首。因是年为己亥,遂名《己亥杂诗》。诗篇语言瑰丽,意境新奇,理趣浓烈,颇获诗坛的赞誉。

此诗为第五首,是了解作者晚年(两年后即因暴病辞世)心境、思想、抱负的重要之作。前两句是叙事,说他在白日西斜的时候,满

---

① 龚自珍(1792—1841),号定庵。晚清著名学者、诗人和思想家。道光年间进士,授内阁中书、礼部主事。

怀着浩淼无边的离愁,策马直奔外城东面的广渠门而去,挥鞭东指,竟有身在天涯的感觉,这正应了那句"一出都门,便成万里"的老话。后两句是抒情,说自己虽已辞官,但仍然愿意为国家、为社会尽一份余年心力。有如枝头飘坠的落花一样,它并非无情之物,化作春泥,还是可以起到培护新花的作用的。

诗中有两个关键词,反映了作者的心路历程:一曰"离愁"。作者此番离京,表面上看,是主动要求离职,似乎导因于不满死气沉沉的礼部衙署生活;但是,根子还在于朝中倾轧挤压、勾心斗角。"才高动触时忌",被守旧官僚视为异类,断绝其进身之阶;特别是面对英人鸦片入侵,他曾越位言事,竭力主战,"忤其长官,赋归去来"。从他此次离京的匆促来看,幕后显然隐伏着更深的险恶背景。在这种情况下,"于我心有戚戚焉",是完全正常的。况且,龚氏十一岁即随父进京,后来又做了京官,虽不得志,但立朝执政、推进变革的鸿图远志,始终在胸中蒸腾着。一朝离去,这些势必全部落空,自然会离愁浩荡,辗转流连。

二曰"落红"。作者离京正值春末夏初,北方也正处在飞花万点,绿暗红稀之际。面对此情此景,一时浮想联翩,仿佛觉得自己正同片片飞花融合到一起,怀抱着庄严的使命感——为了培育未来的春花,"自有诗心如火烈,献身不惜作尘泥"(作家杨朔诗句)。此刻,那些萦绕于心中的浩荡离愁,失意情怀,已经转化为带有积极意蕴的"落花心绪",化作牵挂国家、关心社会、开创未来的满腔热情。

智者以盈满为戒

己亥杂诗(三一五首之二七二)

龚自珍

未济终焉心飘渺,百事翻从阙陷好。
吟到夕阳山外山,古今难免余情绕。

诗人南归途中,在江苏的清江浦,同著名妓女灵箫相识,相互产生了恋情。但当时"遇而不合",谈判破裂。本诗中的"未济"、"阙陷"、"心飘渺"、"山外山"、"余情绕"云云,均暗喻其事。只是由于诗句隐晦,意蕴超拔,倒成了一首典型的哲理诗。读者完全可以脱开本事,作形而上的解读。

"未济"为《周易》的最后一卦。"济"者,渡也,"未济"就是大河还未渡过。"既济"表示完成、终止,大功告成,完美无缺;"未济"表示未完成、未终止,存在着缺陷与不足。从《周易》卦象上看,火在水上,火水不济,阳错阴差。但,"未济"是终而不止,是事物发展的必然形态,有待于完成的过渡阶段,也可以说,是未完成的新的开始。

用《易》学先师的话说,是"济犹未济",也可以理解为待机而济。《易传·序卦》有言:"物不可穷也,故受之以未济终焉。"诗的首句:"未济终焉",本此。正是由于未能达成协议,实现遇合,所以,诗人一时"于心有戚戚焉",说是觉得空虚缥缈。

但诗人的头脑是清醒的。从理智上懂得,作为一种"阙(缺)陷","未济"本身不但不是坏事,而且,"百事翻从阙陷好"。这个"翻"字用得十分恰当。"翻从",意为反转来看,这里体现了辩证思维。凡事难以完美无缺,缺陷原本客观存在。就个人说,只能做到事事尽力,不能设想完美无缺;而对别人,尤其不能求全责备。况且,盈满则亏,所以,智者常以盈满为戒。晚清名臣曾国藩就特意给自己的书房取名"求阙斋"。就在龚自珍写作这首诗的五年后,曾国藩在《与诸弟书》中写道:"兄尝观《易》之道,察盈虚消息之理,而知人不可无缺陷也,日中则昃,月盈则亏,天有孤虚,地阙东南,未有常全而不阙者。"又说:"君子但知有悔耳。悔者,所以守其缺,而不敢求全也,小人则时时求全,全者既得,而吝与凶随之矣。"

"夕阳山外山",原为宋人戴复古诗句,这里引用它,并与"难免余情绕"合用,表明诗人仍然满怀恋恋之情,但已经遥不可及,只能付诸余生梦想了。

富贵暂如花

立春后一日长椿寺牡丹盛开

祁寯藻[1]

纵无风雨晓犹残,尚有芦棚护曲栏。
培植一年开十日,人间富贵作花看。

那次参观洛阳新安千唐志斋,我曾看到一副类似佛禅偈语、蕴含哲思的对联:"谁非过客?花是主人。"上联意蕴深邃,但很容易解读,人人都点头认可;可是,下联却有些费解,花怎么会成为主人?明人冯琦有句云:"春来谁作韶华主?总领群芳是牡丹。"就花开富贵、艳冠群芳来说,牡丹确是花中之王,说是主人亦无不可。洛阳号称牡丹之都,而联语恰好出自洛阳,说不定撰此联语者就是有鉴于此。此是闲话。现在还是来解读祁氏这首诗。

诗人说的"长椿寺",在北京西城区,为明万历年间孝定皇太后

---

[1] 祁寯藻(1793—1866),嘉庆年间进士,咸丰、同治间,先后任体仁阁大学士和礼部尚书。诗人、书法家,著述甚丰。

所创建。立春过后,诗人来到这里,观赏盛开的牡丹。他颇有感慨地说,为了莳弄这花中之王,花工们辛苦经年,用尽心血;单是为使它能在春节前后开花,不致遭人摧折和被寒风烈雪冻伤,就绞尽脑汁,精心地护以曲栏,盖了芦棚,着实是煞费苦心。可是,培植了一年,仅仅开了十天,受自身条件限制,即便没有外力影响,牡丹也会自然地萎败凋零。结果,什么国色天香,姚黄魏紫,都在人们惊鸿一瞥中,消逝净尽,令人扼腕叹息。不过,细细思量起来,何止是花,人间的富贵荣华,又有哪一样不是如此呢!

"人间富贵作花看",为全诗之纲领。其间可作三层理解:一是,"好花不常开,好景不常在"。清代诗人查慎行有一首五绝:"无数绯桃蕊,齐开仲月初。人情方最赏,花意已无余。"说的正是这种令人沮丧的事。其实,事物有盛就有衰,如同鲜花有开就有谢一样,这本是人间至理、生活常态,也是不以人的意志为转移的自然法则。二是,"培植一年开十日",不独牡丹为然,一切创造成果都是得之难而失之易。"世间美物不坚牢,彩云易散琉璃脆。"三是,正是基于上述两点,所以,世人才倍加珍惜美景华年,"盛时常作衰时想","常将有日思无日",谨记"福不可享尽,势不可使尽",知止知足,不到顶点的道理。对于花,古代诗人也有"分付凉风勤约束,不宜开到十分时"(蒋士铨),"烂漫却愁零落尽,丁宁且莫十分开"(陆游),"繁枝容易纷纷落,嫩蕊商量细细开"(杜甫)的名章隽句。

花魂梦

赣江舟中棹歌（七首选一）

魏　源[1]

峡锁群山十万魂，山花四月未缤缤。
前林晓忽花全放，多为溪雷一夜奔。

  本诗是以江西赣江上船工划船时所唱船歌的形式出现的，从诗中"峡锁群山"、"前林晓忽"字样，确实看得出船是在浩荡前行之中。
  前两句说，在群山环抱的峡谷里，因为春风吹不进来，虽然已是四月天气，花魂却仍然酣眠未醒，因而看不到山花怒放、彩影缤纷（"缤缤"）的景象。后两句说，忽然在一个早晨，人们不经意间，前边林地里的群花，竟然一下子全部开放了。叩其原因，多半是由于一场春雨过后，溪流猛涨，奔腾而下，声若鸣雷，把峡谷间的十万花魂全部震醒了。

---

[1] 魏源（1794—1857），晚清著名思想家、文学家。道光年间进士，官高邮知州，晚年弃官归隐。

诗中写的是深山奇景,却蕴涵着丰富的哲思理趣。儒家讲究"格物致知"(研究事物原理而获得知识),诗人则是从自然、社会现象中寻觅审美意蕴,发掘诗性蕴涵。这首诗就是从花魂的沉睡与觉醒中,揭示事物发展变化——渐变与突变——的规律,展现一种诗性光辉。

不妨说,这也是一场寄怀深远、动人心魄的"花魂梦"。在诗人看来,中华大地上,几亿炎黄子孙"睡狮"一般,实在是沉睡得太久了。其情其景,不就是"峡锁群山十万魂,山花四月未缤繙"吗?诗人期盼着、设想着那"睡狮"醒来、万花齐放的一刻,最后结想成梦,梦想成真,这一天终于来到了:"前林晓忽花全放,多为溪雷一夜奔。"

作者为近代中国"睁眼看世界"的首批知识分子的优秀代表。清史本传中评论:"(魏)源兀傲有大略,熟于朝章国故。论古今成败利病、学术流别,驰骋往复,四座皆屈。"

闻鸡遐想

晓　窗

魏　源

少闻鸡声眠，老听鸡声起。
千古万代人，消磨数声里。

作者从晓窗外的数声鸡啼，联想到整个历史长河中，人人都在鸡声中流逝而去。年轻人精力充沛，往往直到鸡鸣时才肯入睡；而老年人，年迈力衰，早早便躺下，又兼睡眠减少，鸡刚一叫唤就起来了。可见，千秋万代的人，都把宝贵的一生，消磨在这数声鸡鸣之中。当然，其间也有巨大的区别，有的闻鸡起舞，激扬奋发，从而立下不世之功；有的蹉跎岁月，壮志消沉，结果落拓终生，一事无成。

诗虽短小，容量却很大，为读者提供了巨大的思索空间。

比如，我就想到：早在两千多年前，鸡声就和远古先民的早起紧相联结。在《诗经》的《女曰鸡鸣》和《鸡鸣》两首诗中，诗人通过两对夫妻围绕着鸡叫起床的对话，形象生动、个性鲜明地展示了古代家庭生活与夫妻情感，十分动人，饶有情趣。与居家相对应的，身在旅途的游子，则奉行着"未晚先投宿，鸡鸣早看天"的古训，以规避风险，保证安全。而对于胸怀壮志、奋发有为的年轻人，自古就有"闻鸡起舞"的动人佳话。《晋书》记载，范阳人祖逖，年轻时即胸怀大志，曾与刘琨一起担任司州的主簿。这天与刘琨同寝，夜半时听到鸡鸣喈喈，他便踢醒了刘琨，说："这可不是令人厌恶的声音。"意为快快起来干事。于是，他们便起床舞剑。

诚然，鸡鸣"不是恶声"，但是，在古代，对于夜度边关的铁甲将军和五更待漏的冠冕朝臣来说，鸡鸣却也意味着辛勤、劳苦。金代诗人元好问就有一首《过榆社峡口村早发》的七绝："瘦马长途懒着鞭，客怀牢落五更天。几时不属鸡声管，睡彻东窗日影偏。"还有的借以咏叹宦游生活的无比艰辛，清代诗人王九龄《题旅店》："晓觉茅檐片月低，依稀乡国梦中迷。世间何物催人老？半是鸡声半马蹄。"自问：世界上什么东西催促年光，使人一天天变老呢？自答：看来，一半是催人不断地早起的鸡声，一半是陪伴着四处奔波的马蹄声了！情理交融，感喟无限，紧贴现实生活，令人感同身受。

穷而后工

书樾峰诗稿后

郑　珍[①]

乾坤清气一枝笔,不落人间得意场。
官退却惊诗力进,晚凉携卷语山光。

近日,粤地友人将其以高价购得的一幅墨宝的影印件,通过邮箱发过来,请我过目。条幅上书写的就是道光年间学者郑珍以篆体自书的这首七绝。

我在回函中说,对于书画鉴赏,我是外行,但看上去,觉得十分精美,备极珍贵。郑氏为清代"宋诗派"的重要诗人,其诗为后来的"同光体"诗家所崇尚,胡先骕甚至尊奉他为"清代诗人第一";兼擅书法,篆书效李斯、李阳冰,声名很高。自书的这首七绝,原为平翰的《樾峰诗稿》题词。平翰字樾峰,当过贵州知府,诗稿中包括了他卸

[①] 郑珍(1806—1864),道光年间举人。精训诂学与经学考据,为清代"宋诗派"的重要诗人。

任之后的作品。平翰宰黔期间,曾聘请遵义人士郑珍与莫友芝合纂《遵义府志》。

诗的前两句以议论开篇,说充溢于天地间清新、潇洒之气的笔墨,往往出自不得志的人之手,一般不会产生在志得意满的场合。第三句,沿着上面的思路展开来讲,说平翰的官位退而诗力进,这是本诗的核心所在。最后荡开一笔,以情以景作结,颇饶韵味:晚凉时节,手携诗卷,对着山光野色,说了上面这番话。

这里提出两个可供思考的问题,一是"乾坤清气"与"得意场"无缘,其实,正是"诗穷而后工"的形象说法;二是"官退"而"诗力进"。这是全诗立论的两根柱石,足可以"穷而后工"四字概之。

"穷而后工",这是我国古代诗学的一个重要命题,最早可以追溯到孔子的"诗可以怨"以及司马迁的"发愤著书"之说。到了韩愈、欧阳修两位诗文巨擘的笔下,论述得就更为直截而详尽了。韩愈在《荆潭唱和诗序》中有言:"夫和平之音淡薄,而愁思之声要妙,欢娱之辞难工,而穷苦之言易好也。是故文章之作,恒发于羁旅草野;至若王公贵人,气满志得,非性能而好之,则不暇以为。"欧阳修《梅圣俞诗集序》中,进一步阐发了这一论说:"予闻世谓诗人少达而多穷。夫岂然哉?盖世所传诗者,多出于穷苦人之辞也。凡士之蕴其所有,而不得施于世者,多喜自放于山巅水涯,外见虫鱼草木风云鸟兽之状类,往往探其奇怪;内有忧思感愤之郁积,其兴于怨刺,以道羁臣寡妇之所叹,而写人情之难言;盖愈穷则愈工。然则非诗之能穷人,殆穷者而后工也。"两人均注重主体感发的情志与诗歌之间关系的揭示,

可见,所谓"穷而后工",并不是说穷困本身就能产生好的诗文,而是说诗人处于穷途困境,饱经磨难,处于社会的底层,拥有丰富多

彩的社会生活体验,特别是和广大群众情感息息相通,因而是非爱憎凝成感情的郁结,痛痒攸关,言之有物,具有深刻的思想性、高度的概括力和饱满奋发的激情。写出来的诗文,绝非无病呻吟、语言枯燥的上流社会的应酬之作所可比拟。

尽管这一诗论,在宋代也曾受到一些学者、诗人的质疑,但总体来说,"穷而后工"仍为文学界、学术界所共同认可。清初知名学者钱谦益的话具有一定的代表性:"诗穷而后工。诗之必穷,而穷之必工,其理然也。"(《〈冯定远诗〉序》)今人钱锺书先生有言:"苦痛比快乐更能产生诗歌,好诗主要是不愉快、烦恼或'穷愁'的表现和发泄。这个意见在中国古代不但是诗文理论里的常谈,而且成为写作实践里的套板。"

童庆炳教授则从创作心理的角度进行分析,他把人的体验分为两种:一种是丰富性的体验,这主要指的是事业的顺利、爱情的美满、家庭的幸福所引起的愉快、满足的情感体验;一种是缺失性的体验,即由于事业的失败、爱的失落、生活的不幸以及潜能的无法实现等所引起的痛苦、焦虑的情感体验。他认为,缺失性体验乃是诗人独特的一种生存和生活方式,并映现出真正的人的生存和生活方式。诗人之"穷",在一定意义上,正是诗人之"富",正是在穷中,诗人蓄积了最为深刻、饱满、独特的情感,正是这种带着眼泪的情感,以一种强大的力量把诗人推上了创作之路。

与此直接相关联,"官退而诗力进",同样也是不刊之论。唐人徐凝早曾慨叹:"风清月冷水边宿,诗好官高有几人!"就此,明人王世贞剖析得最为深刻:"今之为官者皆讳言诗,盖言诗每不利于官也。不唯今时为然。即唐以诗取士,诗高者,宦多不达。"所以,王安石诗云:"诗人况又多穷愁,李杜亦不为公侯。"从这个意义上说,诗人之"富"乃在穷中。

"官退"分两种情况,一种是被迫的,如遭到罢黜、流放或破国亡家沦为贱俘者;一种是主动抽身、挂冠归田者。被动退出者"穷而后工",李后主当为显例;而主动远离官场者,如陶潜、顾炎武、郑板桥等等,确都属于"官退却惊诗力进"的典型。单就诗文创作而言,以前的仕宦生涯,不过是一种角色的表演,多的是置身其中的应对与迷茫;而一当以创作者的视角回过头来审视,多的是一种置身其外的清醒,从而更深刻地体会到世态炎凉、人情冷暖,从而进一步地理解社会、自然、人生、自我,体现出人的存在、个性的存在,这样,诗力自然也就进了。

功成之患

沅甫弟四十一初度

曾国藩[1]

左列钟鸣右谤书,人间随处有乘除。
低头一拜屠羊说,万事浮云过太虚。

清同治三年(1864年)六月,湘军在曾国藩统领下,曾国荃(曾国藩之九弟,字沅甫)率师攻下天京城,从而结束了与太平天国历时十余年的战争。扑灭太平天国,兵克金陵,原是曾氏兄弟梦寐以求的胜业,也是曾国藩一生成就的辉煌顶点,一时间,声望、权位如日中天,达于极盛。按说,这时候应该一释愁怀,快然于心了。可是,曾国藩反而"郁郁不自得,愁肠九回",城破之日,竟然终夜无眠。原来,他在花团锦簇的后面看到了重重的陷阱、不测的深渊。情况已经非常清楚了,尽管他竭忠尽智,立下了汗马功劳,但因其用兵过久,兵权太

---

[1] 曾国藩(1811—1872),号涤生。道光年间进士,累官两江、直隶总督,武英殿大学士,卒谥文正。中国近代著名政治家、理学家和文学家。

重,地盘忒大,朝廷从长远利益考虑,不能不视之为致命威胁。过去所以委之以重任,乃因东南半壁江山危如累卵,对付太平军非他莫属。而今,席卷江南、飙飞电举的太平军已经灰飞烟灭,代之而起的、随时都能问鼎京师的,是以湘军为核心的精强剽悍的汉族地主政治、军事力量。因而,朝中传出一句可怕的流言:"打下一个洪秀全,上来一个曾国藩。"在历史老人的拨弄下,他和洪秀全翻了一个烧饼,从现在开始,湘军和太平军互换位置,成为最高统治者的心腹大患。

是年八月,曾国荃四十一岁生日("初度"),曾国藩写了十三首七绝作为贺诗,此为第十首。

诗中首先提醒,不要耽于胜利的欢腾而忽视形势的严峻,须知,与左侧的钟鸣鼎列相对应的,是右边的诋毁、告状的信件("谤书")错叠罗列。"钟鸣",击钟列鼎而食,形容侯门贵族的豪华排场。有的版本作"钟铭",解为朝廷的褒奖凭证。次句说,人间万事,盈虚消长,变化多端,安危莫测,盛衰无常,一切都没有定数。所以,陆游说:"寄语莺花休入梦,世间万事有乘除。"

接下来,作者又从两千多年前的古籍《庄子》中,请出一位远古先民来帮他说教。此人名叫屠羊说(悦),楚国人,以屠羊为业。在吴军攻楚,昭王逃难时,曾帮助做过事情,昭王复国后,便再三请他出来做官,他都断然谢绝,说:"皇上丢了国家时,我也丢了宰羊的活计,现在皇上重登宝座,我又操起宰羊刀,恢复了一切,这已经很好了。我当然知道,三公之位要比卖羊肉高贵无比,三公的薪水我卖一辈子羊肉都赚不回,但是,我不能因为贪图高官厚禄,而让君主担一个滥行奖赏的恶名。"表现了安于本分、看淡功名利禄的高尚品格和超拔境界。

三、四两句说,我们应该低头跪拜屠羊说为师,学习他的高明的见识和过人的智慧。确确实实,荣誉也罢,诽谤也罢,都不过是蓝天上的一片浮云,很快都会被风吹散,一切都将成为过去。

　　这首诗的后面,隐含着曾国藩的卓识远见与深重忧心。他在提醒曾国荃,睁开眼睛看清楚:值此大功告成、夙愿得偿之际,既是鲜花着锦、烈火烹油,无以复加的鼎盛时期,也是他们弟兄最招朝廷疑忌、最受朝野上下忌恨的艰难时刻,因此,必须居安思危,切记"功高震主""兔死狗烹"的古训。"处大位大权而震享大名,自古能有几人能善其末路者?总须设法将权位二字推让少许,灭去几成,则晚节渐可以收场耳。"(曾国藩《家书》中语)

错在失掉自我

西施咏

金 和[①]

溪水溪花一样春,东施偏让入宫人。
自家未必无颜色,错绝当时是效颦!

这是一首哲理性很强的咏古诗。寓理蕴于叙事、论述之中,形象生动,见解高超,说服力也很强。

诗中涉及西施与东施两位著名的女性。西施是春秋末年的绝代佳人,越王勾践出于政治目的,把她献给吴王夫差。自此,吴王沉溺女色,荒废政事,终为越人所征服。在西施的故里苎萝乡,还有一位被人称作"东施"的年轻女子,看到西施因病心而蹙眉,觉得这样很美,便也仿效她的动作,结果遭致人们嘲笑。

诗人说,苎萝乡浣纱溪畔的绿水和红花,为东施与西施装点出同

[①] 金和(1818—1885),晚清诸生出身。梁启超誉其诗为"元气淋漓,卓然称大家"。

样的春光,就是说,两人有着相同的环境条件。可是,偏偏东施就比入宫邀宠的西施大为逊色("偏让")。依我看,东施本人未必就没有姿色,她最大的失误("错绝"),是失掉了自己,而盲目效颦!

当代学者钟贤培指出,诗人借"东施效颦"的典故,表达其诗学见解,批评当时诗坛上一味复古摹拟的风气。金和一生作诗,不受当时尊唐或宗宋的时风影响,强调真实、自然,敢于创新。他曾自评其诗云:"所作虽不纯乎纯,要之语语皆天真。时人不能为,乃谓非古文。"这首《西施咏》所表达的诗学观点,与此恰合榫卯。

其实,从"东施效颦"这个故事,我们还可以作进一步的引申。当日,庄子在讲述丑女东施"归亦捧心而颦其里"之后,紧接着缀上一句:"惜乎,而夫子其穷哉!"深情惋惜孔夫子不顾时间、地点、条件的不同,固执地推行文王、周公那一套,就如丑女效颦一样可笑。这使我们悟出应该与时俱进、随时为变,不可固守陈规的道理。此其一;其二,庄子有感于战国之世,在社会昏暗、政治污浊的环境中,绝大部分读书士子都迷失了自我,随波逐流,摒弃了生命价值,"莫不以物易其性","危身弃生以殉物",为此,突出强调:要保持自性,维护自我的尊严与高贵,不受任何外在势力的控制与影响,营造一种从容、淡定的心态,以超拔的智慧化解现实中的种种矛盾,祛除一切形器之累。

警惕"逆淘汰"倾向

杂　诗

金　和

千金买驽骀,一顾失追风。
追风亦有罪,甘杂驽骀中。

诗中前两句说,由于相马者缺乏伯乐那样的慧眼,竟以千金重价买进来一匹劣马("驽骀"),而漏掉了奔驰如飞的千里马。"一顾",借指相马。《战国策》载,骏马立于市,三日无人过问,经伯乐一顾,遂价增十倍。

后两句,借助"追风(奔跑如飞)"这个话头,陡然一转,说正由于追风也是罪过,所以,千里马才会甘愿混迹于劣马群中,不想也不敢施展才能,如同韩愈所说:"骈死于槽枥之间,不以千里称也"。

写作理蕴诗,讲究深一层的发掘。本诗说的是马,实际是托喻人,马有追风与驽骀之分,人也有英才与庸才之别。就前两句看,讲了相马者看走眼了,导致失误这一社会现象,也可以引申到选人、用人出现失误的问题。但是,诗人并不止此,而是继续发掘下去,进而牵扯出"追风亦有罪"这个生面别开的话题。

"有罪"云云,表面上看,是说:这不能只埋怨相马人,你千里马自身也有责任啊,为什么偏要混杂到驽马群中呢？应该说,这是个伪命题。《左传》中有个"匹夫无罪,怀璧其罪"的成语典故,原指财宝亦能致祸,后来借喻为因有才能、有理想而招致祸害。这才是问题的根本所在。诗中深意在此。

那么,又要问了:为什么会出现因才致祸的现象呢？这就牵涉到社会、体制的问题了。封建时代,政治黑暗,社会污浊,昏庸、奸邪者当道,英才走投无路,甚至惨遭刑戮,所谓"黄钟毁弃,瓦釜雷鸣"。《史记·屈原列传》记载:"屈原至于江滨,被（披）发行吟泽畔,颜色憔悴,形容枯槁。渔父见而问之曰:'子非三闾大夫欤？何故而至此？'屈原曰:'举世混浊而我独清,众人皆醉而我独醒,是以见放（罢黜、流放）。'"在这种形势下,出现"劣币驱逐良币"的"逆淘汰"倾向,就势所必然了。

舵手之歌

舵

俞 樾[①]

路当平处能持重,势到穷时妙转移。
只惜功多人不见,艰难唯有后人知。

　　对于航行水中的船舶,尾部的舵是十分重要、绝对不可缺少的专用设备。它有两大功能:一是确保船舶按照既定航向行驶,即航行稳定性;二是随机变更船舶运行方向,航行术语称为回转性。不能想象,一艘航行在江海中的船舶,如果没有舵的操纵与掌控,任凭狂风怒浪肆意摆布,那将面临怎样的危险,不要说安全抵达预定港口,即便是一般的运转、航行也将没有可能。

　　诗中前两句所叙述的,恰好是舵的这两种功能:在风平浪静的水面上,舵能使船平稳持重,保持常态,正常运行;到了遭遇巨大险情,

---

[①] 俞樾(1821—1907),字荫甫,号曲园。道光年间进士,授翰林院编修。晚清著名学者、文学家。

或者船行受阻,能够巧妙地转危为安,畅行无虞。后两句,用"只惜"二字,导引出感慨和议论:"只惜"什么呢？只可惜如此斡旋、掌控之功,操纵、转圜之力,都是作用在后面,发挥在水下,人们见不到,唯有身居船后的舵手才知晓。

诗题为"舵",诗中句句说的也是舵,但明眼人一看便知,说的乃是"舵手"之类的人。从诗中我们仿佛看到一位治国理政、执掌铨衡,却又功成不居、谦恭逊让、先人后己的伟大人物。诗中的"后人知",一语双关:既是说,舵的位置在后,所以只有后面的人晓得它的作用;同时,含有即便当时不显,后世也总会受人景仰、追怀的意蕴。真是一首绝妙的、典型的哲理诗。

空谈误国

论古人（十四首选一）

李龙石①

迂腐何能致太平，坐筹时务笑诸生。
吟诗最爱船山句：只可谈兵勿将兵。

在这首咏史感怀诗中，说是"论古人"，实则借古讽今，矛头直指那些不通世务、专事空谈的人们。诗人说，他们坐在屋子里来筹划时务，解决现实诸般的矛盾。迂腐如此，怎能期望依靠他们达致太平呢！"笑诸生"：嘲笑那些迂腐不通世故的书生。明清两代，称已入学的生员为"诸生"，俗称秀才。实际上，诗人讥讽的范围可能要更广一些。因为这些秀才，即便是不"迂腐"，他们也没有"致太平"的本钱。可见，此乃泛指持"书生之见"的人。

说到这里，本来要发表的意见，已经陈述清楚了；但诗人为了增

---

① 李龙石（1841—1907），原名澍龄，字雨浓。辽宁盘山人。晚清咸同之际举人，才名动辽沈间。一生怀才不遇，历经坎坷。著作甚丰，勇于仗义执言，针砭时弊。

加立论的分量,便采用《庄子》中运用"重言"的做法,借重前代名家的话语,来说明那些书生纸上谈兵头头是道,待到接触实际,就一筹莫展,"百无一用"了。清代诗人张问陶(字船山),在七绝《新启孙子祠》中,有"只可谈兵勿将兵"之句。

钱锺书先生《谈艺录》中,就"纸上谈兵"一语,旁征博引,分析至为详尽:"闻声相思,优于进前奉御焉。文士笔尖杀贼,书生纸上谈兵,历世皆话把"。接着,就讲了南北朝时著名文人吴均的实例。"吴均为文,多慷慨军旅之意。梁武帝被围台城,朝廷问均外御之计,(均)忙惧不知所答,启云:'愚意愿速降为上。'"

李龙石饱经忧患,遍游南北,阅历丰富,深谙社会政治、世道人情,故其所论,有理有据,直抵要害。对于针砭时弊,疗治晚清官场中徒尚空谈、不务实际的颓风,可说是一针见血,恰中肯綮。

但有一点应该指出,张船山诗中"只可谈兵勿将兵"的原意,并非讽刺书生议论,空谈误国,而是另有所指。其有此作,盖源于挚友孙星衍藏有孙武名印,并为之新建祠堂。所以,诗一开头就说:"小铸铜章记姓名,著书筹策气纵横",饱含对孙子的景仰之情。后两句,引申开去,借题发挥,披露主旨:"故人转眼浮江去,只可谈兵勿将兵"。"故人"指伍子胥。说,孙子这样只是谈兵著书,而不带兵打仗,非常高明;谓予不信,且看看他的老朋友伍子胥吧,统率大军灭楚兴吴,功震九州,可是,转眼间即含恨自尽,被吴王抛尸江上。说明"将兵"下场的可怕。张问陶在《即事》一诗中,还有"纸上谈兵壁上观,立言先虑立功难。看人连臂辞蓬岛,未敢轻弹獬豸冠"之句。为什么立功要"先虑"?(刘禹锡《韩信庙》诗,有"遂令后代登坛者,每一思量怕立功"之句。)为什么人们纷纷辞离"蓬岛(在圆明园福海中央)"？为什么不敢轻易弹冠出仕？这和乾嘉之际政局紊乱、民变蜂起、文网严酷有直接关系。但都是不便明说，点到为止。

以李龙石之腹笥丰厚、学富五车，显然不是出于误读。我们注意到，他所引述的并非张氏全诗，而是单取"只可谈兵勿将兵"一句。这类所谓"赋诗断章"，其实，乃古人惯为之事；他们并非有意篡改原诗意旨，而是"假借古之'章句'，以道今之'情物'同作者之运化"（钱锺书语）。《左传·襄公二十八年》，即有"赋诗断章，余取所求焉"（意为只截取《诗经》中的某一篇章的诗句来表达自己的意见，而不顾及所引诗篇的原意；或指不顾全篇文章或谈话的内容，孤立地取其中的一段或一句的意思）之说。明人何良俊指出："《左传》用《诗》，苟于义有合，不必尽依本旨，盖即所谓引伸触类者也。"（《四友斋丛说》）

千金与一饭

春夜咏怀(四首之二)

李龙石

孔雀逢牛天地宽,风尘冷眼漫相看。
淮阴他日千金易,漂母当年一饭难。

李龙石大才槃槃,却历尽坎坷。二十二岁考中举人之后,多次进京会试,均因不善攀附、无人赏识,铩羽而归,从此绝意仕进,过着穷愁潦倒的生活。后为饥寒所迫,又为躲避债主,北上求亲靠友,深谙"开口告人"的困境。本诗正是这种状况下的心灵映现。

开头两句,形象地概括了淮阴侯韩信年轻时困守乡关的处境。"孔雀逢牛"是一个典故。杜甫《赤霄行》诗中,有"孔雀未知牛有角,渴饮寒泉逢抵触。赤霄悬圃须往来,翠尾金花不辞辱"之句。诗人运用比兴的手法,通过往来于赤霄玄圃(仙境)的翠尾金花的孔雀,渴而饮于寒泉,无意中邂逅长着犄角的大牛,结果招致抵触的情节,写他曾经遭受无赖少年污辱的难言之苦。长于用典的李龙石,随手抓来杜甫的这一掌故,用以说明当年的韩信也正是这样遭受"胯下之辱",沦落风尘,遍遭冷眼。"天地宽"云云,是说他也像"孔雀逢牛"一样,从此开阔了眼界。

做过这个厚重的铺垫之后,作者展开了一番痛快淋漓的议论。仍然是就着韩信的话题,导入了"漂母饭信"这个故实:当日韩信在城下钓鱼,有几位老大娘在河边漂洗丝绵,其中一位大娘看见韩信饿了,便拿出饭给他吃,几十天都如此,直到漂洗完毕。韩信深受感动,对那位大娘说:"我一定会重重地报答您老人家。"大娘生气地说:"大丈夫不能养活自己,我是可怜你这位公子才给你饭吃,哪里是希望你来报答?"韩信后来做了楚王,特意拜见那位供他饭吃的大娘,赏赐千金,以为酬谢。

作者的议论,就是围绕着漂母与韩信"施"与"报"的前后两件事来展开的。之所以说"千金易"而"一饭难",其理由至少有四:一是从性质看,千金酬谢,属于报恩;而当年的"饭信",纯为怜惜落难王孙的义举,即令谈不上是慧眼识英豪,总还是"风尘知己"吧。清代诗人有"知己从来胜感恩"之句,信哉斯言。二是从格调看,知恩必报,诚然是可贵的,但终究是"有所为而为";而当初的供饭,完全出于"恻隐之心",或曰怜才惜士,根本没有任何个人打算。三是从条件看,韩信身居王位,富贵无比,莫说是千金,即便是万金,也不会费多少周折;而当日漂母,却是完全靠着艰苦的劳动所得来养家糊口的——她的家境肯定也十分困窘,否则,已经很大年龄了,还会出来漂洗衣物吗?四是从时间看,一次、两次供饭,不算太难,难的是几十天如一日,确是太难能可贵了。

写到这里,意犹未尽,想伸展开谈一谈。日前,北京某报载文,谈韩信因漂母一饭而报以千金,以及古训中的"滴水之恩当以涌泉相报",认为这两件事"有其不合理的一面"。基于"经济交易"中的"公平交换"原则,作者认为,在这种交易中,双方"都致力于最大限度扩大收益,同时降低代价",以实现"相等或者稍微多一点的方式回报对方"。这样,只要比原施者稍微多一点的回报量:一饭报以一金,或者滴水报以杯水、盆水就可以了。就此,当代学者王向峰教授指出,古往今来,在人际关系中的道德关系与经济交易关系根本不同,前者最高宗旨是善,后者终极关怀是利;善是为义而付出,利要合义而获得。如果在人际关系中普遍以利益交换为原则,即使是"公平交换",也谈不上是善。韩信发迹后以千金报答漂母,在漂母死后人们又为其修建漂母祠,其真正的意义并不在于报恩,让施恩者得到超重的回报,而在于阐扬和遵行知恩图报的道德原则。我们今天倡导知恩图报,赞扬"滴水之恩当以涌泉相报",是要使施恩与报恩不致沦落为商业场中的等价交换,让维护高尚道德行为的人情关爱,与锱铢必较的商品交换划开明确的界限。

但求神似

临　池

文廷式[①]

不似何必临,太似恐无我。
遗貌取其神,此语庶几可。

古有"临池学书,池水尽黑"的记载,后因以"临池"指学习书法,或作为书法的代称。

诗中讲的是学习书法的辩证法,实际上,对于各种艺术形式都是共通的规律性认识。临帖,要求在似与不似之间。如果完全不似,从根本上走样了,那就失去了临帖的作用;但又不能全似、太似,否则就会丢掉自我。只有不求形似,但求神似,"意足不求颜色似",才有望达到成功的境地。

关于临帖的似与不似,过去有过争议。其基点,在于"似"作何

[①] 文廷式(1856—1904),字道希,号芸阁。光绪年间进士。词人、学者,工骈体文,诗歌意境较高。

解。若解作形似,则不足观;如果解作神似,则实无分歧。

清初顾亭林的《日知录》里,有两句论述学诗如何师法前代诗人的警语:"不似则失其所以为诗,似则失其所以为我。李杜之诗所以独高于唐人者,以其未尝不似而未尝似也"。文氏诗中"太似恐无我"云云,当源于此。各种艺术有其相通之处,一般情况下都从模仿入门,所以不能不似古人,不似则全无章法,失其所以为诗、为画、为书法;但是,最终还必须有所创造,有所突破,否则,全似古人,则失其所以为我。

"遗貌取其神",这里有一个典故。《列子·说符》记载,应秦穆公请求,伯乐推荐了九方皋为其相马。奔波了三个月,九方皋终于在沙丘一带找到了一匹千里马。穆公问他:马是什么样的?九方皋答说,是黄色的母马。但取回来一看,却是一匹黑色的公马。穆公很不高兴,责备伯乐说:"你推荐的那个相马人,竟连黄、黑毛色和公、母性别都分辨不清,怎么能鉴别马的优劣呢?"伯乐答道:"这正是他的高明之处。因为他对马的观察,深入到马的神理,得其精而忘其粗,在其内而忘其外,视其所视而遗其所未见。他重视的是马的风骨、气质,而把毛色、性别等次要因素都抛开了。"实际检验的结果,确是一匹天下稀有的佳骏。

这种抓本质、看主流,摄取事物神理而遗其皮毛外貌的做法,不独对于相马以至论才取士,同样也适用于包括书法在内的各类艺术门类。"此语庶几可",是说它符合客观规律。"庶几",意为"差不多"和"也许"。

目注苍生

春日杂诗（二首选一）

丘逢甲[①]

极目春城夕照中，落花飞絮木棉风。
绝无衣被苍生用，空负遮天作异红。

木棉，常绿乔木，又名攀枝花，在我国种植已有悠久历史，分布于粤、闽、川、桂、台湾等地。花红似火，气势磅礴，过去多被诗人赞赏。早在宋代，诗人刘克庄即曾吟咏："春深绝不见妍华，极目黄茅际白沙。几树半天红似染，居人云是木棉花。"杨万里也有"却是南中春色别，满城都是木棉花"之句。清代诗人屈大均《木棉花歌》："十丈珊瑚是木棉，花开红比朝霞鲜。天南树树皆烽火，不及攀枝花可怜（可爱）。"而张维屏的《东风第一枝·木棉》词，更把它拟人化，赋予它以英雄形象："烈烈轰轰，堂堂正正，花中有此豪杰。一声铜鼓催

[①] 丘逢甲（1864—1912），字仙根，辛亥革命后以仓海为名。客家人，出生于台湾彰化。光绪年间进士，授兵部主事。但他无意仕进，告假归隐台湾，主讲书院，颇负盛名。

开,千树珊瑚齐列。"陈恭尹更是直接许之以"浓须大面好英雄,壮气高冠何落落"的豪杰气概、壮烈情怀。

可是,到了丘逢甲笔下,却是另一副形象。前两句写眼中所见:春城远眺,但见夕晖斜照之中,风吹木棉花絮,漫空飞舞。后两句则是发抒观感,说木棉毕竟不是棉花,不过空有其名,虚声炫世而已,看它徒现令人惊艳的漫天"异红",却绝无"衣被苍生"之用。"衣被苍生",指加惠于人,广施恩惠于百姓。"衣被",本义为衣服之被体,此为动词,借用其义。

当然,我们也清楚,诗人在这里,不过是借题发挥,抓住木棉花这一意象,来讥讽一些人不务实际,徒尚空谈,看似天花乱坠,热闹非凡,实际于经邦济世、救国泽民毫无作用。

对于这位台湾籍的诗人,过去我们印象最深的,是他的深情灼灼的爱国衷怀。那首七绝:"春愁难遣强看山,往事惊心泪欲潸。四百万人同一哭,去年今日割台湾。"令人惊心悚目,痛彻心肺。看过这首《春日杂诗》,我们又被他的关心民瘼、顾念苍生的深情所深深感染。

论史者戒

有书时事者为赘其卷端（四首选一）

丘逢甲

人间成败论英雄，野史荒唐恐未公。
古柳斜阳围坐听，一时谈笑付盲翁。

甲午战争次年，《马关条约》签订后，清廷将台湾及澎湖列岛割让日本。丘逢甲闻讯，恸哭流涕。为了摆脱日本的统治，遂与一批爱国志士愤而起义，丘逢甲被委任为大将军，统率台湾民众奋起抵抗，终因势力单薄，寡不敌众，败归广东镇平，以台湾遗民自居。这四首《有书时事者为赘其卷端》七绝，就是是年秋天，丘逢甲踏上大陆时所作，自是有感而发。"赘其卷端"云云，意为补写在书写时事的报刊前面。

本诗为组诗的最后一首。立论的核心，就是"以成败论英雄"是不公的。应该说，这种不公现象，由来久矣。中国古代最早的史书汇编《尚书》中，即有"孰恶孰美？成者为首，不成者为尾"的记载；到了战国时期,《庄子·盗跖》篇中又借满苟得之口,对"胜者王侯败者贼"的现象加以抨击:"小盗者拘,大盗者为诸侯,诸侯之门,义士存焉。"

"以成败论英雄"之所以不公,道理在于:我们所说的英雄,应该是才能出众、勇武过人、具有英雄品质、志存高远、为正义而献身、长期活在人民心中的杰出人物,单单以一时的成败是论不出英雄的。况且,为成为败,都是相对于具体目标而言,而这种目标即便是高尚的,实现与否,往往受到客观条件的制约;单以成败衡量,会片面地夸大功利意义,而诱导一些人为了达到目标而不择手段,这既不公正,更十分有害。也正是为此吧,著名诗人袁枚才予以断然否定:"成败论千古,人间最不公!"

后两句,显然是从陆游的诗"斜阳古柳赵家庄,负鼓盲翁正作场。身后是非谁管得,满村争说蔡中郎",演化而来。"盲翁",泛指旧时弹弦负鼓、说书唱曲的艺人。旧时说书、算命的,多是年老目盲者。"一时谈笑付盲翁"之句,语意苍凉,寄慨遥深。不难看出,诗人在把笔为诗,"赘其卷端"之际,心情是悲愤与激动的,冷隽中充溢着沉痛之感。他在设想:若是以成败论英雄,尔今尔后,又有谁会记得,当时台湾曾经有过这样一班不愿做亡国奴,拼死抗击日寇的烈士呢!无非是任凭"负鼓盲翁"去信口雌黄罢了。

不负初心

梅（十首选一）

秋 瑾①

冰姿不怕雪霜侵，羞傍琼楼傍古岑。
标格原因独立好，肯教富贵负初心？

　　这是咏梅组诗的第十首。标题是"梅"，通篇也都是做梅的文章，但语句中却不见一个"梅"字，而梅的标格、风韵，豁然自见。
　　诗中通篇运用拟人化手法，而且层次分明：首句描绘梅花的外在风貌，冰肌玉骨，傲雪凌霜，一副勇敢斗士的卓荦风范。次句展现梅花立身高洁、自甘清寂的内在品格。原本出身高贵，"本是瑶台第一枝"，却羞于依傍琼楼玉宇，这倒不是由于"高处不胜寒"，而是表明不愿攀高结贵，也不想栖身仙界，只是安于寂静的空山。这里的"古

---

① 秋瑾（1877—1907），字璿卿，别署鉴湖女侠。为了中华民族的独立、解放事业，她在风华正茂的青年时代，英勇地献出了宝贵生命，是中国近代杰出的女革命家和巾帼英雄。诗风刚健遒劲，雄浑豪放，具有浓郁的革命浪漫主义特色。

岑",显然是指孤山,爱梅的林和靖所在的处所。第三句,讲述梅花的理想、抱负,阐明梅花之所以傲雪凌霜,之所以羞傍琼楼、苦守孤山,都是为了保持一己的独立品格,自由心性。"标格"二字,系指梅花的风韵、气度、风骨。结句力重千钧,一语破的——岂能因为贪恋富贵而改变初衷,负却自己的本性("初心")?"肯",是岂肯的省略词,意思为怎么能够。古代诗词中常用,如宋祁词:"浮生长恨欢娱少,肯爱千金轻一笑?"即其一例。

说是咏梅,实际上是诗人托物明志,借梅花以自喻,表达自己的襟抱与追求。清代著名学者王夫之有言:"情、景名为二,实不可离。神于诗者,妙合无垠。巧者则情中景,景中情。"这里一个重要手法,或者说沟通渠道,就是以所写景物的自然属性为依托,充分发掘其社会属性、精神质素。譬如咏梅,自古以来,诗人们就是借助梅花这个特定的理想意象,在它的身上融入自己的种种精神寄托,换句话说,从梅花的高标逸韵中寻找平生知己。有的赞赏梅花傲雪凌寒、坚贞不屈的斗争精神;有的标榜梅花清奇高雅、不卑不亢的气质风韵;有的彰显梅花不随流俗、孤芳自赏的独特个性;有的张扬梅花与世无争、淡泊自甘的闲情逸趣。应该说,这些方面,在秋瑾的七绝中,基本上都涉及了;而且有所发展,有所升华,那就是突出强调了人格独立和恪守本色、不负初心这两点精神意蕴。它们充分体现了秋瑾这一近代知识女性的自身经历和鲜明的个性特征,在今天仍然具有现实意义与时代价值。

美的发现

舟还长沙

郭六芳[1]

侬家家住雨湖东,十二珠帘夕照红。
今日忽从江上望,始知家在画图中。

诗人通过记述傍晚还家的观感,阐明了"美的发现"和美学上的"心理距离"说。

家,每天都见得到,但对它的美的形象,从前却未曾注意,更谈不到欣赏。可是,一个偶然机会,却突然发现,家原来竟然镶嵌在画图里,融在自然的一片美妙无俦的形象之中。诗人形容为"十二珠帘",以状写夕阳映照下屋宇的华严、隽美。其实,并非由于家发生了什么变化,而是,美的形象本来就存在,只是过去没有关注、未能发现罢了。

---

[1] 郭六芳,字漱玉,晚清女诗人,有《绣珠轩诗抄》。

这就应了大雕塑家罗丹那句名言："生活中并不缺少美,而是缺少发现美的眼睛。"那么,女诗人的"发现美的眼睛",又是怎样获得的呢?换言之,她何以能够突然发现这一自然美呢?原来,她每天匆匆来去,并未着意,也没有心思关注家所处的环境,而当她心境宁帖下来,对自己的日常生活,按照美学家所说的"拉开适当的心理距离",亦即把"家"这个特定的对象,置于一定的时空条件下("夕照红"与"江上望")来"静观",这样,就发现了原来所未曾留意的自然美:家,融在自然的一片美的形象里,如在画图之中。

这里谈了两个发现美的必要因素:一是主观的心理条件——"心理距离"和"静观默察";二是客观的物的条件,那种"夕照红"和"十二珠帘"的装点,那种和谐、烂漫的自然景象。如果没有前者,不能保持适当的心理距离,整天陷于实际生活的思虑,终日被繁杂的事务所羁绊,难得有片刻消闲,那就无法使自己的心绪沉淀下来,专注于观察、体验,投入美的欣赏;而如缺乏后者,便无法在接触具体事物过程中,受其作用、影响和刺激,产生愉悦、满足等美好感觉,也无法营造出美丽、华严的意境与形象,更好地为人所感知。宗白华先生说得好:"我们心理上的空间意识的构成,是靠着感官经验的媒介。我们从视觉、触觉、动觉、体觉,都可以获得空间意识。"这种空间意识,正是通过上述主客观条件来体现的。

关于诗中的"雨湖",从诗题中可知,地处长沙,那里今天还有雨湖公园;也有的选本题为"两湖",未知孰是。

无情泪送有情人

本事诗(十首选一)

苏曼殊[①]

乌舍凌波肌似雪,亲持红叶索题诗。
还卿一钵无情泪,恨不相逢未剃时。

《本事诗》始于唐代,多为记述唐人诗之本事,同时保存一些唐代诗人的逸事。作者借用这种形式,写了十首七绝,记述他与日本艺伎百助枫子的情感经历。本诗为其中的第七首。

1908年年底,诗人在东京的一次演奏会上,与百助枫子相识,两人一见倾心,很快便坠入了爱河;但是,由于其身世特别,又皈依佛门,自知生死无常,不能给百助以家庭的安顿和幸福的保障,因而始终未能成婚。本诗就充分反映了他的内心的矛盾冲突。

首句以印度传说中的神女乌舍来比喻百助,说她步态轻盈,肌肤

[①] 苏曼殊(1884—1918),法号曼殊。曾三次剃度为僧,又三次还俗。近代作家、诗人、翻译家。能诗擅画,诗风清艳明秀,别具一格。

莹洁似雪,宛如凌波仙子。关于"乌舍",作者原注:"梵土相传,神女乌舍监守天阍,侍宴诸神。"次句用"红叶题诗"的典故,暗喻百助曾向他主动求婚,反映出二人热恋的深情。"红叶题诗",最早见于唐代孟棨《本事诗》。唐时上阳宫女众多,常题诗红叶,抛向宫苑中的流水,以寄寓幽情。

那么,结局如何呢?第三句说,作者眼含热泪,万般无奈地予以婉言拒绝。原因何在?第四句"恨不相逢未剃时"透露出个中消息。作者的意思是,时机太晚,他已经削发为僧了,话语中充满着无奈与憾恨,而且,苦衷又难以尽情倾诉。之所以说是"无情",是因为自己已经托身佛门,不再属于有情(更不要说多情)世界了。

这里巧妙地化用唐代诗人张籍《节妇吟》中"还君明珠双泪垂,恨不相逢未嫁时"之句。不同的是,张诗从字面上看,似乎也难舍难分,凄婉哀伤,像煞有介事;但真实的背景,却是诗人洁身自好,爱惜羽毛,不肯与拥兵跋扈的乱臣为伍,因而托词以却聘;而苏诗则是情到深处,难以排遣,"还卿一钵无情泪",却永生永世也偿还不了这场相思债。这从他的"无端狂笑无端哭,纵有欢肠已似冰","收拾禅心侍镜台,沾泥残絮有沉哀"等诗句中,便可以看得分明。所以,论者说:"苏曼殊不是一般的禅僧,准确地应称之为情僧,情与禅抗颜接席地渗透在他的骨髓里。"

是时,东渡日本的陈独秀,恰好与他同住,深谙其中内情。苏曼殊《本事诗》写出后,陈氏也曾依韵奉和。其相对应的和诗是:"目断积成一钵泪,魂销赢得十篇诗。相逢不及相思好,万境妍于未到时。"风流蕴藉,充满哲思。含蕴是,世间所有的境界,最妍美、最动人的,就在无限向往而尚未到达的那个时刻。

金碑银碑不如老百姓口碑

题武侯祠

邹　鲁[①]

门额大书昭烈庙,世人都道武侯祠。
由来名位输勋业,丞相功高百代思。

位于四川成都的武侯祠,原本是蜀汉先主刘备的祠庙,始建于公元223年刘备陵墓竣工之日。它是中国唯一的一座君臣合祀的祠庙。里面有刘备的惠陵,门楼之上高悬着"汉昭烈庙"四个金字匾额;而为纪念诸葛亮所修建的孔明殿,仅是整个祠庙里的一座建筑。按照中国封建传统的纲常伦理"君为臣纲"的政治逻辑,自当一切以君王为依归;一部"二十四史",就正是依据这一规则写出来的。验之以历朝历代的帝王祠庙,更是绝对没有臣子与帝王平起平坐、分庭抗礼的现象,否则,就是大逆不道了。即便是奇功盖世的开国元勋,

---

[①] 邹鲁(1885—1954),幼名澄生,以"天资鲁钝",自改名为鲁,别号海滨。广东大埔人。国民党元老,政治家、教育家。著有《中国国民党史稿》《邹鲁回忆录》等。

也只能作为帝王的配祀,屈居一侧,这就是莫大的荣耀与恩典了。唯独成都的武侯祠,独一无二,成了例外。估计这种情况,早在唐代就已经存在了,这从杜甫《蜀相》七律中"丞相祠堂何处寻?锦官城外柏森森"之句可以看出。也许,武侯祠("丞相祠堂")说法的出现,还要更早一些。

那么,这种情况又是怎么形成的呢?比较普遍的说法,是先自民间开始,由于诸葛亮影响大,无人不知,有口皆碑,千百年来,当地民众或外来的游客,不管门额上书写什么"汉昭烈庙",更不顾及什么"君尊臣卑"的封建礼仪和这座祠庙本来的属性,众口一词地全都以"武侯祠"称之。最后习惯成了自然,官方想改也没有办法,也就"顺水推舟"过来了。这倒有力地证明了"金碑银碑不如民众口碑"这句民谚的真理性。

国民党元老,政治家、教育家邹鲁在《题武侯祠》的七绝中揭示了这一带有规律性的现象:诗从武侯祠与昭烈庙混同在一起这一特异情况,引发出一个如何看待名位与勋业的普遍性问题,并做出了客观、准确的回答。

诗中的"由来名位输勋业",提出了一个历史人物的评价标准问题。古往今来,评说为政者的成败、得失,不外三个层面:一是名位,包括职级、地位、名分,这应属于触目可见的表面层次;二是勋业,泛指勋劳、功业、建树、奉献,这就深入一层了;二者结合在一起,统称"功名"。限于篇幅,诗人在这里只涉及前两方面,亦即功与名(勋业与名位)进行了比较。其实,在中华文化传统中,于名位、功业之外,评价历史人物,还要看其人的思想、品格、德行、风范,这就进入了道德伦理、价值判断的深层次。事实上,勋劳、建树并非孤立存在、凭空

下编　明清及近代　｜　443

获取的,它与德行、风范往往紧密地联结在一起。没有理想、抱负、追求等思想品德做基础、做统帅、做保证,勋劳、建树也无从谈起。

就诸葛武侯来说,名位虽然居于昭烈帝刘备之下,但是,他同时占据了后面两个制高点。《三国志》作者、著名史学家陈寿评论说:"诸葛亮当丞相,安抚人民,建立文官制度,限制官员权力,一切遵守法令规章,诚心追求公道。对忠心耿耿、有益于国家的人,即令是仇家也要赏赐,对违犯国法、工作懈怠的人,即令是至亲也要处罚。……全国人民对他都心怀敬畏,刑罚虽然严苛,但没有怨恨,因为他公平正直,明察秋毫,堪称治国的伟大政治家。"而他的忠于国家、热爱人民,"鞠躬尽瘁,死而后已"的完美人格,更是获得了千秋万世人民的崇高敬仰与衷心爱戴。这样,"门额大书昭烈庙,世人都道武侯祠",就完全可以理解,甚至成为必然的了。

说到德行、风范,这在几千年的中国文化传统中,它的占位往往高出于勋业之上,起码二者是等量齐观。我们注意到,当评判一位卓绝超群的政治家时,除了考量其功在当时、名垂后世的政治实践,总要兼顾其德行与思想。尽管限于历史条件,在有些人身上,事功与人格未必完全统一;但有一点可以肯定,凡是真正伟大并被世人所衷心景仰的杰出人物,无不具备高尚的人格和优秀的品质。这是他们的政治魅力与感召力的所在。就政治家个体来说,较之政治活动的多变性、偶然性与不确定性,其政治品质、人格魅力则具有相对的稳定性,集中地体现着思想、行为的主导特征。

作为普通人,我们也不例外。评价身旁的某些领导干部,当他们退休离职之后,政绩如何往往会逐渐淡化,而德行、品质却越来越凸显出来,总是更多地受到关注。因为要干一番事业,往往要具备多种客观条件,而品格如何,却是自力可为,无须仰赖他人。应该看到,人活一世,草木一秋,时间很短,权势、地位、财富,转眼间就不属于自己,而身后的名誉却是长久存在的。所以说,"金碑银碑不如民众的口碑"。从另一个角度说,人在世上几十年,包括退休以后二三十年、三四十年,真是不算短啊!如果没有一个好的声名,整天被人指着脊梁骨骂,在人前抬不起头来,或者醒里梦里,总是忧心忡忡,总怕哪个地方"冒顶、喷浆",纵令你有再大的产业,再长的寿命,又有什么乐趣之可言呢!

后　记

"萧瑟秋风今又是",一晃儿,《诗外文章》三卷本面世整整两周年了。读者反映:很喜欢这种诗文同构、会通古今、连接心物的新体式;但是,考虑到层次、需求、阅读习惯的差异,有必要编印一个精选本,以适应那些限于时间、精力不能作系统全面研究的读者的需要。

这一建议无疑是正确而合理的。经编者、作者统筹研究确定,本着适量、精选、优化原则,从四百余篇文章中,遴选出最具代表性并能充分体现解读深度的一百八十篇左右,裒为一编。对全部文字进行了审核、修订,少部分篇章做了改写、增补。期望借助这次改版机会,为广大读者提供一个新的文本。

王充闾

2020 年秋

蒹葭苍苍,白露为霜。
所谓伊人,在水一方。
——《诗经·国风·蒹葭》

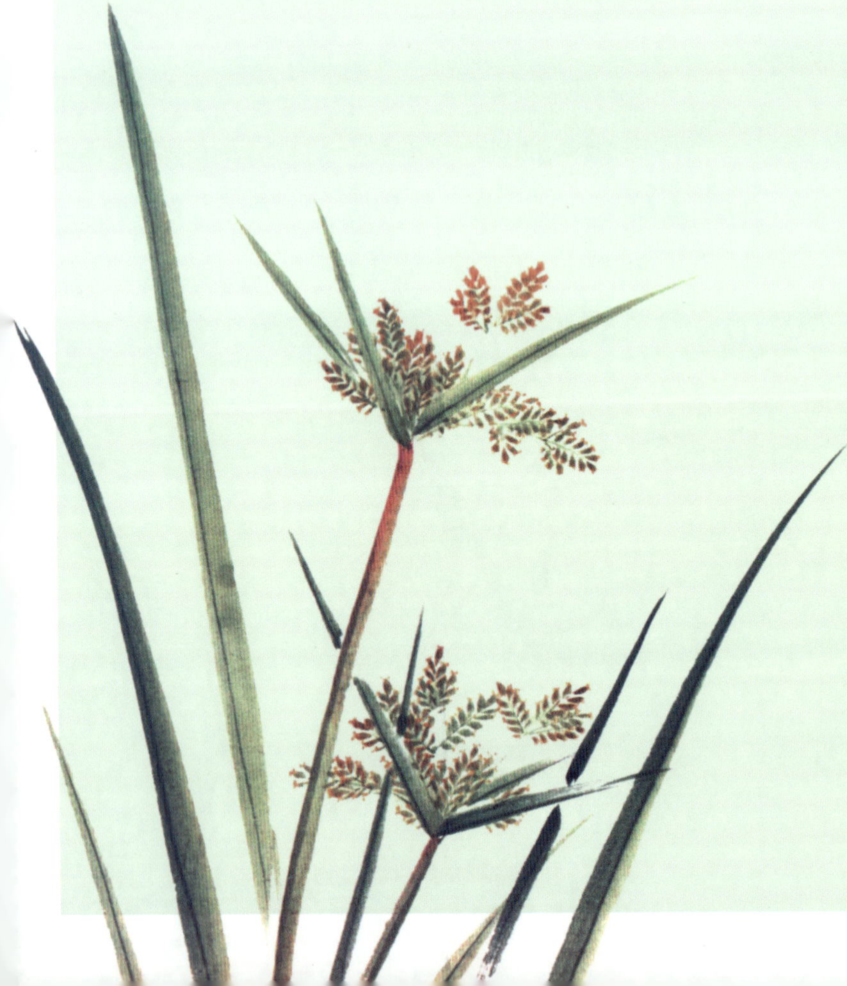

> 涉江采芙蓉,兰泽多芳草。
> 采之欲遗谁,所思在远道。
>
> ——《汉代古诗·涉江采芙蓉》

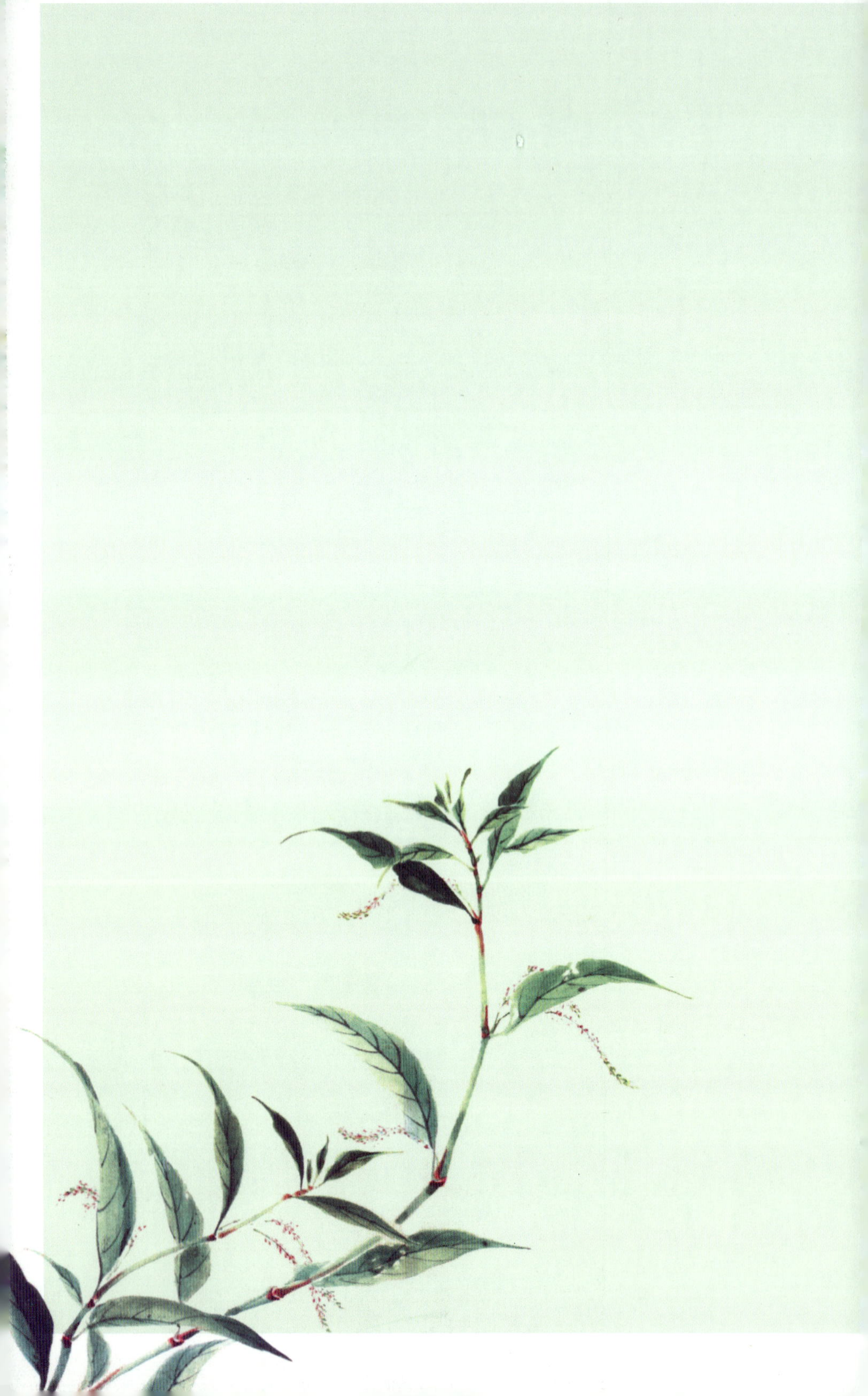